実録・現代短歌史

# 現代短歌を評論する会

Takashi Tonotsuka
外塚 喬

現代短歌社

実録・現代短歌史

# 現代短歌を評論する会

# 目次

# はじめに

「現代短歌を評論する会」と言っても、今から三十年も前のことなので、記憶をたどったところで容易には語れない。幸いなことに、十年間に四十八回行われた評論会の資料と会が発行した「現代短歌　評論通信」が手元にあるので、できる限り資料に基づいて私感を極力抑えてこの会で何が行われたかを記しておきたい。過去のことではあるが、今日の短歌界に一石が投じられれば幸いである。

成立と経過

一九八〇（昭和55）年八月十二日に、片山貞美より次のような案内状が歌壇の知友やその他八十名に発送された。

現代短歌を評論する会　ご案内

現代の短歌はどのような意味をもち、また、どのように進むべきか、この点について今日の歌壇は明確な考えに乏しいようです。けれどもこれはわたしたち作者自身が顧みるべきことで、人まかせにしていては何らの理解も打開も決して得られるはずのないことです。ところが歌壇今日の状況は、ともすれば一般および歌壇ジャーナリズムの過大な影響力の下に恣意的に設定された方針に動かされがちです。ジャーナリスチックな発表の場をただちに作歌の場と同一視していたのでは、これまた現代短歌の活路が開かれるはずはありません。本来は作者個人々々が自力で個々に作歌の立場を固め、個々の進路をさぐり当てつつ作歌の現状を切り開いてゆくべき性質のものです。そこで手はじめとして、実作者の主張を通した評論講演とごく少数の参加者による実質的な討論の機会を作ってみました。わたしたちは肉声による率直な意見の交換を試みて各自がしかるべき進路を獲得し確保しようと思います。ぜひ、みなさんが参加くださることをお勧めいたします。

これが全文である。この片山の呼びかけに応えた人たちが、吉祥寺の「野田九浦の家」（以下、「九浦の家」とする）を会場として会が発足した。この時点では片山が個人的に呼びかけた形での出発であり、仮の事務局が片山貞美方におかれた。

※

第一回の「現代短歌を評論する会」（以下、「評論会」とする）が、一九八〇（昭和55）年十月七日に行われた。会場は吉祥寺の「九浦の家」。当日の発表者は、清水房雄と玉城徹。テーマは、「現代短歌を評論する、写実の立場から」。討論の後に、今後の運営方針の検討があり運営委員の交渉を片山貞美に一任することが決まった。運営委員としてその場で次の六名が指名された。岡部桂一郎、奥村晃作、清水房雄、田井安曇、髙瀬一誌、片山貞美である。

第二回は、十二月九日に行われた。テーマは、「写実の立場から現代短歌を評論する」。当日の発表者は、竹田善四郎、大河原惇行。

第三回は一九八一（昭和56）年三月二十四日、「写実の立場から56年版『短歌年鑑』自選作品を評論」をテーマに小野興二郎が発表。「上田三四二の佐太郎歌鑑賞を写実の立場から検討および現代短歌を評論」を片山貞美が発表。

第四回は、五月二十六日、「現代短歌の方法」をテーマとして、岡井隆と篠弘が発表。

第五回は、十月十三日、「写実の魅力とは」（自作提出）を吉村睦人、奥村晃作、古明地実、中地俊夫が発表。

第六回は、十二月三日、「今日の写実」をテーマに、田井安曇、大島史洋が発表。

第七回は、一九八二（昭和57）年一月二十八日、「短歌における80年代の意味」を武川忠一、野北和義、竹田善四郎、樋口美世、恩田英明が発表。

第八回は、三月十六日、「複眼の思想」を武川忠一が、「80年代の短歌を点検する」を杜澤光一郎が発表。

第九回は、六月二十九日、「れありずむとは何か、その条件」（自作提出）を玉城徹が、「写実とは何か、その条件」（自作提出）を片山貞美が発表。

第十回は、十一月一日、「写実について」を水城春房、水野昌雄が発表。

第十一回は、一九八三（昭和58）年一月十八日、「82年の秀歌を検討する」として、林安一が発表。

第十二回は、四月十四日、前回の続きとして「82年の秀歌を検討する」を、久保田登が発表。

第十回の折に、片山貞美から、会が発足してから二年になるので、新たな進展を期して組織を改正したいとの提案が出された。出席者の賛同を得て、準備委員として選出されたのは、奥村晃作、片山貞美、白石昂、田井安曇、高瀬一誌、玉城徹、外塚喬、林安一、武川忠一、吉村睦人の十名であった。

# 一九八二（昭和五十七）年

十一月十日。池袋に準備委員が集まって、委員会が開かれた。事務局を田井安曇と外塚喬が担当することが最初に決まった。その後、規約の作成の検討をして、次の評論会において提案することが決められた。

# 一九八三（昭和五十八）年

一月十八日。第十一回の「評論会」が行われ、会の後に準備委員の作成した規約が検討されたが、ここでは細部についての意見交換があり、次回に再提案することを約束している。準備委員は、四月七日に中野サンプラザにおいて準備委員会を開いて、規約の最終の詰めに入った。

四月十四日。第十二回の「評論会」が行われ、会の後に前回検討された規約が承認された。同時に準備委員も改めて運営委員として承認された。ここに新委員による新たな「現代短歌を評論する会」がスタートすることになった。承認を得た「現代短歌を評論する会」の規約は、七つの項目からなっており、付帯一項目、附則二項目が加えられている。

一　本会は「現代短歌を評論する会」と称し、実作者の立場から現代短歌を評論することを目的とする。

二　会員は本会の旨趣に賛同し、継続して積極的に活動に参加する意志を持つ短歌実作者、および短歌批評家をもって構成する。

三　入会を希望する者は、会員二名の推薦によって入会申込書を提出し、運営委員会の承認を得て会員となることが出来る。

四　本会は年五回の評論会を開き、その活動を要約し拡充するための「評論通信」を発刊する。

五　本会を運営するために運営委員会（定員十名）を置く。同委員会は本会運営に関する事務、会計、企画および、通信の刊行を行う。
六　運営委員は会員の中より選び、会員の承認によって決定する。その任期は二年（留任は妨げず）とする。
七　会員の会費は年額一万円とし毎年二月末日までに納入する。（途中退会の場合、納入済の会費は返却しない。）
（付帯）会員外で評論会に参加を希望する者は、運営委員に申込み、運営委員は会場の都合によってこれを認める。その場合参加者は参加費を納める。会員外で「評論通信」の頒布を希望する者には実費をもってこれを頒つ。

（附則一）会員外の者が評論会に参加する場合は、参加費として一回につき二千円を納める。

（附則二）会員外で「評論通信」を希望する者には年会費三千円をもってこれを頒つ。


五月十四日。規約と運営委員の承認を得て中野サンプラザにおいて運営委員会を開催。今後の運営方針の検討と運営委員の役割分担が決められた。事務局、田井安曇、外塚喬。企画、片山貞美、高瀬一誌、奥村晃作、武川忠一。会計と会場の交渉、白石昂。通信、玉城徹、林安一、吉村睦人がそれぞれ担当することになった。年五回の「評論通信」を刊行することも決定した。通信の名を「現代短歌　評論通信」（以下、「評論通信」とする）とすることも決まった。第一回の「評論会」を、六月二十三日に、発表者を雨宮雅子と高嶋健一に交渉して開くことが確認された。

六月一日。「評論通信」1号が刊行された。1号は四ページ構成で、「私の方法」（25号まで続く）は、髙瀬一誌と久保田登が担当している。髙瀬が歌集『喝采』から、久保田は歌集『雪のこゑ』から十首を自選している。ともに三首をあげる。

魚一匹火だるまとなる火だるまとなす女ありたり　　髙瀬　一誌『喝采』
うどん屋の饂飩の文字が混沌の文字になるまでを酔う
ごうごうと電車すぎゆくを待つむこうの女抱きしめたいぞ

推敲はしない。推敲する位なら作品は捨ててしまう。短歌はくり返しの中に、人間を、人生をみようとしている面がある。しかし短歌は人間上達のバイブルではない。自己の存在証明より、現実のもの、ことがらの存在証明に、より興味があるだけである。

箇条書きにされた一つ一つの方法論は、髙瀬作品を解明する鍵ともなっている。

もう一人の久保田の作品は、

校庭にラインを引けば自づから児らは群れ来て走り出《いだ》せり　　久保田　登『雪のこゑ』
捕虜たりし父を恋ひつつ聞きし音いま吾子ときく柿落つる音
力尽きたるものの如くに暗闇へ落ちゆくときの水しづかなり

現代文明の渇いた面に、いやでも目を注がなければならなくなった。こういう中に、取り残されたように立つえごの林に、真白い花などが咲いているのを見ると、昨今では、自然そのものの生命を歌うこと自体、極めて政治的なのではないかと思えてくる。

とあり、ひた向きに歌に取り組む姿勢を述べている。

その他には、第十一回（新組織前）の「82年の秀歌を点検する」をレポートした林安一の、「諸氏の作品展望を検討する」が収載されている。林は、「角川短歌年鑑」（58年度版）の作品展望について、何の文学的検討も加えられず、野放しになっていることはないか、と厳しい注文をつけるところから、話を始めている。

幾種類かの竹植ゑて観るものと企てど衰へしるき寒竹一株　吉田　正俊

雪のふるかかる夕べはみづからも堪ふか磨滅のひかりといふを　真鍋美恵子

見ゆるなき一つの星を指すゆゑにするどきたらん冬葱の秀《ほ》は　同

田谷鋭の執筆した作品展望に対しては、

吉田正俊の作品の『企てど』という表現について文法的にいつも正確なアララギの人達なので疑問を持った。或いはここらが現代短歌のゆき当たっている問題なのかもしれない。

に林は、「持ってまわった皮肉な言い方をしているが、これが真鍋美恵子作品になると『堪ふか』『するどきたらん』などという箇所を見のがしてしまっている」と指摘し、さらに「アララギ以外なら文法的に不正確でもいいというわけはない。結社間の対抗意識が目を歪めているのでなければ幸いだ。」と発言している。さらに、「現代だの斬新だのを感じているところに田谷鋭の限界がある。」とも言いきっている。このことに対して、後日、田谷から「林氏の評について」という、次のような投稿が寄せられたている。

紙幅がないであろうから箇条書きに短く書く。（一）吉田作品の「企てど」についての評の「結社間の対抗意識」という言葉は何のことか私には全く分からない。年鑑の被批評者は殆ど全部が結社に所属しているのだから吉田氏に対して特に対抗意識を持つ必要がどこにあるのか、林氏にその点をききたい。また、右の文法への疑問は、奈良朝とかそういう文法にあるかも分からぬから、その教示がやがてどこからか示されることを期待している。（歌人すべてが文法のベテランではないから仕方がない）（二）真鍋作品の件は、この一首は否定のためにとりあげたもの。林氏の行文では私が肯定しているようにきこえる。否定の大きい条件を示したのみでその他は略した。（三）「われ」と受身表現の問題は林氏にまとめて貰いたいものだか、私の見方からはこれらにも「現代」や「新しさ」はあるので詳述していないのみである。また、いきなり「…の限界」などと結論をいうのはどんなものか。その他の私の考えを知りもしないのに。（付たり）人によっては反論を得意としなかったり、環境的に出来なかったりすることもある。論は慎重に、そして先入感を排して言ってもらいたい。

以上が、田谷からの投稿である。

つづいて岡野弘彦による展望についても、林は曖昧な点を見のがさない。岡野が肩入れしているのは坪野哲久、岡部文夫らであると断って疑問を投げかけている。

木枯しや落葉しぐれやこもごもに冬至るべし頬被りせん　坪野　哲久

茫茫にけふの一日を吹き荒るる疾風のなかに啼くものもなし　岡部　文夫

誤解を招くといけないので、林の文章を引用する。林は、

前者については『節度を持っていながら』といい、後者については『節度のある抒情の抑

制を保ちながら、作者のみずみずしいゆらぎや傷み……』といって、両者に相似た評言を与えているが、いったいここにいう『節度』とはどこを指していうのであろうか。前者の『こもごもに』は下にかかるのではなく、ここで言いさしにしたつもりであろうか。緊密を欠く表現である。また『落葉しぐれ』がいけないという。

といった表現上の細かい点についても指摘している。

北の果て雪の唐松見もわかず老いて登りし山の恋しき　窪田章一郎

の作品では、

岡野は、この歌の初句を誤って『山の果て』と引用した上で、『老いて登った日からさらに年を経てその山を望む思い』と不自然な解釈をする。ここは『老いては若き日に登った山の恋しさよ』とでも解する外はないではないか。初句の引用の誤りといい、不用意な解釈といい、そこには共通の根っ子がありそうだ。そしてそれは坪野や岡部文夫への妙な肩入れにも通じていよう。その根っ子として折出されるものを、いま仮に〝北志向〟とでも名づけようか。岡野は〝北志向〟にあてはめて歌を選んでいる。

と林は安易な批評を指摘する。さらに近藤芳美の次の作品、

「ことば」ありて「ことば」は行為なだれ行かむ人間の歴史の無力へのとき　近藤　芳美

への島田修二の批評は次の通りである。

旅行詠とは違った、口ごもるような独特な文体は近藤芳美独特のものである。その文体が独特であるということは、作者にとっての署名そのものが独特であるということである。長

くこの文体に接し、しかもその是非が問われ続けて来たことも承知の上で言うことだが、この独自性はやはり特筆されるべきだと思う。

これに林は「独特が何度も出てくる。独自性もある。」と言い、「どだい近藤のこの作品は文体など云々できるしろものではない。まず作品を正しく理解しなければならぬが、シンタックスをおさえた正確な解釈が、この作品にはたして可能であろうか。」とかなり辛辣である。

これらの発表に対しての質疑では、玉城徹が、

節度というより歌人としての素性を問題にしたものであろう。『頬被りせん』などと無邪気に言ってしまう弱さは、節度とは無縁だ。後者の『茫茫に』は『茫茫と』だ。ここに限らず岡部文夫の歌には、しばしばあいまいな語句が出てくる。『おのおのに赤き腹帯を馬は結ひたり』など、うっかりすると見のがすが『おのおのに』も『結ひ』もおかしい。『結ぶ』と『結ふ』はちがう。ことば選びがムード的なのだ。岡野は坪野の『独特の凛冽たる歌のひびき』や岡部文夫の『北国の人に特有の五感のするどさ』に惚れこんでいるわけだが、独特だの、特有だのということばが出てきたらその評言は眉つばと思うべきだろう。

と、手厳しい。これらの発言は、批評家のあるべき態度が問われるものであり興味深いものであった。

※

六月二十三日。第一回の「評論会」は、吉祥寺の「九浦の家」にて行われた。テーマを「三十代歌人の現在」として雨宮雅子と高嶋健一が発表。この数か月前、「短歌現代」三月号において、

「三十代歌人の現在」という特集が組まれている。特集は、岡井隆の「三十代歌人へのメッセージ（異文化に対する視野）」の評論と、「三十代歌人を語る」として、岡部桂一郎、河野愛子、篠弘、佐佐木幸綱、長澤一作らによる座談会である。この特集に取り上げられた三十代歌人の作品を検証しようとしたのが、今回の企画である。

「短歌現代」三月号には、五十四人が各二十四首を発表している。「評論会」が新しい組織への移行の時であったために、この時の記録は残念ながら「評論通信」には収められてはいない。ただ、当日の資料が残っているので繙いてみると、雨宮は十五首の作品を引用しているが、作者名は記されていない。当時の「短歌現代」を参照した結果を記しておく。

汗のシャツ枝に吊してかへりきしわれにふたりの子がぶらさがる　　時田　則雄
わが生を語るにあらずわが生をつくることばぞくちより放つ　　恩田　英明
ほのかなる光を帯びてなびく雲夕べのそらに星をつつみて　　遠山　景一
乳母車押しゆく五月かたわらの花叢をはや過去となしつつ　　花山多佳子

私の手元に残されているプリントには、これらの作品は意味も明快であり、すんなり入っていけるとのコメントが記されている。

風すぎて冷えまさりたり飛ぶ鳥の明日香あしたは年あらたまる　　造酒　廣秋
生きゆくはいつときの恥ゆふ光《かげ》にうなじの毛あなまでてらさるる　　坂野　信彦
沫雪《あわゆき》のことば消《け》ぬがに零《ふ》りしかど左半球今日とのぐもり　　永田　和宏
向日葵のうしろにさわぐ波にのり空壜が来る水死者が来る　　松平　修文

天空をながるるさくら春十五夜世界はいまなんと大きな時計　永井　陽子
ことばひとつ風に晒されわが語彙にかすかな歪みあることを知る　小高　賢
撫でさすり洗い清めて育てれば気品の高き豚となりたり　王　紅花

これらの作品には、作者の表現に対してのこだわりがあると記されている。

うすれたる位牌の文字を彼岸前ポスターカラーの金もて正す　小池　光
男一人ノンフィクションより落ちこぼれ夜半にまさぐる電灯の紐　大島　史洋
この椅子をわたしが立つとそのあとへゆっくりと空がかぶさってくる　沖　ななも
地勢図をたとふればたつのおとしごのわが街われの家は尾にある　吉岡　生夫

これらの作品のコメントは、力を抜いて効果を上げていると記されている。

一方の高嶋は、十二名の作品を抽出している。雨宮とはまた異なった視点からの作品が多い。こちらには、当日のメモは残されていなかった。雨宮と重ならないように、一人一首を記しておく。

立ち喰ひの蕎麦の収まる縫ひし胃にしまらくの後ビール試さむ　御供　平佶
内向のこころにおこる欲望のある日あるとき淡雪のごと　外塚　喬
鉄骨を組む工事場に夜の灯の見えて祭壇の如くかがやく　室積　純夫
われのゐぬあひだもへやにしんしんと積もりゆくもの日かげ月かげ　正古　誠子

※

七月十一日。中野サンプラザにおいての企画委員会が、片山貞美、武川忠一、奥村晃作と事務局の外塚喬が出席のもとに行われ、第二回のテーマと発表者の検討に入った。そこで、第二回の発表者を竹田善四郎と清水房雄に依頼することが決まった。テーマは「塚本邦雄歌集『歌人』と片山貞美歌集『すもも咲く』歌集評」である。以後は、企画委員会がテーマと発表者の選定をして、運営委員会の承認を得て実行に移すという形がとられるようになった。

二回以降の計画は、第三回が、奥村晃作歌集『鬱と空』、吉村睦人歌集『吹雪く尾根』の歌集評を新井貞子と池田純義が担当。第四回が、「秀歌を点検する」を田島邦彦と田井安曇が担当。第五回の「現代短歌の喪失したもの」を小池光が玉城徹に質問をする形での「評論会」が決まった。それぞれの発表を、「評論通信」に収載することが、通信担当によって確認された。また、「評論会」とは別に会員の親睦を図る忘年会を、十二月に行うことも決まった。

八月二十日。「評論通信」2号が、刊行された。1号と同じく四ページ立てである。「私の方法」を国見純生と鈴木諄三が担当している。国見は歌集『海隅』より、鈴木は歌集『屹立視界』より十首を自選している。ともに三首をあげる。

国見　純生『海隅』

父と兄には卵焼あり汝が分は不意の客きて無しと母告ぐ
声震へ妻の言ふには白血球足らざる故に娘《こ》が検査うく
見おろしてゐる砂利の上をりをりに欅の影の濃くあらはるる

時には、先輩の歌集をとり出してきて、それをはじめから終りまで、読んでゆくという方法をとった。上林暁は、小説を書き始めるに先だって横光利一の作品を読んだという。永井荷風も、書き始めるに当たって鷗外を読んだという。その顰《ひそ》みに倣《なら》ったのである。その歌集は、宮柊二の『藤棚の下の小室』の場合がもっとも多かった。宮柊二氏の口ごもるような詠嘆には愚直さを感ずるが、そこには人間味が溢れている。そこが私には身近なのである。作歌のためにとり出してくる歌集に『藤棚の下の小室』が多かったのは、そのせいだが、あの時期の宮氏と、この時期の私との年齢が近いという理由もあったのかもしれない。

と、素直に作歌の秘密を公開している。

一方の鈴木は、都市に働く勤め人としての日常の忙しさを述べながら方法論を展開する。

ひとすじの白き道ありその先を見ざりしままに何時も覚めにき　鈴木　諄三『屹立視界』
断ち割れば無限に闇の湧く怖れ細首白き壺置かれいき
青しとう地球に生きて一日の鉛筆の先尖らせいたり

従って短歌は昼間は作らない。帰宅してから一日を反芻する過程で生み出すものばかりである。対象に接しての即詠などという器用な芸当は得意ではない。日常の大部分を占める街との関わり合いから必然的に短歌も街に素材を求めるものが多くなるが、意識して羇旅や花鳥風詠などを嫌っているわけではない。ただし、自分を包含している街への思いを積極的に掘り下げてゆくことに最大のテーマをおいている。

電子顕微鏡の技師として、緊張を持続する仕事に関わる鈴木の歌に対しての覚悟をここに見ることができる。

他には、新しい組織以前の第七回〈八二（昭和57）年一月二十八日〉に、「短歌における80年代の意味」とは何かの討論が行われたが、発表者の恩田英明の「岡井隆歌集『禁忌と好色』について」の記録が載っている。

右翼の木そそり立つ見ゆたまきはるわがうちにこそ茂り立つ見ゆ　『朝狩』
歳月はさぶしき乳を頒かてども復た春は来ぬ花をかかげて　『歳月の贈物』
蒼穹《おほぞら》は蜜《みつ》かたむけてゐたりけり時こそはわがしづけき伴侶　『人生の視える場所』

の作品には「総じて世の人の口にのぼった歌である。そして私はいつとも知らずこれらの滑らかな修辞法に心を動かされた。今また『禁忌と好色』を読んで、再び修辞の見事さに驚かされた。」と理解を示しながらも、やはり心晴れぬところがあるのか、次のような作品には厳しく切り込んでいる。

しづかなる旋回ののち倒れたる大つごもりの独楽《こま》を見て立つ
独楽は今軸かたむけてまはりをり逆らひてこそ父であること
歳月の媒介《なかだち》したるやはらぎをねがへるわれは階昇りゆく　『禁忌と好色』

の三首を挙げながら、

これらの作には何かしら納得させられる雰囲気が漂っている。一首の裏に何かの状況が塡めこまれているようだが、読みとるには翻訳のような謎解きをする必要がある。文字面からは内容が理解し難い。

と理解しがたい理由を明確に述べている。恩田が納得しがたいと言っているところを、更に記しておく。

一首目の作品については、
『しづかなる旋回』が表すのは、安定した状態で、以下その平衡状態が崩れ、終局を迎えたことを意味している。『見て立つ』は、自覚しつつ冷めた目で見ていることだ。『旋回のの ち』独楽が倒れるというのは、その反対に『回っている独楽は倒れない』という常識的な理解が成立していることに気が付く。何か意味ありげな表現にひかれつつ、ここに至って私は裏切られた感じを持った。いわゆる事柄に即しての表現に止まり，発想の根が浅く見えるのである。言語空間を創造した訳でなく、内容的には通俗的な事柄を述べているのだ。

岡井作品を恩田は総体的に、「岡井短歌については、すでに夥しく書かれている。それらを読んでみると、修辞的表現の刺激によろこび、新しい言いまわしがあれば良い、または謎解きのごとき楽しみをとりあげて肯定する立場がある。けれど、それだけでは岡井作品が明らかになったとはいえまい。」との発言をしている。締めくくりには、

〈わせの香や分入右は有磯海〉

内側は朱を基調としはるかなる天の蒼さを俳諧として

の作品を挙げた上で、

これなどは煙に巻かれた一首である。蕉翁の句を詞書としたことは分かったが、肝心の歌の方は読者の理解を拒絶する。『作者の独断性による読者疎外（短歌58・4永田和宏）』などと言ってすむ問題とは思われない。読者に還元され、そこで構築し直される世界への道が見当らないと感じるのは、こちらが鈍いからだろうか。

との、皮肉の込められた発言が印象的だ。

※

「現代短歌を評論する会」は、歌壇に迎合しないというのが建前で始まった会でもある。そのことについて、玉城徹が詳しく「批評の態度について」として発表している。これは、「評論会」で発表されたものではなくて、玉城が考えを述べたものである。ここには、なぜ「現代短歌を評論する会」を発足したのかを十二の項目で指針を示している。

（1）わたしたちの「現代短歌を評論する会」は、二年間の準備期間を経て、今年ようやく正式に発足した。これまでの経験で、わたしたちが学んだことは、わたしたちの文学上の見解が、どうやら、簡単には一致しがたく、いわば、十人十色であるということである。

（2）しかしこれを文学思想上の多様性だなどとうぬぼれてはならないだろう。それは、単なる混乱である。バベルの塔の場合と同じように、わたしたちの「ことば」がめちゃくちゃに乱れているのだ。

（3）会を継続することに意見が一致し、曲りなりにも一つの会則を承認して、これだけの会員が集まったということは、だから、大きな救いだったと言わなければならない。そこに一つの「良心」を共有するに至ったことを、わたしたちは、深く喜びたい。

（4）混乱は混乱として認めるべきだが、それを簡単に解決しようとあせってはなるまい。つまり、何らかの外的な力によって、意見の統一（という外見）を作り出してはなるまい。

（5）わたしたちは、混乱とたたかって、そこから真の多様性を発見、いや、むしろ確立してゆくべきなのである。それは、困難だが、はたして甲斐のある課題であろう。批評精神というものの、真の仕事は、そこにあるのだと、考えてよい。

(6) わたしたちは、自分自身の思想を、明瞭に述べるべきである。「ごまかし」や「かけひき」なしに十分に言うべきである。混乱を怖れてはいけない。わたしたちの混乱がはっきりと見えてくるまで、お互いの意見を述べ合うべきであろう。

(7) 混乱を厳しく見張っていかなければならない。何故ならば、混乱は、文学にとって致命傷だからである。

(8) 至難のことかも知れぬが、わたしたちは、自分の発言に対し、その根拠をいつも明らかにするように努めたいものである。根拠というのは、理論的根拠と実践的根拠との両者を兼備したものを言うのである。どちらか一方だけではいけないだろう。

(9) どんな巧みな批評、どんな鋭い問題提起も、それだけでは何にもならない。批評者がいったい、どんな文学論の上に立って、それを言っているのか見当がつかないような批評は、結局駄弁にすぎないのである。と同時に、批評者に、その発言に見合うだけの文学的実践が欠けているならば、その発言は、からっぽな放言でしかないだろう。

(10) 根拠不明の、でれでれした気分的発言に、同調者が蟻のごとく群れあつまり、根拠を明らかにした意見に対しては、何の反応を示さないというのが、現歌壇の一般的傾向である。知的無責任が、それほどに行きわたっているのである。

(11) 意見交換の場として、この会を存続させる決定をしたことは、少なくとも、こういう現状を打破しようという意志において、わたしたちが一致していることを示すものだろう。(12)だから、わたしたちの動機は、純粋に文学的なもので、歌壇政治的な意図は、一切含まれていないのである。そのことを、わたしたち一同、誰もが知っているはずである。しかし、それが、わたしたちの批評行動の中に活かされてくるか否かは、おのずから別問題であろう。わたしたちの動機を、そのように現実化してゆくことが、わたしたちの責任である。

以上が全文である。これをもって新体制での「現代短歌を評論する会」がスタートしたと言ってもよいだろう。ただこの会は、初めから運営に関わっている片山貞美、玉城徹、清水房雄、武川忠一らの個々人の会でないことを皆承知していた。十二の項目は、玉城個人から提出されたものである。

「評論通信」2号の編集後記に林安一は、次のように記す。

私たちはどうやら悪党か、然らずんば落ちこぼれである。少なくとも仲良しグループ的雰囲気からは外れている。いや外れていなくてはならないだろう。仲良し討論会のロングランだけはごめんこうむりたいものだ。（中略）批評は批評する者のためにあるのではない。また批評される者のためにあるのでもない。

新しくスタートした会への高揚感が伝わってくる。会に加わった人たちも、同じ気持ちであったことは確かである。

※

九月六日。第二回の「評論会」は、塚本邦雄歌集『歌人』と片山貞美歌集『すもも咲く』についての発表が行われた。発表を、竹田善四郎と清水房雄が担当。この時の記録は「評論通信」3号に収められている。

十月三十一日。中野の電電中野クラブにおいて運営委員会が開かれる。当日の出席者は、片山貞美、高瀬一誌、林安一、吉村睦人、外塚喬の五名。議題は第三回と第四回の「評論会」と案内状の発送の確認をすることであった。

十一月五日。「評論通信」3号が刊行された。前号と同じ四ページ立て。「私の方法」を春日真木子と中川昭が書いている。春日は、歌集『あまくれなゐ』より、中川は、歌集『山月記』より十首を自選している。ともに三首をあげる。

風音に紛るる母の呟きかこまごまこぼる萩のしろ花　　春日真木子『あまくれなゐ』

身を抜きていくたり逝くや真昼澄む鏡にわれは洗ひいださる

穂芒のいつぽんづつの枯るるこゑひきいだすまで佇ちつくしゐつ

くるしいときに訪ねる沼がある。黒い楽茶盌の底のようにひかりを湛えて、その沼は私を反照する。沼の淵では、椿が大きな花を落していた。丹精こめて育てあげたものを容易く落してしまう椿の心ゆるびを私は咎めた。娘が子供を連れて戻ってきたのもその頃であった。つきつめた心で抱きとめる幼児の背は、断崖のように思われた。

と苦しい胸の内を曝け出している。さらに、

また、短歌は私にとって自然との交感会《え》である。樹木や花々に、私の理想の美をみるまで、

私は佇ちつくす。現前の、こちら側にみえてくる世界を、私は待つのである。どうしたら、その世界がみえるようになるだろうか——私はこのことに集中した。

と記す。この時の歌に寄せる感慨は、今日の春日真木子の作品に通うものがあるのではないだろうか。もう一人の中川は、

夜の階をのぼりゆくとき男とは粉をふりこぼす銹のごとしも　中川　昭『山月記』

性愛の話まぶしく言ひあひてひと日の男をたたむ杉並

去るものは追はずといへど歳月の彼方に拾ふひとつ昼顔

さいわいと言うべきか否か、私には東北という故里がある。日本海の荒い波音を枕に聴きながら育った風土がある。その風土を、私は歌わずに来すぎたようだ。他人の歌えない世界を歌うことで、先ずは自分の短歌の存立を確認したいと思うのだ。『方法』は、『態度』に通底しよう。四十歳になってやっと自分の原郷を見つめる態度をもてたことが、今後の私の作歌にいくぶんかの変化をもたらすような気がする。

と記している。故里を離れて都会での生活をしている中川は、常に心は故里に回帰する。そうすることによってこれからの自身の歌の方向性を定めようとしている。

※

「評論通信」3号には第二回の「評論会」の記録が収載されている。清水房雄は片山貞美歌集『すもも咲く』について、核心を衝く発言をしている。例えば、

その手ごわさの理由は、丁寧に見て丁寧に考えて丁寧に言う。くどいほど丁寧に言う。そ

の執着の強さ烈しさにあると思う。写生・写実短歌の常道とされている単純化ということも十分承知の上で、敢えて斯く執念く丁寧に歌うところに、この集の作品の、即ち著者の意志があるようだ。そうなると、著者は最早なりふりを構わない。恰好よくやろうなどというつもりは、毛頭無いらしい。そして時に、それは丁寧すぎる。

との言葉の後に、集中から次のような作品を抽出して述べている。

居ならびて読める間を後じさりきて見わたしぬ眼鏡をかかげ

山茶花の植栽の花こぼるるに霜したたりぬ旭がさして

等の結句の如きがそれである。これらの結句を切りとるべく、もう一踏ん張りすれば、単純化が成就したのではないかと思うが、いかがであろう。

畑土にほほけし梅の花見れば白髪《しらかみ》ふるふごとくあはれに

降りけむる十一階下の路面ゆく人は足を伸べ足を伸べて去る

等のごときは、「その丁寧さ・くどさが、割合に効果的に働いているように思う」と発言する一方で、次のような作品を引用して忌憚のない意見を述べている。

山なかは落葉降り敷く先ざきに人口の岸屹立したり

一橋大学の庭雪舞ひて曇る日ざしに紅梅さけり

これらの作品に清水は「すっきり行っているが、何か不足している。短詩型言語芸術の厄介さは、こんな所にもあるのだと思う。」と、かなり手厳しい批評を下している。

片山作品の、情意・形式のバランスのよく取れたものの一つの完成を見たものとして次のような作品を挙げている。

あたたかき春の疾風《はやて》に吹きしなふ咲きしばかりの桃の木の花

うちつづく麦生は靄のふかくなりて岸くづれたる川を隔てぬ

を取り上げているが、これらの作品に対しては、「古そうで古くはない。先人が試行錯誤を重ねて来た挙句の標準にこれは近い」と述べている。

※

塚本邦雄の第十三歌集『歌人』（うたびと）については、竹田善四郎が発表している。塚本作品に対しての評価は今日においてもさまざまであるが、竹田も、認めるべきところは認めた上で、納得しがたいところは、厳しい。

春の蚊にひたひ刺されてさしぐむや荒寥として五十路越えける

に対しての批評では、

〈あはれ知命の命知らざれば束の間の秋銀箔のごとく満ちたり〉（『されど遊星』）の張りは適度に緩み、五十路越えの本音も聞こえてくるようである。

との言葉にとどめている。しかし、竹田は次の作品は秀歌として認めている。

はつなつのたましひかろし砂金なす夕光《ゆふひかり》みちそこそわが塋《はか》

ここでのコメントは、いかにも竹田らしい核心を衝いたものである。

集中の秀歌である。ボードレールを想起させながら、そこに怪しい光を放つ塚本邦雄の世界がある。秋でもなく冬でもなく『はつなつ』―これは夕星、柘榴、翡翠、雉子、紺青、くれなゐなどとともに、塚本邦雄をそうあらしめるブランド語だが、とくに反覆多用するこの『はつなつ』への執心ぶりは、老いへの強烈な拒否なのか。あるいは、思想を不要とするコンテクストの感性への徹底した統御なのか。

塚本作品の特質を解き明かしてもいる。しかし、次のような作品には同調しない姿勢を貫く。

人恋ふはあやむるに肖つ洗はれて皮膚漆黒に冴ゆる野の馬
馬洗ふこころ冴えつつひたすらに人恋へりいつの日かあやめむ
何に冴ゆる馬のたましひ秋水に立ちて殺意のごとき愛あり

かなり手厳しい批評だが、安易な作品の制作に次のような疑問を投げかけている。

馬三首。馬ですぐ浮かぶのは、塚本氏の名歌中の名歌〈馬を洗はば馬のたましひ冴ゆるまで人恋はば人あやむるこころ〉（『感幻楽』）の歌である。そのうえでこの三首とはどうしたことか。みずからの本歌取りをいくど重ねようともその試みに異論はない。しかし、ここにあるのは発想の焼き直しでしかない。そして、これは創造の衰弱と断ずるほかないだろう。焼き直しでしかないこの馬三首が第十三歌集の序数歌集に収められているのは、何としても痛ましいことである。

※

今号の「評論通信」には「寸取虫」という欄が設けられている。ここでは「評論会」のやりとりや、二次会での様子を窺うことができる。会の終ったあとの自由な発言は、意外に本音が出ていて面白い。第二回の「評論会」のあとの居酒屋での発言からは、当日の「評論会」の雰囲気が伝わってくるようだ。

「方法論で結果が出るというわけにはいかないんじゃないか。やっぱりその者の持って生まれた根性てことになりゃしないかな。（清水房雄）」「方法ってのは組織的体系的には立ててないと思うんだ。ただなんとなく自分の方法としているものに忠実で、方法に殉じる型だ。だから駄目になっても、その方法を守るというところがある。（玉城徹）」「そういう中で、たとえば塚本氏のごく初期の歌とをくらべると、やっぱり方法論というか、たとえば文体といったような面から見ても、それは実際には彼の言っていることとは多少ずれて、やっぱり変わってきているという、それははっきり言えるんじゃないか。（武川忠一）」

といった声が聞かれた。かなり酒が入っている中での意見の交歓であった。

※

十一月二十四日。第三回の「評論会」が行われた。テーマは「奥村晃作歌集『鬱と空』と吉村睦人歌集『吹雪く尾根』の批評」。発表を新井貞子と池田純義が行った。（記録は「評論通信」4号）。

十二月十五日。会として初めての忘年会が、中野の電電中野クラブにおいて行われた。（記録は「評論通信」4号）。

# 一九八四（昭和五十九）年

一月十二日。第四回の「評論会」が行われた。テーマは、「秀歌を点検する」で田井安曇、田島邦彦、荻原欣子が担当。記録が「評論通信」5号に記されている。

一月二十日。「評論通信」4号が刊行された。誌面は八ページ。「私の方法」を篠塚純子と西條共安が記している。篠塚は歌集『線描の魚』より、西條は歌集『池塘』より十首を自選している。ともに三首をあげる。

樟の香のただよひきたるゆふぐれに耳輪と腕輪身より外しぬ　篠塚　純子『線描の魚』
陶の鉢ただに真白きその腹にわが線描の魚を放たむか
今宵ひと夜あづけてもよしといひたれば君の片手を持ち帰るなり

私の歌にわずかなりとも方法と呼べるものがあるとするならば、それは王朝女流文学を読むことから得たものと関わりがあるかもしれない。蜻蛉日記は歌と散文との相克より始まる。書きつぐうちに道綱母は散文の文体を確立する。しかし、それは散文が歌を越えたとはいえない、と私は思う。日記の下巻は物語に近づいたといわれるが、その物語の核をなすのは一首の歌なのだと私には思える。道綱母に歌がなければ蜻蛉日記は生れるはずがなかった。源氏物語の作者が散文と歌の本質の相違を鋭く見極めていたことを、私は物語の中の独詠歌によって悟らされた。和泉式部の家集と日記は、歌が生み出される源と状況を伝えてくれる。和泉の歌と他の歌人の類歌を比べれば、心を魅する歌の真の技巧とは何かを考えさせられる。古典に造詣の深い篠塚ならではの、短歌観である。もう一人の西條の作品は次の三首である。

夜の土をたたきて杏落つる音寝間にききつつ父母います
ボルシチを食べて出づれば冬の街に雨降り出でぬくらき空より
街空の青みに失せてまた出づる遠き痛みのごとき鳩の群

西條　共安『池塘』

私は、一人の歌人の作歌方法がたった一つに限らなければならないとか、作歌態度が終始一貫していなければならないものだ、とは考えない。現実には、そのようなことは殆んどあり得ないし、その必要もない、と考える。私は、『池塘』の中でいろいろな方法で歌を作っている。

と記して、さらに抽出歌十首のうちの何首かを挙げて方法論を明かしている。それらの作品は、

西條家初代戒名海女良清信士陸前折立《をりだて》浜に漁りにける
離散後の三十三年を記すなし亡き妻が忌のことのみ記す
難産に果てしひでの戒名のあはれ安心妙産信女

であり、「三首は、『家系図』の一連の中の歌である。ここでは、所謂、主観性を出来るだけ斥けた歌い方にした。こうした場合、素材の選択自体が、作者の関心や状態を表わすことになる。」と作品の背景と方法論を暗示している。

※

「評論通信」４号には、昨年十一月二十四日に行われた、第三回「評論会」の記録が収められている。奥村晃作歌集『鬱と空』については、新井貞子が担当している。新井は、

同時代に生きる者として、共感するところが多かった歌集である。奥村晃作もまた、現実のみに充足できるタイプの歌人ではない。現実と理想の間を大きく揺れ動きつつ、その大きな振幅を認識し、作歌の過程で冷静なまでに、自他を凝視し、統合してゆこうとした意志の苦心の跡が色濃く感じられる歌集であった。

と、歌集の特徴を先ずは述べている。新井はさらに、

歌集一巻に収められた何百という歌の一首々々をこれは叙述歌として良いか悪いか等という愚行はしたくない。奥村氏にとって、叙述という方法は、むしろ自らの表現を自由にしてゆくのではないかと、私などには思われるからである。

と語った上で、何首かの作品を提示している。

佳きものは佳しと押し上ぐる力をば互にそぎて廃《すた》れゆく世か
歌詠みて心の鬱をば解きほどく繰り返しならんわれにわが歌
鬱王が又来てわれの心をば鷲掴みするわれは転がる

これらの作品には、「歌に見られる素心の大真面目さが気持ちよい親しさを感じさせるが、」としながらも、

老人と身障者をば優先すシルバーシートは避けて坐らず

については、「真面目さが常識的でつまらない。」との発言をしている。新井のレポートの中での

奥村作品の完成度ということについての質疑が、会場からなされている。そのやりとりが「寸取虫」に収められているので記しておく。

「完成度というのがどこできまるのかが、ちょっとわからない。」（玉城）「新井さんが完成度が低いというが、そういう歌を一例あげてもらうとよくわかるんじゃないか。」（野北和義）。「そうね。何だか試されているみたいでこわいんですよ。（中略）『妻も子も気味悪さうに眼の上の水疱《おでき》見つめてて医師に行けといふ』んでは物足りないですね、私は。」（新井）。「どこが物足りない？」（片山）。「そこまで言われちゃねえ。」（新井）。「困ったねえ、こっちも困るんだ。」（玉城）。「抽象的に言われてけっこうですよ、じゃあ。」（片山）。「『他人の肉の間に緊まる右脚を徐々に引き戻す車内にわれは』というのは完成度があって、こっちはないというのはどうもよくわからないんだけど……。」（玉城）。「『妻も子も』の歌は、あることがらのまま言っただけでそれは三十一音になっていますけれども、それだけという感じで、これ以上の広がりも深さもないような気がするんですね。」（新井）。「あなたの言っていることを聞くと完成度といっているのはあなたが何かそこから暗示を受けやすい歌を完成度があるといって暗示を受けにくい歌は完成度がないといって切っているような感じがするな。」（玉城）。

自由な発言の場であったので、ここに記されていること以外にも多くの質問が出されている。酒が入ると本音が出て、議論はいつの会の後も尽きることがなかった。

※

第三回の「評論会」で対象となった奥村晃作歌集『鬱と空』の記録とともに、「評論通信」4号（八四・一）には吉村睦人歌集『吹雪く尾根』についての池田純義のレポートが収められている。池田は歌集の総論を、「戦後を苦労して生き抜いた著者の、私塾で教える女の子に憧れ愛し、その相聞の美しさに生きる力を得、汚れや生活の悲しみを、雪山の雪で純化しながらの生活記録で、歌集の題も内容にふさわしいみごとな歌集である。」というところから話を始めている。以後は、抽出した作品に即したレポートをしている。

天皇の語調を真似る連中に訳もなくむらむらと湧き来る嫌悪

天皇の歌を冒頭に置いたのは、最初は憎悪を感じたのが、〈天皇の語調真似るも無力者の抵抗の一つと思ひさびしき〉と二十八年には変わって来るのに注目したからであり、〈マンキーハウスに監禁されし米兵が警備する我に果物くれぬ〉のほか、占領時代の停電の続く夜に、進駐軍宿舎の明るさを詠んだもの、鉄柵もベンチも白く塗られている歌など、同時代を学生として過ごした者としては、共感を覚えざるを得ない。

池田は、単に作品を鑑賞するだけではなく、自身が新聞記者としての目で同時代を生きてきた吉村作品を見ている。提示した作品に即した丁寧な鑑賞を試みている。

穂の出でし麦引き倒し進みゆくこの害虫の如き戦車ら

警察予備隊から保安隊に変わり、ピアノを買って貰った妹から、蔑まれる保安隊に身を投じた著者にとって、自衛隊が居心地のよい職場である筈がない。

何処にゐる彼等か知れずスピーカーの号令のまにまわれら動きぬ

の歌も凄い歌である。スピーカーを無線信号に置き換えれば、大韓航空機撃墜事件にみる現代戦争（戦争にはならなかったが）を象徴するようだ。如何ようにも情報操作は可能なのである。米軍主導の演習に疑問を感じ、平和署名をしている著者を、憲兵に相当する巡察隊が徐行してつけてくる。軍法会議に相当するものか、査問委員会で〈明らかに彼等は疑ひてゐるならむ三方よりライトをわが顔に照らす〉のほかの作をも見逃せない。

鉄帽にて顎つき上ぐる警官ら青き鉄帽は血に染まりゆく

砂川基地反対闘争の歌は三部に分けられており、感銘深い一首として抜く。そのほかにも〈警官隊とわれら縺れ合ふ上を裸婦のマークの米軍機飛ぶ〉〈大型機下降して来るしばらくを警官もわれらもさびしき表情〉

いずれも闘争に参加したものでなければ出せない臨場感と、事態を透徹した眼が光っている。この他にも何首か取り上げられている。吉村の歌集には山行の歌も多く見られるが、今回はその時代に生きた人間の姿の見える作品に焦点を当てている。

※

この号では初めて、時評のページが設けられた。大河原惇行が「思うこと二、三」を書いている。大河原は、

昭和五十九年版「短歌年鑑」（角川書店）について、読後感を書こうと思ったのだが、この幾日かそれを放棄していた。岡井隆、近藤芳美、塚本邦雄、岡野弘彦、水野昌雄、玉城徹、奥村晃作、伊藤一彦といった人達が回顧と展望を書いており、常連の人達であるので、読ま

ぬうちからその内容もわかるように思ったのである。読後、その思いの追認にすぎなかったという不満が、この時評を書くのをためらわせた理由であったと言ってもよい。しかし、今は書かねばならぬ。

大河原は、奥村晃作の「量の拡大、質の向上―現代短歌を楽観する―」にも触れているが、ここでは塚本邦雄について触れておきたい。

塚本の書いた「源氏見る新人」について取り上げて、塚本の推奨する新人が果して明日の短歌を切り開くのだろうかという疑問を提示している。塚本の示した次の二首を含む七首の作品をあげての大河原の主張とは、

断念の夏昏れゆくをわが運ぶ氷塊の心のはげしき茜　江畑　實

すべもなき夢の内外《うちそと》　薔薇《さうび》さうびうすずみいろに描き散らしたり　栗本　素子

塚本は「五十八年度角川短歌賞、短歌研究新人賞の各受賞者も、次席各氏を含めて、いづ《ママ》れも源氏見る有望の士であった。江畑實の鋭利斬新な創作性、大橋智恵子の愕然たる綺想《ママ》(奇想?・筆者注)、栗本素子の優雅清廉の抒情、あるいは武下奈々子の知的牧歌、コージン・サカモトの超・今日的命題への挑戦、それらに伍して資質をきらめかす紀野恵の煥発の異才に、私は殊に喝采を贈らう。」と書く。自らの言葉に酔った書きぶりで、いかにも塚本らしいのであるが、その指摘に別に意見があるわけではない。しかし少なくとも、江畑、大橋、栗本といった人達の歌は、塚本邦雄の才能を越える何かを持たぬかぎり、決して明日は開けないであろうと思う。別の言い方をすれば、自らの丈を知り、その丈は越えがたいもの

であると同時に現実はやっかいなものであると認識した時、すなわち「すべもなき夢の内外《うちそと》」ではどうにもならぬと知った時に、明日を開く可能性が出てくるのではあるまいか。と問いかけている。塚本が好む作品と大河原の短歌観にはかなりの隔たりがあるが、新人に対してはかなりの辛口であることは確かである。

十二月十五日に電電中野クラブにて忘年会が三十六名の出席を得て開かれた。その時の報告を、「懇親会の記」として遠山景一が記している。

この会では、雨宮雅子をはじめ多くの人のスピーチがあったが、なかには、「評論会」での意見の交換が不十分にならないためには、また馴れ合いにならないためにはどうすべきかとの、建設的な意見なども出されて充実した会であった。そんな中での玉城徹の挨拶が印象的であったので、記しておく。

昔、片山さんと飲んでいると必ず歌の話になって、誰の歌だったか、非常に単純だという。しかし単純という言葉は、私は少しおかしいと思っていたので「単」なるものは「純」ならいいけども、実は「雑」なものが多いんじゃないかと言うと、片山さんがよろこんで一つ新しい言葉ができたと、単雑というんだと。じゃあ反対は複純かというのであたらしい言葉ができたんです。私はどうも歌は複純の方がいいように思う。どういう意味かというのが難しいんですが、いろいろ最近のものを読んでみても、作者自身の魂に言葉が及ばない場合が多いように思われる。やはり今や、批評よりも歌人の魂が問題だろうと思うんです。清らかで深い魂というところから出てくる歌でないと、人の心をうたない。それには、「複」なものが「純」なところまで行かなければ、おもしろくならないように思う。皆さんとこれからそういう点を研究して、もう少しよい歌を作ってゆきたいと思います。

以上は筆者が要約したものである。「作者自身の魂に言葉が及ばない場合が多いように思われる。やはり今や、批評よりも歌人の魂が問題だろうと思うんです。」といったことは、今日でも考えなければならないことであろう。永遠のテーマかも知れない。忘年会という気のおけない仲間が集まった場での話ではあったが、記憶に残ったことは確かである。

二月九日。中野の電電中野クラブにおいて、運営委員会が開かれた。企画担当から次のような今後の評論会のテーマが提案された。①現代短歌の喪失したもの②歌人相互批評③近代短歌百歌選。これらについての話し合いが行われたが、①現代短歌の喪失したもの、がテーマとして決定した。発表者を玉城徹、質問者に小池光を当てることも決められた。

※

三月二十二日。吉祥寺「九浦の家」にて、第五回の「評論会」が開かれた。①テーマを「現代短歌の喪失したもの」として、発表者を玉城徹、質問者に小池光を当てて行われた。

三月三十日。「評論通信」5号が刊行された。八ページ立ては変わらず。「私の方法」を椎名恒治と井上千恵子が書いている。

椎名は歌集『橋の上』より十首を自選、井上は歌集『水を渡る鐘の音』より十首を自選している。ともに三首をあげる。

嵌められし写真は大正六年夏のまま白き絣の二十八歳　　椎名　恒治『橋の上』
草倉と名付けし岩群は波被り乾く間もなしに波猛り寄る
松の木の間《あひ》に没る日のかがやきの静まるまでを向かひ見てゐつ

椎名は作歌方法の中で、『昭和万葉集・巻六』が世間の話題になった時に、自身の戦中のさまざまな思い出が蘇ったと記している。

　戦中のことがわたしにも蘇ってきた。そして、切なくいまも覚えている場面のひとつ。新兵の数名で洗い場で食器を洗っていた。「敬礼」と誰かが叫んだ。いっせいに立ちあがって挙手敬礼の姿勢をとった。むろんわたしも立ちあがって、例の「シッケイ」の動作をしていた。どこからか近づいてきた将校が何か激しい声をあげてわたしをなぐりとばした。「キサマ、そんな敬礼があるか」といったようにも思うが、あとから考えてのこと。襟元の座金の光だけが妙に眼にやきついた。

これらは「私の方法」というよりは、なぜ歌を今日まで詠み続けてきたかという思いが強い文章である。体験がいかに作歌に影響を与えているかが窺われる。

もう一人の井上の作品は、

夜の庭に梯子架れる棗の木み棺守るわが目には見ゆ　　井上千恵子『水を渡る鐘の音』
一人棲む胸に泪のあたたかく堪ふるまでに齢つもりぬ
泣き叫ぶいとけなきこゑ闇にせりエホバの統べし世ぞ思ほゆ

　現代の世界の中で、自分がどう生きているか、を表現したいと思うのだが、そのためには現実のあらゆる部分についての知識をもたなければならないと思う。かつての私のように、現実の断片を見、それを写し取り、それが自己表現になり得るという——写実の方法では、それはなり得ないのではないかと思う。傍観者としてではなしに、生きてゆく自分にとって、そのものの意味するところを識ることが肝要ではないか。そこまでの追求が出来ないとき、明らかに私のうたは失敗作となる。（中略）個性的ということをよくきくが、私はこの言い方には疑問をもつ。それより願わくば、芸術作品として客観的に独創と言えるうたを詠めるようになりたいと思う。

と井上は述べている。

他には第四回の「評論会」、「秀歌を点検する」の荻原欣子、田島邦彦、田井安曇の発言を収録。荻原の作品を挙げての短評が「評論通信」の誌面に見られるが、作者名は記載されていない。（資料も不載）作品十三首をあげているが、誌面の都合で批評の対象となっている作品のみを記す。

杳き日のいじめられっ子木枯の吹けば走れり木枯の世を
もしやもしやに引かされて来しものばかり　その甘さ即《すなはち》われのやさしさ
冬ざれの風の丈とやあかあかと鬼形《きぎょう》の雲をかがやかにせり
道をゆく黒衣のひとり冬の日を歩むはこころはこぶにも似て
海の上に渚の沙に降りやまぬゆふべの雨の音にやすらふ
夜もすがら尾の上《ママ》の林とよもして颪わたりゆく聞きて眠らず

批評は短いものであるが、記しておく。一首目。「情感は伝わるが五句は蛇足で、三句以下を活かすと一、二句がぼやける。」二首目。「その甘さ以下は上句の説明にすぎず、殊に結句は頂けない。」三首目。「何とも言葉が大仰ではないか。」四首目。「下句を活かすには上句にも一つ鋭い目が欲しい。」五、六首目。「結句は一首の中に詠いこめてしまうべきものではないのか。他の作品にも措辞の問題点は多い。」。作者名が明らかにされていないのが、残念である。

田島は、三十三人、三十三首を資料として提出している。「評論会」では多くの作品に触れての発言をしているが、誌面のスペースもあって、石田比呂志の作品にのみコメントをしている。石田の歌は、

ししむらの闇の奥にて骨鳴れりかかる発見に涙出ずるも

である。この歌に対しての田島のコメントは、

抽出の際、オーバーな表現と過剰なアクションに惑わされたのでなく、単純化した個の哀切たる魅力に惹かれたもので、候補として〈首筋の冷えつつひとり酒飲めりわれの一代いたく侘しく〉というのもあった。双方とも枕の部分で一首の答えと落ちがあるが、生活感情に即した詩性と判り易さの併存した作品で、作者の特性を見たのである。

ほかにも、秀歌とは何かについての記述がある。「何をもって秀歌かと問われれば、究極は自身の短歌理論の深奥にもおよぶ行為ともなる。作品はさておき、それぞれの個の特性が内面から輝き表出されたもの、そしてそれが共通感覚の風に載って、ぼくの感性の襞を慄わせるもの、それがぼくにとっての秀歌である。」と結んでいる。コメントはないが田島が他に選んだ作品をあ

げる。

硬化せし頭《あたま》と思ふわが言へばもつともなりと人は言へれど　木俣　修

人類の最古の叡智なる火もてひとはしづかになきがらを焼く　永井　陽子

田井は、「短歌研究」（一九八四年一月号）の十八人一首を資料としている。

　十八人一首に付された批評は、率直な感想と歌論と場所ふさげと種々あるわけだが、田谷鋭氏の、

糖尿病に足ひきてゐきその病気を第一病として諸病つのりき　宮　柊二

牽き出づる衝撃に鉄のわななきて牽かれつつ出づわが傍を　片山　貞美

という選出および解説をありがたく思った。高嶋健一氏の、

歌仲間だけらしといふ声がして声は階段をくだりゆきたり　清水　房雄

の選出およびそこにいたる過程の鑑賞も胸に落ちるものであった。

ここのそぢ共に越え二つの柿なるを安らぎとして有り経しものを　土屋　文明

霜月の霜ひとにぎりまたしても失せゆくものをわが掌よろこぶ　安永　蕗子

ほのぐらく抱かれぬ雉の卵十個くさりはじめてゐるにかあらむ　石川不二子

はかなしと人に言はねど若き日の口腹の欲何方行きけん　野北　和義

これらの作品を納得できたと、認めている。田井は、ジャーナリズムの求めている秀歌について苦言を呈している。

　ジャーナリズムは、ほんとうに秀歌を求めるのであれば（お祭りをやっているだけなら別

として）一年前に選者を依頼し、依頼された者は責任をもって仕事を遂行するのでなければなるまい。ましてまちがった解釈に陶然としている人や単なるおしゃべりは退けるべきであろう。

と、安易な総合誌の企画にも辛口な発言をしている。

※

「評論通信」5号の中地俊夫の時評を取り上げる。タイトルは「教師歌人のゆくえ」である。教師である奥村晃作の作品の面白さをエッセイ風に書いているが、核心を衝いていて面白い。中地は、

話は俗になるが、歌人には学校の先生が非常に多い。本会の田井安曇・片山貞美・奥村晃作・武川忠一・玉城徹・林安一・吉村睦人の各氏なども皆学校の先生である。（すでに退いた人もいるが。）おそらく数えあげたら切りがないだろう。ところで、私は学校の先生が嫌いである。劣等生であった私には、学校の先生に関するよい思い出が少しもないからだ。もちろん例外はあるが、私が教えを受けた学校の先生は妙に尊大で、禁欲的で、ヒステリックで、暴力的で（私はしばしば撲られた）あった。

教師に対して不信感を抱いている中地であるが、奥村晃作に対しては、上品な歌を作るだろうという教師のイメージを払拭した作品の面白さに惹かれている。

いち日を生き抜くことが立派なり生まれちまつて生きねばならぬ

少年が引き連れて冬の夜の空の星を見に行く家族四人で

もし豚をかくの如くに詰め込みて電車走らば非難起こるべし

の『鬱と空』からの作品を引用して、

歌をやらない私の家族さえ面白がっていたぐらいだから、この歌集の面白さは相当なものだ。しかし、この歌集の問題点は、その素人受けする面白さの中にあるようだ。

と中地は面白さに同情的である。教師であれば、上品な歌を作ろうとするのが普通であるとも言っている。しかし、同じ歌集だが、次のような作品については、

男らがボインとぞ呼ぶ乳房なり下半分を布で締め上ぐ

については、「少なくとも、このような下品で通俗的な作品は捨て去るのが普通であろう。しかし、奥村氏はあえてこうした作品を歌集に組み入れた。面白短歌のために、短歌の伝統を破り、教師の体面をかなぐり捨てたのである。」とまで賞賛している。

※

四月十日。電電中野クラブにおいて、運営委員会が開かれた。議題として、①今年度の「評論会」について②会計報告の件③新入り会員の件についての話し合いが行われた。新しく入会を希望した人は、北川原平蔵、浅野英治、後藤直二、石井利明、鎌倉千和、川合千鶴子、市村八洲彦、星野京、久保田フミエ、沖ななも、小林サダ子ら十九名で、運営委員会によって承認されている。

※

五月十六日。吉祥寺「九浦の家」にて、第六回の「評論会」が行われた。テーマは第五回に引き続いての「現代短歌の喪失したもの」である。発表者は、玉城徹、質問者を小池光が担当して

いる。（記録は「評論通信」7号）

六月五日。電電中野クラブ。運営委員会が開かれているが、当日の記録は残されていない。

六月二十日、「評論通信」6号が刊行された。6号は、八ページ立てである。「私の方法」を秋元千恵子と吉村睦人が書いている。秋元は、歌集『吾が揺れやまず』より、吉村は歌集『吹雪く尾根』より十首を自選している。ともに三首をあげる。

吹かれつつ象変えゆく風紋の砂の自在をかなしみて見つ　秋元千恵子『吾が揺れやまず』
砂浜に打ち上げられし流氷の幾日を石のごとくに乾く
身のひとつ置くべき処なき街をいでて歩めば光る夜の川

秋元は、

意識的に実践してきたことは（一）多角的に詠むこと、（二）二十世紀を生きている証の短歌をつくること、（二）については、ほとんどが失敗作だと思う。

と前置きをして、さらに、

あからさまにそのことがらを示すことをかたくなに拒むことに固執し、私の内面の真景は、そのつど、よりふさわしい媒体を得て変身をとげようとする。いままで、特に自然の風物は、私の心に添ってきた。必然的に、リアリティに乏しく、一般的に言われる女歌の様子めいた作品になりがちであった。これからは、明確にしたくないことがらは回避するか、別な象で心に添う方法を求めるか、自己の本質を見失うことなく、人の言葉に耳を傾け、短歌を個のものとしてばかりでなく、普遍性のある作品として書きたい。
と、「私の方法」というよりは、これからの歌と対峙する姿勢と覚悟を明確にしている。
もう一人の吉村の作品は、

街道に早坐りこむ二百人朝より暑き砂川の町
銃口をわれに向けゐる銃見つつ鉄柵に沿つてわが歩みをり
警官の落せし警棒と鉄帽は肥溜めの中にたたきこまれぬ
吉村　睦人『吹雪く尾根』

吉村は、提示した作品の背景にある実態から次のように述べる。

自分の中で、これからの「歴史」を見つめ、それを歌にも歌い残そうと考えた。短歌にそういうドキュメントの力があるのかないのか、そういうことはその頃も分からずにやったし、今もあまり分かっていない。ただその頃読みはじめた正岡子規の、「ガラス戸ノ外」の一連などから、子規は病牀にありながらこのように克明に見て作った。ぼくは動けるのだから、動けるだけ動いて、見るべきものを実地によく見て、歌を作ろうと思ったのだった。

砂川事件を身をもって体験した吉村の「私の方法」は、歌集『吹雪く尾根』を理解する意味においても、貴重な一文と言えるだろう。

※

第五回の「評論会」が、三月二十二日に行われたが、その時の「現代短歌に失われたもの」の記録が収められている。本来なら全文を取り上げたいが、紙幅の関係で中心となるところのみを引用しておく。次の玉城徹の要約したものは、当日の討論を対話形式にしたものである。

「A」こういう出題は、じつはナンセンスである。何故ならば、それぞれの時代には、その固有の時代精神があり、したがって、それを表現するための独自の芸術、文学的展開が見られるからである。簡単に言うなら、万葉の時代には「万葉の歌」が、新古今時代には「新古今の歌」が、現代には「現代の歌」があって、互に別のものだということができる。そして、それぞれの「歌」には、それぞれの歴史がある。つまり、発生－展開－衰微という過程がある。そう考えると、現代の歌が、たとえば万葉の歌に対して、何かを失っているという言い方は、意味をなさないと言ってよい。

に対して「B」は、

「B」すると「現代短歌」――わたしは狭い意味、つまり戦後短歌ないしは、一九八〇年代短歌という意味で言うのだが――は、どう歴史的にどう位置づけられるかという疑問が起こってくる。それは「近代短歌」の衰弱期なのか、それとも、それとは別の「現代短歌」の初発期もしくは興隆期なのか。

「A」それは、まだ誰にも分からない。その理由は二つある。一つは、「近代短歌」とははたして何だったかという「しめくくり」をまだ誰もしていないことだ。もう一つは、わたしたちが、自分たちの手で「現代短歌」を始めようとする意志をどこまで持っているかが明らかでないからだ。一方で、たしかに近代短歌の末流化としかみられない現象が歌壇を掩っている。しかも、それを意識しないで、自分では、結構、何か新しい方向を目ざしているつもりになっている作者も多い。「意識できない。」というところに、衰微の徴候がはっきりしているのである。（中略）「A」衰弱の一ばん端的なあらわれは、作品を読む力が極度に衰えたことだ。作品の表面しか読みとることしかできない。素材と対象しか見ない読者（ときには、そういうのが選歌をやっている）がある。

「B」そこで、読む力を回復する必要がある。それには、古典和歌——たとえば万葉を、新しい角度から読み直し、そこから近代短歌の性格を検討してみなければならない。「近代短歌」とは、要するに万葉その他古典和歌に対する、一定の角度。角度そのものではないとしても、その角度を決定因子とするものだ。

いまでこそ歌の読みと言うことがしきりに言われている。ここに抽出した文章の端々から、歌を読みとることがいかに実作者の作品を豊かにするかが、伝わってくる。

一方の小池光は、「暗い春、明るい春」という一文で、

当日はなぜか句切れの方に参加者の話題があつまった。『新しい歌』のための手っとり早い具体的ヒントを求めているためだろうか。しかし二句切れとか三句切れとかそんなところで小細工弄しても別段なにごとがどうなるわけもない。別のことを記す。

といって、島木赤彦の作品を取り上げて読みの問題を提起している。小池の挙げた赤彦の歌は、

高槻のこずゑにありて頬白のさへづる春となりにけるかも

である。この作品に対して小池は、次のように記している。

赤彦のこの一首、「また春が来たかあ……」と読ませると、玉城さんは言った。たしかにその通りでどこにもそうは書いてないのだが、「また」の一語は万感の重みを湛え（？）一

首の背後に透ける。それは、玉城さんの言葉を借りればある種の境涯性である。単に目前の情景を記述しただけなのに不思議なことに生活の屈折、挫折、疲労、そういったものが伝わる。ところが元歌の方、

岩走る垂水のうへの早蕨の萌出づる春となりにけるかも

は、必ずしも「また春が……」とは思わせない。全く思わせないということには（短歌である限り）ならないが、境涯性を暗示するものははるかに量的に少ないといえる。

小池はこれらの疑問を鋭く玉城に問いただしたいと思ったそうだが、当日はできなかったと断った上で、赤彦と元歌の違いを「春の最大の相違はアカルイかクライかのちがいである。そうしてアカルイ春に境涯性が伴わず、クライそれに伴う。」との考えを「評論通信」には寄せている。できれば全文を発表したいが、それは紙幅の関係で無理なことである。

※

今号の時評は、角宮悦子の「『詩歌』廃刊」についてである。一九八四（昭和59）年に輪禍によって急逝した前田透の「詩歌」廃刊のいきさつを角宮が書いている。

昭和五十九年『詩歌』三月号の第一ページには、前田透遺言、一部写しとして次のような一文がかかげられております。「雑誌『詩歌』は前田透追悼号を発行した後廃刊する。昭和五十七年六月十五日　前田　透」

との遺言によって廃刊しているが、角宮は、「文学的良識」として理解をしたいとも記す。結社の継承と廃刊は、今後とも続くであろう。一つのケースとして、今日においても考えなければな

らない問題でもある。

※

七月十二日。第七回の「評論会」を吉祥寺の「九浦の家」において開催。テーマは「土屋文明短歌と現代」。発表者は、片山貞美、清水房雄の二人である。（記録は「評論通信」8号）。

七月二十三日。中野の電電中野クラブにて、運営委員会が開かれた。当日の出席者は、奥村晃作、白石昂、田井安曇、髙瀬一誌、玉城徹、林安一、吉村睦人、外塚喬の八名。

八月二十日。「評論通信」7号が刊行された。7号は八ページ立てである。「私の方法」と、第六回の「評論会」の記録、そして時評が載っている。「私の方法」を清水房雄と井上只生が書いている。

清水は歌集『停雲』より十首を、井上は歌集『采果』より十首を自選している。ともに三首をあげる。

俗物めと思はむとすれど詮なくてわれは答へぬ言葉しづかに　　清水　房雄『停雲』

吾ひとりこばめば事済むといふ話こころ一つも守りがたきを

貰ひそこねし金と言葉と思ひ出づその時人のただ静かにて

清水は、十九歳の時から歌を作っているが、方法意識をまったくもったことがないと言う。剣道を嗜む清水は、歌も剣道の極意で作るしかないと言う。最後には、誰かいい方法があったら、教えて欲しいとものだとも言っている。

題をだされる、又締切がある。当面の敵が出現したわけである。逃場の無い私はじっと気息を整え溜める。怺え怺えてやりきれなくなる。——何で歌なんかとつき合い始めたのだろう。ああ嫌だ。逃げ出したい。誰も助けてくれそうも無い。糞っ。——とわめき出す、文字を紙の上にわめき出す。それが一首か何首かの形を成している場合もあり、成していない場合もある。近間の仕事なので、それは日常身辺の範囲のうちに止まり、短い得物に当たる息の短い、小間切のような詞句の連綴に終る。天分が無いのだから仕方無い。

一方の井上の作品は、

梟のさびしかりにし声絶えてなほしさびしとわが妻のいふ　　井上　只生『采果』

わが負へる業とは何かおもほへば戦死せざりしことに至れる

わが燃やす生木の枝がにはかにも悲しき声をあげて動ける

井上もまた、好きで詠んできた短歌なので方法論などはない、方法などは考えたくもない、方法など、どうでもよいのが私の方法であると、断った上で、

短歌は作るものではなく詠むものだと思うので、気が向かなければ詠まない。作品の良否は問わず（というよりもわからない）興が湧けば数多く詠む。下手な鉄砲も数撃てば当たる。そんなおもいは無いのだが、事実で、これも方法の一つか。

と、いかにも淡々と記しているが、多くの人の共通した思いではないだろうか。

※

第六回の「評論会」の記録がある。

玉城徹はここで、「虚構の型について」（報告についての註解）を記している。五つの項目を挙げて自身の歌に対しての思いを述べている。少し長くなるが、小池とのやりとりに関係があるので引用する。

①では、「文学は虚構（言語の）によって成立する。」として、「この場合『虚構』（フィクション）と言うのは、小説＝フィクションという一ジャンルの名称とは関係がない。もっと根本的な意味で、文学とよび得るものは、仮設的な言語構造だという意味である。短歌は、現実的な自己の生活体験に立脚した叙情詩だと主張して、虚構性を否定する作者もいる。しかし、理論的には、それは正しくない。それは体験に立脚したフリをするに過ぎないのである」

として、②では斎藤茂吉と塚本邦雄の次の作品を例として挙げている。

いらだたしもよ朝の電車に乗り会へるひとのことごと罪なきごとし　斎藤　茂吉

リラの花踏みてゆく靴・靴　明日は戦火の街ゆきかへり来じ　塚本　邦雄

一首目は「ひとのことごと罪なきごとし」という言葉の発見から生まれたものだろう。安閑とのん気な平凡人の世界に焦立っている一平凡人という設定である。上句には、これと別のものを持ってきてもよい。（多分、その方がよい。）しかし、一まず現実体験らしいフリによって一首を落ちつけたのである。塚本作品、上句は街の雑踏。靴に焦点を当てたのは映画の大写しの手法。「リラの花」は胸に挿したのが落ちた意。つまり祝祭なのだ。しかし、この祝祭は戦争に隣り合わせだというのが下句である。明日は市街戦を戦うはずの人々が、今日は祝祭に酔っているのである。ここには現実体験のフリはないが、歴史の一断面というフリがあるわけだ。多分両者はそれほど遠いものではない。

斎藤茂吉と塚本邦雄作品に触れているが、他に、玉城と小池の選んだ作品を参考までに何首かあげておく。小池の選んだ作品は、

晩夏のひかりしみ入れり目のまへの石垣面《いしがきめん》のしろき大石　斎藤　茂吉

革命にうちふりし手の熱すこし冷ますため鉄の絃楽器おき　塚本　邦雄

聞かずともここをせにせむほととぎす山田の原の杉のむらだ　西行法師

玉城の選んだ作品は、

道のべに盛られし砂が昼ちかき日にかがやきてわれ通りゆく　佐藤佐太郎

夜に聴けば矢振間川《やぶるまかは》の川の音《と》の魚野川《うをののかは》に注ぐおときこゆ　宮　柊二

灰黄の枝をひろぐる林みゆ亡びんとする愛恋ひとつ　岡井　隆

前回の玉城徹の「虚構の型について」で記せなかった一つを記しておく。その一つは、「短歌は叙情詩か」という問題である。玉城は、

三輪山をしかも隠すか雲だにも情あらなも隠さふべしや　額　田　王

の古歌については、

こういう歌の魅力は純粋に叙情詩だとは言いがたい。これを、個人的な生活心情の表白と解して、そこに共感を感ずる（近代人の解釈はそういう方向に進んだが）というのは、よほどのオンチでなければ、出来ない相談である。人生境涯の詩はあくまでも個人的叙情である

が、そういう方向では、短歌の本当の力は汲みつくすことはできないというのが、今のわたしの考え方である。

と、個人的叙情を問題化している。

※

「評論通信」7号には玉城と小池がともに文章を寄せている。「評論会」の折の対話をテープ起こしした「寸取虫」に本音を窺うことができるので、記しておくことにする。

（玉城）近代短歌が、大衆というと怒る人がいるんだけれども、まあ広く専門作者でない人と接触を持つようになるでしょう。この間の柴生田さんの「短歌」へ出した歌の中にも、自分が歌出したら、そんなのは単なる写生じゃねえかと茂吉にいわれたってありましたね。つまり茂吉は知ってるわけなんですよ。その、単なる写生じゃだめだってことをね。ところが実際に自分のところの会員をきたえて、そして専門家じゃない一般の生活者の歌を作らせていこうという時にはまあともかく身のまわりのものを書いてきなさいと、こういうまあ指導をしちゃうわけだ。まあそこからねえ、底辺がだんだん、こう広がって、いわゆる見たものをそのまま言ってけば、ともかくなんとかなるだろうと、でこれはイデオロギーですよ。一種のね。

（小池）そうすると要するに写生の説なんてのは愚かなる一般大衆を獲得するためのスローガンというか、お題目みたいなものである。ほんとは偉い人は、そんなことをまじめにかんがえてないと……。

（玉城）それはね、だから二重構造でね、一面は非常にむずかしいことをいうわけだ。茂吉でもね。自然自己一元の生を写すなどとね。これはまあ一般の人の方にはお題目で意味はわからないけど「自然自己一元の生を写す」と、こう覚えておく。だけど自分の方では、なにかそこに一つの思想があって、かなりソフィスティケイトした理屈をつける。理論的にはかなり破綻してますけどね。けれどもかなり面倒な理屈をつけとくわけですね。そこはどうも二重構造だと思うんです。

この玉城の発言に対して小池は、虚構ということに対して玉城に再び質問をしている。それは、前回、玉城が引用して解説をこころみた斎藤茂吉の〈いらだたしもよ朝の電車に乗り会へるひとのことごと罪なきごとし〉についてである。虚構についての興味深い争点なので、全文を引用する。引用は、その場の雰囲気が伝わるように原文通り。

（小池）（略）まあ愚かなる一般大衆の一人として読めばですね。なんか朝の電車を想像して、そこにみんなあほづらさげて乗ってて、なにかいらいらしてと、そんな情景を思いうかべてしまうわけだけれども、まあ、そこにあるフィクション性というのかなあ、それはいったい何なんですか。いまみたいな読み方というのは結局何かのトリックにひっかかっているわけですね。

（玉城）そうそう、それはね、そうも読める。そうも読めそうに書いてあるわけだね一応ね。だけども、それじゃあね、実際にね、その、なにかでいらいらして、ここではまあ自分は罪があるというようなことを感じているふうな裏に入ってですけれども、そこんとこがね、ちょっと問題があってね、じゃあ何の罪なのか、自分が罪があってというのはどういうことなのか、というようなことになってくるんですけれども、素朴な自分の感情として、なにか自分が悪いことしているような感じで、電車に乗ったらみんなのんきにしているからいらいらしてるというようなことだったならば、こういうふうには表現できないわけだね。おそらく。

（小池）それはどうしてです。まさにいまおっしゃったようなことを表現したのがこれじゃないんですか。

（玉城）そうだったらつまんない歌だね。そこんとこがあやしいんだ、この歌はね。そこのところが非常にあやしくできているんだけれども、つまりそこまでじゃないらしいところがあるわけだ、この歌はね。つまりもう少し、それでは罪をかんじたという自分はどこにあるのかとか、つまり単なるなんだか悪いことをしていたんで、そんな感じになったんじゃないところがある。つまり自分の存在というものをこういうふうに考えて、そういう心理的な主体を置いてみたところにフィクションが成り立つているんだな、そこに魅力がある。魅力がそこから出てくる。

（小池）そうするとこの朝の電車の実景というか、シチュエイションというものに先行して、ある自分自身を、罪というか、原罪意識でもなんでもいいんだけど、なにかそういうふうなレベルで、なにか罪的なるものとして自分の生きてるってことをとらえるという意識が先行して、それが一つの情景を引っぱってきたってことですか。

（玉城）そうそう、作り方としては。ただ、たまたまね。そういう自分の考え方とか、感じ方とかいうものが基本にあって、その中でそれじゃどっちからそれを歌に作ろうかという時に、朝の電車に乗り会った、こういうものを持ってきて作ろうと、こういうことなんですよ。

（小池）そうするとその先行する意識というようなものを、玉城さんは、仮定とか、フィクションとかいうことばでしゃべられてきたということなんですか。

（玉城）いや、そうじゃなくてね、そういうものがあるところから、どういうふうに切り出してゆくかっていう、この切り出し方の問題ね。つまり現実そのものから離れてそこを切り出す、それは朝の電車なら朝の電車というものを用いてその問題を切り出す仕方、そこんとこなんです。仕方の問題。つまり自分がこれじゃ、今のような形で、まあ原罪意識を持って、こうだというふうに言ってくれれば、これはまあ自分についての報告になるだろうけれども、そうじゃなくて、そういうものを元に持ちながら、そこから文学として、そこにもう一歩切り出してくる、その切り出し方のところを虚構だと……。

（小池）それはよくわからないですね、切り出し方というのは。つまり素材として場面として、なにかいっぱい選択するものがあると、自分の罪の意識を表現するために、たとえば電車の中にいる人を見てもいいし、たとえば動物園で猿を見てもいいかもしれない。いっぱいあると、その時、ここに電車の中ってのを着目したという、そのなんというか、アングルの切り出し方みたいなもんですか。

（玉城）うん、まあ、アングルももちろんある。アングルも含めてね、たとえば「いらだたしもよ」と、こう言ってくる言い方とか、たとえばわれわれ歌つくる場合でもそうなんだね。漠然とね、一つの、こう自分の、現実感じゃないんですね、現実からくるいろいろの感想じゃなくて、一つのながれが……で、この流れからなにを出して、どう歌っていくかというところが出発点だ。そうすると、それに合うことばを探すとか、合う情緒を探すとか、いくつかの問題がある。

（小池）だから結局、なんか、ある意識のもとに一つの場面をつくっていくってことですか。

（玉城）うーん、まあ場面といってもいいけれど……。

（小池）電車に乗ることにするとか。

（玉城）うんうん。（笑）電車に乗ることも一つであっていい。それから「いらだたし」ということばで言ってみようとかね。

（小池）それがフィクションということなんですね。

（玉城）そうそう。それはフィクションだと思うんですよ。つまりそれは現実そのものじゃないんだから、一つの別の世界、つまり、そこに、まあ……。

（小池）つまり言ってみた時には要するに実際の世界じゃない世界ですよね。何でも言ってしまえばことばの世界になってしまうから。

（玉城）ただ、その、そこまでいかないのがたくさんある。そこでね、エリオットは触媒だというんですよ。つまりね、プラチナをね、触媒にするというような形で、あるものを入れたらば、一気にそこに反応が起こるというような形で詩はできてくるんだというんですけれど、その触媒的なものがあって一気にできる、そこのところは虚構だという……。

（小池）いや、そういう言い方をもし許せばですね、あらゆる表現は虚構になってしまうんじゃないですか。たとえば写生の説に従った一般大衆の歌がですね、朝、なっとうごはんをたべて、みそしるを飲んだっていうのを三十一文字にした時に、それはすでに、言ってみたわけだから……。

（玉城）ところがさ、その場合はね……。

（小池）それはね、フィクションじゃありません？ことばの問題になってしまっているでしょう。

（玉城）ただその場合はね、メッセージすることが、つまり現実の自分の一つの感情ってものが、もうはじめから解り切っている感情があって、それをメッセージしたいということがあって、それをメッセージするために、ことばをね、多少、いくらか工夫する人もいるでしょうけれども、そこまでは作品じゃないっていうんですよ。

（小池）じゃ、茂吉の場合だってまさにこれ、その、自分の罪をメッセージしたいという意識で場面をつくってきたというふうなことじゃないんですか。

（玉城）それは大分ちがう。そのメッセージがね、ないんだ。そういう意味での……。

（小池）メッセージがない？

（玉城）うん、そういう意味でのメッセージがない。

（小池）しかし、じゃ、この歌のいわゆる普通の学校教育における鑑賞とすればですね、茂吉はなにか罪的なものを感じていたがゆえに、外の人々のあほづらが気になったのである、というふうにやりますわね。それはおかしいわけですか。

（玉城）そうそう、それじゃこの作品は面白くならないよ。

（小池）ええ、ですからおもしろくないと思うんです。

（玉城）だから、そういうふうに読まれる作品だったら、これはたいして価値がない。ちょっとあぶないところにあるぞ、この作品ね。

（小池）そう、あぶない。切らなくちゃいけない、そこは。

（玉城）ちょっとあぶないところにある作品だと、ぼくも思いますけどね。そういうふうに取られる可能性がある。ただ茂吉が出そうとしたものは、もうすこしいわゆる現実にない情緒の感触全体なんだけどね、なにか悪いことやってて自分は心に責めを感じていて、だからこういうふうに歌ったという、こういう過程じゃない……。あやしいけどね。非情にあやしいですね。だから、これは非常に絶賛できないのは、そこに、ある。


茂吉の歌一首から、これほどまでに掘り下げられたやり取りも珍しい。そのままテープ起こししたもので修正はないので分かりにくい面もあるが、貴重な資料として残しておかなければならないだろう。対談や鼎談というと、ときには論点が嚙みあわない場合などがあるが……今回の玉城と小池の場合は、さまざまな問題を提示していると思われる。

※

今号の時評は、鎌倉千和の「『わかる歌』など」である。鎌倉は、夥しい歌が氾濫しているが、どれが良い歌なのか悪い歌なのか判らないと断って、その基準を知りたいとも言っている。この問題は、今日にまでも引き継がれていることでもあろう。いわゆる、短歌の永遠の問題なのかもしれない。鎌倉は、

作品は、分かりにくいよりは分かり易い方が良いかもしれない。少なくとも、誰にでもすぐ分かる作品の方が、なかなか分からない作品よりは、より多くの読者あるいは理解者を得るであろう。まして、作品の感受能力が衰えてきている（見る所、どうもそんな気がしてならないのである）昨今のわれわれ読者達にしてみれば、読んですぐ分かる作品ぐらい有難いものはない筈である。しかし、読んですぐ分かる作品、分かり易い作品が良い歌かというと、もちろんそうとは限らない。この「分かる」というのは、単に意味が分かるという程度のことで、それを満たしているだけでは「歌」にならないのだ。短歌が「詩」であるからには、作品に詩（ポエジー）がなければ、「歌」とは言えまい。意味的に、「分かり」易くても、「分かり」にくくても、作品の良し悪しは、詩（ポエジー）があるか無いかによって、まず振り分けられるのである。（中略）なぜこんなあたり前のことを書いたかと言えば、私の見る限りでは、近頃の作品（短歌）は、分かり易くする方にばかり比重がかかって、肝腎の詩（ポエジー）の方はなおざりにされているように見受けられるからなのである。分かり易く、しかも「詩」となり得ている「短歌」を作る為には、なみなみならぬエネルギーと、鋭敏な

言語感覚とを必要とするであろう。

時評などというと、どちらかというと現代に即した問題に走る傾向があるが、歌とは何かという根っ子のところに視点を当てていて、興味深いものとなっている。

※

九月十一日。第八回の「評論会」が、吉祥寺の「九浦の家」にて行われた。テーマを、「土屋文明短歌と現代」として、奥村晃作と田井安曇が発表を行う。(記録は「評論通信」9号)。

九月二十七日。中野の電電中野クラブにおいて、運営委員会が開かれた。出席者は、片山貞美、奥村晃作、髙瀬一誌、白石昂、林安一、外塚喬の六名。第九回の案内状の発送、年末の忘年会のことなどを打ち合わせる。

十月二十日。「評論通信」8号が刊行された。前号と同様に八ページ立て。「私の方法」を、大河原惇行と田島邦彦が書いている。大河原は、歌集『鯉の卵』より十首を自選、田島は歌集『晩夏訛伝』より十首を自選している。ともに三首をあげる。

思ひ迫りていまわれは聞く病む父が夜のふけて吹く法螺貝の音　　大河原惇行『鯉の卵』

胆嚢を取りて癒えつつ働きていま睾丸を取りしわが父

海なかに生るる光はくれなゐのまへの静かなひかりと思ふ

大河原は、方法というものを考えることはあっても、自身のこととなると考えたことはないという。

優れた先進の作品の存在を思うとき、自分のことなど思う余裕がないのである。ただ、優れた先進の有り様と、それらの作品をまねることにせいいっぱい心を傾けて来ただけといってよい。それからもうひとつ、短歌がたまらなく好きなだけで作歌をつづけて来たことが、方法を考えなかった理由として言えるかも知れぬ。

と書きながらも、実際には作歌の方法を次のように述べている。

一日一日の生活の中の感動をどう摑えるか、それだけを考えて作歌をつづけて来たのである。生活の中の感動の本当に大切なものを摑えることが出来ないと言った歎きが今は強い。そして、もしぼくに、作歌の方法と呼ぶべきものがあるとしたら、その歎きの中に方法について考えられるところがあるかも知れぬ。

ここには、今日の大河原の作歌の原点が存在しているようにも思われる。

一方の田島の作品は、

人の世の掟は寂し背かずばさらに寂しき裸身を曝す　　田島　邦彦『晩夏訛伝』
村里の風花都市の枯葉舞ひ落ちてわが夢までも老けたり
日本を無尽に奔れパトカーも死霊と名づく暴走族も

田島は、万葉の旅の歌を事実詠についても、それは虚であり、虚に徹することにおいて真実が見えてくるのではとも述べる。現実にないものを作り上げるのが文学であるといい、その観点から見た場合、文学の虚構は一技術にすぎないと、言い切っている。こうした田島の方法は、

ぼくにとっての歌は、日常のルポルタージュでも、体験のフォローでも、生活のインデッ

クスでもない。またぼくは芸術で虚構論はタブーであると思っている。芸術家は究極では嘘をつけないからである。そのせいかぼく自身、狭隘なところに落ち入って自身を苦しめている場合が多い。それは自然に心を密着させた心理的現実の表現において、人間の最も愚鈍で非活動的な習性である自己享楽と詠歎に堕してしまうからである。だが想像力の問題の核心にあって、生の概念に自己享楽性が内包されていることは、救いの一つである。しかし自然は心であるから、俗世の憎しみや怒りを作歌の対象物に投影させ、人生の悲喜こもごもを瞬時の自然にかいま見てはいる。

今号での「私の方法」は、異なった二人の考えがはっきりと出ていて、興味深いものとなっている。

※

また、七月十二日に行われた第七回の「評論会」の要約が収められている。テーマは、「土屋文明短歌と現代」。発表者は、清水房雄と片山貞美の二人である。要約されたものは「短歌即生活」論の微細資料を清水が、片山は、「文明短歌の技術」についてである。片山の取り上げている土屋文明作品は、

しめりもちて冷き堂の気にこもり漆の香しるくきこゆる　『ふゆくさ』
この三朝あさなあさなをよそほひし睡蓮の花今朝はひらかず　同
殺生石は草木たえたる石はらに秋ひるすぎの陽炎は立つ　『山谷集』
六月の疾風は潮を吹き上げてはや黄に枯るる蒲なびくかも　『六月風』

馬と驢と騾との別を聞き知りて驢来り騾来り馬来り騾と驢と来る　『韮菁集』
あひともに老の涙もふるひにき寄る潮沫の人の子のゆゑ　『青南集』
当日の資料には、これらの歌の他にも何首かが引かれている。清水は「アララギ」における土屋文明と、文明を取り巻く人間関係に重きを置いた話をしている。一方の片山は、作品一首についての鑑賞と表現の見るべきところなどについて話している。例えば、
しめりもちて冷き堂の気にこもり漆の香しるくきこゆる
については、
『しるくきこゆる』とは、作者が古語を生かそうとする表現だ。『しめりもちて冷き』『気にこもり』の描写によって有機化した。
殺生石は草木たえたる石はらに秋ひるすぎの陽炎は立つ
については、
殺生石は草木を見ない石原にあって、秋の日の昼すぎのかげろうはそのあたり一面に動いている。『は』をふたつ使って、殺生石と陽炎とを分離してまとめないのは従来の統一的な場面構成を破って分散的な場面を作って、これも対象の開拓を技術的にはかったものだ。
馬と驢と騾との別を聞き知りて驢来り騾来り馬来り騾と驢と来る
文明の歌としてよく知られているこの作品については、「対象は描写した場面よりも、馬や驢や騾を曳く人びとと群衆の雑踏往来のさまである。作者の技術の至らざるなき闊達さを思わされる。」と記している。

他にも何首かのコメントがある。当日のやりとりを記録した「寸取虫」からは、その場の雰囲気が伝わってくるので、記しておくことにする。

（大河原）一町の間を一町の間にする、というのですけどね、「この三朝あさなあさなをよそほひし睡蓮の花今朝はひらかず」という歌の場合で、この場合に、写すべきところと外した部分があるんですね。例えば睡蓮の美しさを表現しているんだと思うんだけども、最初にそれを読んだ時に、池やなんかの睡蓮かと思う。ところが、あの歌を読む限りは、ちょっとわからないんですよね、そういうことは。だからもちろん歌はいいんですけども、一町の間を写すということになると、その睡蓮が咲いている場所ですか、それは全然外しちゃっているんですね。そこいらへんを、どういうふうに受けとめたらいいか。

（清水）切り取り方じゃないですかね。無限に近い世界がある中で、どこを切り取るかということじゃないですか。だから一町は一町を切り取ったんで、一輪であれば一輪で、だから何ごともうまくいかない場合があります。

（奥村）やっぱり技術ということばにこだわっているんですけれども、片山さんから文明の歌は技術によって作られているとか、あるいは先程玉城さんから、それを説得させてしまうものが技術だとか出ていましたが、最近片山さん、そうじゃないですか。ぼくは技術以前のことが大事じゃないかと、片山さんの引かれた歌を見て思ったんですけどね。（中略）独特の表現を編み出さざるを得ない技術以前の思いとか発想機構とかですね。あるいは態度ですね。こういうものが技術より先にあったんじゃないかという気がするんですけれど、そのへんいかがですか。

（片山）歌を作る場合発想というのは、習慣的に出てくる。その出てくる基盤というのは日常生活にある。現実的に、今自分が生きていて、何を感じ、何を考えるか、自分がどう生きていくか、現実的に具体的に探っていく……それが短歌形式をかりて、短歌というものが出てくるわけだ。

この日の記録は、録音中のノイズがひどくて鮮明に聞こえない部分が多くあったので、もしかしたら、核心部分が抜けているかも知れないことを断っておく。

※

時評は、石井利明が「真面目過ぎる？」を書いている。石井の時評は堅苦しい時評というよりは、楽しいエッセイを読んでいる気分にさせてくれる。

（略）少し前（短歌現代58年9月号）で、小池光氏〈とりあえず笑うほかなく〉というサブタイトルのついた「笑いの位相」という文章に会った。読んでゆくと、はじめの四分の一は「仏壇セール」の過激さに触れ、つづいて奥村晃作氏の歌集『鬱と空』について書かれたものである。文章はあたかも「短歌講談」のような見事さで、障りなく読んでゆく（本当の講談では演者は真面目な顔をして少しも笑わないが、小池氏は随所で笑いながら）、「とりあえず笑ってしまう」「さしあたり笑ってみる」「大変おもしろかった」という結論にみちびいてゆく。そこで読みながら私は〈とりあえず笑うほかなく〉というサブタイトルが、どうにも失礼に思えて仕方がない。……〈とりあえず笑うほかなく〉というどこか片言のような雰囲気も気になって来る。

小池が文章の中で挙げた、

路角の出合頭にブッキーが秋田犬と狂ひ妻転倒す

の作品について、

読者は笑うかも知れないが、私には笑うというよりも『路角』や『出合頭』という独特な用語の用い方の周到さとか、中形より大きいらしいブッキーという犬の容姿を想像させるところや、妻の不用意さを見ている表現者としての豊かさなどを思い、巧みだなあという感じが起こって来る。

さらに、第六回の折に議論を呼んだ茂吉の次の作品、

いらだたしもよ朝の電車に乗りあへるひとのことごと罪なきごとし

と奥村晃作の作品、

肩すかし喰はす如くわれに倚る人を泳がす混む車中にて　『鬱と空』

の二首を比べて、

資質の違いはともかく、『いらだたしもよ』と詠んだ茂吉から六十年を越えて、奥村氏の歌は助詞を省略しなければ間のびを感じるほど、管理化された緊張のなかに反応しあっている。そして茂吉の歌のなかの乗客の顔を小池氏は『あほづら』（これは討論のやりとりの中の言葉だから軽い意味で出たのかも知れない。）と言ったが、大正時代の乗客と現代の市民の表情の違いはどうであろうか。

と比較して、小池の意見に異論を唱えている。

※

せっかく「現代短歌を評論する会」が出来たが、批評ということについての基準がないままに、批評会を続けてきた。「評論会」では明確な批評というものがなければ、それぞれが思っていることを言っているだけで、それは面白いかも知れないが問題点を深く掘り下げていくことは出来ないのではないだろうか。そうした思いに玉城徹が答えを出している。

「批評綱領のために」という、五項目からなる文章を寄せている。「批評綱領のために」は、後日の「評論会」でテーマとして取り上げているので、ここに全文を紹介しておくことにする。

歌壇における批評綱領とでも言うべきものを、わたしたちの手で作ってゆく必要があるのではないか。その理由は次の如くである。

今日の歌壇に「良い批評」がないというのは真赤な嘘である。「良い批評」はちゃんとあるし、良い批評の萌芽もある。しかし、一方、でたらめな、悪質な批評が多すぎるのである。そして、悪質な批評をするものに限って、「良い批評」が見当らぬなどという煙幕を張って、事態を昏迷させせようとしている。これを一々相手にしてはいられない。それより悪質批評一般を排除する基準を作っておいた方が良いと思われる。例えば、次のような点についての注意を含むべきである。

（1）批評とは何か、何であるべきかという徹底した反省のない批評は不可である。（例えば、何らかの党派、仲間の利益を優先させたり、歌壇評判記の如き批評は、この反省を欠いたもの。)

(2) その批評者が、どんな文学理論の上に立っているのか、いくら読んでも判明しないものは悪質である。むろん、一々文学理論から説きおこすわけにゆかない場合もあるが、読んでゆけば、それが透明に見えてこなければならぬ。

(3) 批評上の用語は、学的な基準が明らかにされていなければならぬ。「レアリズム」と言っても、どんな意味でのレアリズムかという規定が必要である。自分が主観的にレアリズムをどう考えるかが問題なのではない。幾つかあるレアリズムの規定の中で、自分はどの規定を選んで、それに、どんな変更を加えたかを明らかにすべきである。この点、現在の歌壇の批評はでたらめに過ぎる。まったく無規定に、わけのわからぬ用語を作り出して論じている。そんな批評を読んでも何も分かってこないのである。

(4) 客観的な文学史、客観的な短歌史を無視して、自分に都合のいいように歴史を作りかえてゆこうとする批評。そんなものは、いずれ馬脚をあらわすにきまっているが、その被害に遇う人も案外多いのである。いずれ歴史が証明すると言って黙過しているばかりもいられないであろう。

(5) 相互援助条約型批評。自分と同じ程度の作者を誉めておけば、やがて自分もほめてもらえようというのである。これは昔からある。「情は人のためならず」である。それは無邪気な話だと言うわけにはゆかぬ。これが、案外、腐食が大きいのである。「本年度の秀歌」などというたぐいには、これが、はびこっている。はじめから、低い所に目標を置いて選んでいるのだ。

以上、思いつくままに記した。問題は、他にもあるだろう。しかし、こういう点について、わたしたちが厳しく監視していることが分れば、悪質な批評の被害は、それだけ減少するわけである。

わたしは、何も批評家たちの思想の自由を妨げようという意図はない。また、さまざまの流儀があることを否定しようつもりもない。批評の種類――月評、書評、社内評――によって書き方が違うことも当然である。しかし、批評が批評たり得る根本条件は、そう変らないのである。そんなわけで、「批評綱領」というべきものを、わたしたち自身で検討作成してゆく作業を始めてはどうかと、わたしは考えている。提言として、わたしの考えを述べた。

この玉城の提言に対しては、さまざまな反応があった。短歌界からのバッシングも予想されるが、「評論通信」に発表して会員が共有するだけでは意味がないという意見があり、早速、第十一回の「評論会」のテーマとして取り上げることが決まった。

※

十一月十六日。第九回の「評論会」が、吉祥寺の「九浦の家」にて行われた。テーマは、「作歌における文法とは何か」。発表者は、吉村睦人。（記録は「評論通信」10号）。

十二月十日。中野の電電中野クラブにおいて、忘年会が行われた。この時の記録は残されていないが、前年同様、四十人近くの会員が親睦を深めている。

十二月三十日。「評論通信」9号が刊行された。前回と同じ八ページ立てである。「評論通信」は年間五回刊行を約束しているが、今回は年末のぎりぎりの刊行であった。

「私の方法」を、雨宮雅子と逸見喜久雄の二人が書いている。雨宮は歌集『雅歌』より十首を自選、逸見は歌集『かがやく森』より十首を自選している。ともに三首をあげる。

いち月のふところふかく風まきて泰山木の厚葉を鳴らす
肉感は余剰なるかな水の辺にまんさくの黄はほのかなる青
雅歌よりの名をわれと子と頒ちゐて距つ月日のときに光るも
雨宮　雅子『雅歌』

雨宮は幼稚園の入園試験に落ちた幼児体験から、「答えの出るはずのない問題を解こうとする『論理』のひとつに、短歌を選んだ。」とある。これは方法論ではないと言うが、体験を通しての方法論と理解してもよい。

誰もが見なれている光景を誰もが見ているように見せることには、私の関心はない。誰もが見なれていて、じつは見ていない光景を見させることに、私のたえまない課題があると思っている。その光景は、多くは外界のものであるかも知れないが、また私の内部にひそむものであるかも知れない。あるときは、泰山木の厚葉が鳴る音であり、軽鴨の胸にひかる水であると同時に、火のような咳きであり、うちなる母としての血でもある。

この文章は自作を擁護しているのではなくて、雨宮が幼稚園の入園試験に落ちたという体験を、いつも蘇らせながら考えていることでもあるという。難解だと言われた雨宮の歌を解く鍵がここにはありそうだ。

もう一人の逸見は、特別な方法論があるかどうかと言いながらも、歌を始めた頃を回想しながら文を綴っている。逸見の歌を三首あげる。

ひたすらに金借りたしと言ふ老のまなこ見詰めて断り言ひき　逸見喜久雄『かがやく森』
富める者が富を保つとさまざまに苦しみゐるを我は見て来ぬ
それぞれの硬貨が袋に落ちてゆく音異なるも心に沁みぬ

最初に私が教えられ読んだのは、長塚節歌集であった。一通り読み終えたのですぐ返しに行くと、何度も読んで暗記できるくらいにならなければ駄目だという。（中略）特に土屋文明選歌欄の作品を何度も読み返していたことを思いだす。そこには、当時の社会そのもののさまざまが強烈に、新鮮に表現された作品群があり、それは飽くことなく何度でも読ませる魅力があった。

土屋文明作品と、文明を取り巻く「アララギ」の中で歌に熱中していく思いが真摯に記されている。

※

「評論会」の記録は、九月十一日に行われた第八回の「土屋文明短歌と現代」である。田井安曇と奥村晃作の報告が収められている。

田井は、「土屋文明二、三」のなかで、とくに「土屋文明の姿勢」についての話をしている。文明の発言、例えば「現代短歌は和歌とは別種のもの」、さらには一九三六（昭和11）年に記している文章の「歌壇と一般」においては、「現代短歌はその技法が細微巧緻をきわめ一般の理解を絶しているので、遠からず歌壇の方から崩壊するかたちで壁は崩れるだろう」と、現代短歌を否定していることに焦点を当てている。しかしながら、田井の言葉によれば、文明について、

戦後の昭和二十一年、名古屋での講演『短歌の現在及び将来に就いて』では桑原武夫らの『第二芸術論』に対し、実にていねいに反論を展開し、戦後という時点での『現代短歌』を全面的に肯定している。

このあきらめから肯定への道行は簡単なものではない。詩型としての短歌が重要な意味を持つであろうし、戦中短歌のリアリズムの強度という問題がある。そして遠くの方に『自然主義渡来の日の少年として』の文明がおり、更に、井出説太郎という名で小説を書いていた文明がいるわけです。

土屋文明には『自然主義者』とか『リアリスト』さらに『新即物主義者』とかで律しきれぬものがあります。

と続く。また、土屋文明歌集についても言及している。田井は、岩波書店から刊行された『土屋文明歌集』の自選ということについても疑いをもっている。自選歌集というとそれだけで、文明という歌人が代表されてしまうのではないか。といって、岩波版にも角川版にもない文明作品を、何首かあげている。それらは、

夜ふかく父母争ふを見たりける蚊帳の眠よ幼かりけり　『往還集』
争ひて有り経し妻よ吾よりはいくらか先に死ぬこともあらむ　『山谷集』
堪へしのび行く生を子らに吾はねがふ妻の望は同じからざる　同

三代《みよ》に消えぬつみある家に来りつつ吾を生みたる母をぞ思ふ
母と子の戦につきて云ふところへだたりは齢のみにはあらじ　　　　同

という歌である。田井は、一人の歌人の全体像を見ようとする時には、できるだけ単独の歌集に当たるべきだと力説している。『少安集』

奥村は、「文明の歌は〈ただごと歌〉」という表題の話をしている。ただごと歌を標榜する奥村は、

文学としての、芸術としての短歌というものは五句三十一音の器を通して『言語による実現』を目指すものであり、従って短歌の作者なり、その道のプロとなり、歌がうまくなって行くためには、己を捨て、空しくして、主人の短歌にひたすら仕えなくてはならなくなるだろう。

文明にはそのような気持ちはまるきしない。『歌の技巧としては、この思ふ処を思ふがままに歌ひ上げる』とか『事実を有りの儘に言ふ』とか『真情、真心を言葉に現はしさへすればよいので』とか述べている。自分の思いを、心を現わしさえすればよい、そのために短歌の器を利用する。そのような立場から作られるのが文明の歌である。

奥村は文明を語るに、「美よりも真を追求する作家。文明の歌は、文明の歌として読むべきものでり、他人が真似をするのは危険にして無益、また真似て真似られるものでもなかろう。」と結論を見出だしている。

当日の模様は「寸取虫」にも取り上げられている。司会の吉村睦人は、奥村の「結果的にはリ

ズムとか様式美に独自なのが出てきますけれども、そういうものを狙うわけじゃなしに、狙いが伝統的な作歌方法からすると全くちがうということです。」の発言に対して、

（吉村）奥村さんがおっしゃったのは、伝統的な日本の短歌はそういうものを狙うのを第一としなければいけない、文明の場合は、結果的には文明独自のリズムができているけれども、それは短歌の正道を行く様式美とはおよそはなれたものだとおっしゃいましたが、も一度念のためお聞きしますが、文明の歌は、日本の短歌の正道を行くものではないと、そう言ったのですね？そう今もお考えですね？

（奥村）そうですね。

（吉村）短歌の正道って、いったい何でしょう。

ということに議論は集中している。しかし、このやりとりは録音の不備で記録は残されていない。織原常行、片山貞美、後藤直二、森山晴美らの発言があったことが記録には残されている。

※

「評論通信」9号には、岡部桂一郎の「敵をどこに定めるか？」が収められている。これは、「評論通信」8号に載った玉城徹の「批評綱領のために」という文章に対しての意見である。玉城の主旨を岡部はなるほどと思ってはいるが、納得のいかないところがあったのだろう。岡部は、玉城の提案している五つの項目に対して具体的に意見を述べている。できれば前回（「現代短歌」三月号）に取り上げた玉城の「批評綱領のために」を参照していただけると有難い。

玉城が「批評綱領のために」の中で最後に述べている、

わたしは、何も批評家たちの思想の自由を妨げようという意図はない。また、さまざまの流儀があることを否定しようつもりもない。批評の種類――月評、書評、社内評――によって書き方が違うことも当然である。しかし、批評が批評たり得る根本条件は、そう変らないのである。

に対して岡部は、

このタテマエからいくと、批評綱領の赴くところは結社誌にまで及ぶようだ。これではとてもじゃないがと往生もしよう。戦略しか考えぬのは幼稚かもしれぬが、批評綱領を『わたしたち自身』で作ってゆくには先ず、喜びと励みが必要だと思う。どの敵を排除するのか、当面の対象を会員口コミでも明示してほしいものだ。

更には、項目としてあげられたものは、みな重々しくて誰にでも気軽に使える基準ではないとも述べている。その項目の一つである（1）の「批評とは何か、何であるべきかという徹底した反省のない批評は不可である。」に岡部は、「なるほど真実ではあるが、この基準はどこまで許容の幅が認められるのだろうか。」と疑問を抱いている。（3）の「批評上の用語は、学的な基準が明らかにされていなければならぬ。」には、

もっともなことである。お互いの論争の噛みあわないのがこの用語の限定がきちんとしない後悔からも痛感される。しかし、レアリズムと言っても幾つかあるレアリズムの規定の中で、自分はどの規定を選んで、それに、どんな変更を加えたかを明らかにすべきである（中略）といわれると、批評が論文になる懸念を防ぎながら且つバランスのとれた基準として使

いこなすには誰でもというわけにはいくまい。

と意見を述べて、最後に岡部は、

わたしは揚げ足とりをしているのではなく、綱領の中味が私にとってアカデミックすぎるということだ。立派になりすぎると、綱領の衝撃力は減退するのではないかとおそれるのである。

この岡部の意見をも踏まえての「評論会」は、翌年の四月十五日、鎌倉千和、来嶋靖生、杜澤光一郎の発表者によって行われている。

※

この号の時評は、「形式力」と「呪力」のタイトルで柳川創造が書いている。柳川は、二回にわたって行われた批評会、「現代短歌に失われたもの」について触れている。この「評論会」は、玉城徹と小池光という組み合わせで行われているが、玉城と小池の意見の噛み合わなかったところを指摘している。このことについては「現代短歌」（五月号・実録・現代短歌史・第五回）にて取り上げている。柳川は、

玉城氏が短歌の古形としての二句切れ、四句切れの万葉集の歌を例にあげて、短歌の『形式力』ということを問題提起したのに対し、小池氏のほうは『二句切れとか三句切れとか、そんなところで小細工しても別段なにがどうなるものでもない。』

とこの程度の理解でしか向き合っていなかった物足りなさを、書いている。さらに小池の発言に対しては、

私ははじめ、小池氏のそのような物言いを意識的な、いわば討論上のレトリックかと思ったが、どうもそうではないらしい。なぜ、そうではないらしいと思ったかというと、小池氏がさきの引用文を枕に、島木赤彦の「高槻のこずゑにありて頬白のさへづる春となりにけるかも」と、万葉集の志貴皇子の「石走る垂水のうへの早蕨の萌出づる春となりにけるかも」（巻八・一四一八）を比較して、赤彦のうたった春は『クライ春』で、志貴の歌は『アカルイ春』だと書いているのを読んだからである。

柳川は、赤彦の歌については異論がないとしても、志貴の早蕨の歌がなぜ明るいのかがわからないとして、小池は「万葉集というものを、いったいどんなふうに読んでいるのだろう」との、疑問を投げかけている。『万葉集』に詳しい柳川は、小池の歌の読み方に対しての不満を、「万葉集がこんなようにしか読めないのだったら、玉城氏がいくら万葉集の歌を例に引き、短歌の『形式力』ということを説いてみても、徒労だとしか思えないからである。」とまで述べている。

歌の読みということが最近ではよく言われているが、柳川は、短歌の呪力が喪失したのは、歌人が言葉への信頼を失ったからでもある、と言い切っている。そうした行き詰まっている現状を打ち破るには、「古典和歌を読み直す会を持つべきだと思う。」と、現代短歌を評論する会にも注文をつけている。

# 一九八五年（昭和六十）年

一月十日。運営委員会が中野サンプラザ地下食堂にて開かれた。出席者は、片山貞美、玉城徹、田井安曇、吉村睦人、白石昂、外塚喬の六名。

次回の「評論会」の企画として企画委員より作家論が提案される。小暮政次、大野誠夫、前登志夫、武川忠一、岡野弘彦らの名があげられたが、小暮政次に決まる。玉城徹と大河原惇行が発表を担当することが決まった。事務局から、高瀬一誌、武川忠一の運営委員を辞退したいとの意向があったことが報告された。次回の運営委員会で、新しい運営委員を選ぶことが決められた。

※

二月十二日。第十回からの「評論会」は、会場を三鷹市の「武蔵野芸能劇場」に移して行われている。今回のテーマは、「秀歌を点検する」。発表を、毛利文平、後藤直二、三木アヤが担当している。

三月一日。「評論通信」10号が刊行された。八ページ立てである。「私の方法」を柳町正則と鎌倉千和が書いている。柳町は、歌集『風景になってはいけない』より十首を自選、鎌倉は歌集『地の緑にむきて降りよ』より十首を自選している。ともに三首をあげる。

洗濯物ひとつ盗《と》られた　俺よりも貧しく生きる奴に乾杯

柳町　正則『風景になってはいけない』

西洋梨の白いまるみを翳るときころがっていく大地はひろい

ひとつだけ灯の残るマンションの窓にほっそり青い花びん映る

柳町は、新短歌の作者として、新短歌に対しての固定観念が生まれてしまったことに危惧をしている。方法論とは、

短歌の伝統を受け継ぎ、その中で自分の作品を伐り墾く（ママ・筆者）のが一つの方法であると同様、現在を生きていく自分が、形式に捉われずに作品を推し進めたとき、私の短歌がどうなるのか、それを見極めるのもまた一つの方法である。

と述べるとともに、自身の歌を「新短歌」と言われることを否定して、新短歌とは一線を画すために、「非定型短歌」と呼んでいることも付け加えている。

もう一人の鎌倉の作品は、

なぜ愛すなぜに生くなぜと繰り返す真夜すべもなくわれ潮鳴りす

鎌倉　千和『地の緑にむきて降りよ』

ただ歩む歩まねばふいにからつぽの光の阿呆に呑まれてしまふ

父とふたたびめぐりあふわが杳《とほ》き日のために見ておく三椏の花

鎌倉は、

（略）方法だけでは歌は作れないのではないだろうか。方法とは論理的・意図的なものであり、つまり精神的なものである。そのような精神面からだけではフォローしきれない、非

論理的なもの、いわば肉体的無意識な、その人間全部をひっくるめての感性と言うべきものの中から、歌は発してくるのではなかろうか。（中略）今の私の方法というか、作歌上心がけていることとしては、自分にもあるであろう感性、もっと端的に言えば勘を磨き上げて、出来る限り鋭敏にしておこうということぐらいしかあげられない。

歌に対峙する真摯な姿勢が見られる鎌倉の方法論である。

※

「評論通信」10号には、第九回の「評論会」の記録が掲載されている。「作歌における文法とは何か」というテーマで会員らと討論された記録である。発表者は吉村睦人。このテーマが取り上げられたのは、文法の間違いが多すぎること。しかも、かなり著名な専門歌人にも見られることが問題になっていたからである。文法を守ることによって、リズムが崩れる場合もあり、文法がいつも優先するとは限らないからである。文法に詳しい吉村に委員会からお願いしたのは、今日の短歌作品を例に挙げて文法の間違いを指摘してもらうことであった。吉村は、三井甲之と斎藤茂吉の「なむ」論争や、金田一京助と茂吉の「食《を》す」論争を前置きとして話を進めている。

吉村は次のような作品を挙げて指摘する。

（1）木曽さかのぼるふりこ電車にねむらなむときはなたれてゆくにあらねど

など、先程の甲之・茂吉の論争以来の、未然形につく助詞「なむ」と連用形に接続する助動詞「な・む」の混同。

（2）斧入らぬみやしろの森めづらかにからたちばなの生ふを見たりき

などのように、動詞連体形語尾の「る」が落ちて、終止形と連体形とが口語動詞のように同一化するもの。

（3）たどたどし風にさからひ飛ぶ鳥のつひにはるかに消えし冬空

これは、形容詞の終止形と連体形、あるいは終止形と連用形の同一化の例。

（4）何処より風の運べる花ならむ点々と庭に散らふ花びら

のように、四段活用動詞未然形につき、継続・反覆を表わす上代の助動詞「ふ」を、ただ調子や音数を整えるだけに使うもの。

（5）中国語高く話しつひめゆりの地下穴覗くツアーの人らは

のように、助動詞「つ」を助詞「つつ」のように使うもの。

（6）一切のパンも買えなき戦時下に病みし妹の死は誰が罪ぞ

などのような口語発想を文語に反訳したようなもの。

（7）大松の枝ぶり整へ仰ぐれば夕日に光る松脂見たり

のごとく、類義の二つの語（この歌の場合は「仰ぐ」と「見あぐ」）を混成してしまう間違い。その他には、

（8）「食す」「すだく」などの昔からの意味の取り違えの語が、依然として見られる。

（9）紙幣数へて十四五人の若き君等物も言はなく振り返るなく

（10）水に浮き網取るをみな等沙の上にいそはく人等も昨日の如し

など、いわゆる〝く語法〟（あるいは〝アク説〟の語）の取り違え。「蹴れり」「受けり」の

ように、完了の助動詞は「たり」を用うべきなのに「り」の方を使う例。このうち、専門歌人には、(1)・(2)や(4)・(9)が多く見られ、(2)(3)(5)などは、比較的初歩の人たちに見られる。両者にダブっている(2)は、これからますますふえていくだろうと思われる。

吉村は最後に、「ほとんど文語に接することのない人たちが、作歌の時だけ文語を使おうとするのであるから、ぎこちない文語となり、誤りを犯してしまうのも無理からぬこととも思う。」と述べるとともに、「文語を知らず、使えないならば、自分の知っていることばの範囲で歌えばよい。」と、作歌の基本にまで言及をしている。

「評論会」のあとの質疑の様子が「寸取虫」に収められている。当日、吉村の資料にある、「病みふせばおのづからささふちからあり穂高へ走るやまなみは雪」についても、「連体形で体言を修飾すべきところに終止形が使われれのは非常に多いですね。これも専門歌人のなかにものすごく多い。」(玉城徹)。この他にも、「木もれ日」「蟬しぐれ」「真夏日」「熱帯夜」についても、名詞の合成語などは歌の言葉としてはふさわしくないなどの意見が交わされている。当日、吉村の資料から間違いのある作品を例として挙げておく。

転びたる雪に深ぶかと臥しゐたり斯かる清々しき死もあらなむ

歌碑たつる吉井勇の浴びし湯に我もひたりつもの想わるる

※二首とも傍線筆者

※

「評論通信」10号には晋樹隆彦が「甘い歌壇の構造」を書いている。玉城の「批評綱領のために」と岡部桂一郎の「敵をどこに定めるか?」についての意見である。晋樹は玉城の意見に自らが編集者である立場から自戒の意味をこめて、現在の「甘い歌壇の構造」について触れている。

一つは、玉城氏自身、昨年記された「結社制度の弊害」であろう。現在の結社の多数は、支持する主宰者の下で文学理念を追求する集まりではなく、会員の数や利益が第一義的に置かれるというものである。結果は歴然。雑誌は自由な文学の場から遠ざかっていく。

二つめは、歌壇総合誌の責任であろう。総合誌編集者に、現在の突出した課題、文学全体の中の占める位置、あるいは将来への広い展望のなくて、鋭い批評は出て来よう筈もない。仮に出たとしても継続していかないのはなぜか。答は、編集者でなく実務屋を使っているからである。実務屋では、割付や校正の仕事は出来ても、新しい批評を導き出す企画はあらわれまい。

晋樹は、短歌雑誌を長く編集してきた経験を通して言えることとして、
質の悪い批評や文学理念の欠如した用語等は、結社でいえば主宰者、総合誌でいえばエディターが、気持ちをきりかえさえすれば防げるものだと思っている。
という晋樹の主張を思う時に、今日の結社誌、総合誌の現状はどうだろうか。改めて問われる問題ではないだろうか。
今号の時評は、後藤直二の「歌は世につれ」である。後藤は、
プロの芸は見飽きた。プロの芸のよさがわからない。あるいは、じっくり腰を落ちつけて見ないといけないので堅苦しい。アマやセミプロの芸の方が気楽である。ということか。時

代の流れである。

と前置きをして、「鞄」（現在の「かばん」）という雑誌に触れている。古い例として「馬酔木」と「甲矢」の二誌を引き合いに出して、

この新旧の雑誌に共通しているのは、楽屋裏の見える楽しさである。楽屋裏のわあわあきゃあきゃあが硝子越しにすけて見え、それが雑誌の熱気になっている。

違うところもある。「鞄」の作品を見てゆくと概してヘタウマである。ヘタウマというのはウマい作品とヘタな作品の中間ということではない。一種独特である。ウマさを一途にねらっているところがない。妙なぐあいのゆとりがある。

と記し、引き合いに出した「馬酔木」「甲矢」は作歌にあたる姿勢として作品そのものに重点を置いているが、「鞄」のみならず最近の歌誌は作品よりも読者に重点を置いているのではないだろうかという、疑問を投げかけている。

※

今までは硬い誌面であったが、今号には白石昂が「歌と絵」というエッセイを書いている。白石は、歌と絵と書を嗜んでいる。歌人は、一つを極めるためには二つのことをするなと言われる。白石は、早川幾忠からもらったという手紙から引用して、筆を進めている。

要は歌と云い、絵と云い、書と云い、自ずから湧き出てくる創作意欲によって制作しているのですが、歌の場合の対象は、絵に描けないようなものの主観であり、絵の場合は、描けないものを描こうとする主観であると私は思うのです。それぞれに空間があり、その空間と

いう主観を、歌と絵によって相互に理解し合えることができたなら、どんなに楽しいものだろうと、思うようになりました。
と多彩な才能を発揮する白石ならではの、エッセイである。

※

三月五日。運営委員会が、電電中野クラブにおいて開かれた。奥村晃作、片山貞美、白石昂、田井安曇、玉城徹、林安一、吉村睦人、外塚喬が出席。運営委員の武川忠一、髙瀬一誌の辞退にともなう新任として、何人かの候補が上がったが、春日真木子と樋口美世を後任として選任。次回の「評論会」にて承認を得ることになった。新会員として、田島定爾、桜井康雄、阿木津英らが承認されている。

※

四月十五日。第十一回「評論会」が武蔵野芸能劇場にて、行われた。発表者は、鎌倉千和、来嶋靖生、杜澤光一郎の三人。テーマは玉城徹が「評論通信」8号に書いた「批評綱領のために」をめぐってである。この時の記録は、「評論通信」12号に収められている。

五月十五日、「評論通信」11号が刊行された。八ページ立てである。「私の方法」を外塚喬と久保田フミエが書いている。外塚は歌集『昊天』より十首を自選、久保田は歌集『桐林』より十首を自選している。ともに三首をあげる。

ひろへどもひろひつくせぬ父の骨ひろひてゐたり夢の中にて　　外塚　喬『昊天』

在りし日の父をのせたる車椅子わがあけ方の夢に走れり
一生を棒にふるとも信念をまげるわけにはゆかないのです

外塚は、

短歌は感動の文学だと、歌を作りはじめたころ聞かされたが、不思議な気がしてならなかった。感動というよりは、むしろ作者とぼくの考えている世界との、共通の接点部分を発見したときの親近感を覚えることとの方の楽しみが大きかった。（中略）『喬木』も『昊天』もほとんどが日常詠といってよい。派手な振舞いはできないし、すこしもしたくない。飛んだり跳ねたりしている人を見てもうらやましいと思わない。ぼくはぼくなりに日常の会話の中での言葉をできるかぎり作品に取り入れたいと思っている。美辞麗句や類型的な言葉でなく、現在に生きているぼくが、日常使用している言葉を大切にしたい。

もう一人の久保田の作品は、

扇かざし舞へばかなたの裏海に立ちたる虹もわが袖のうち
久保田フミエ『桐林』
桐林匂ひまつはる月の夜半われはむらさきの幹となりゆく
ははの布団焼く火煙にさそはれて鷗の群の輪をちぢめくる

久保田は、提示した作品に即した思い出を綴って「わたしの方法」を述べている。

火花は弾のように炉口の私にとんでくる。炉の中の母は、ただ炎。炎の芯は細長くその身を偲ばせる。佐渡島の習いで、柩が炉で点火されてから一時間あまりたつと数人の者に燃えていることを見定めさせる。その役は主な親戚の男衆が努めていた。願って私もなかの一人に加えてもらった。
と、母が火葬される場に立ち会った体験から久保田は、「私の歌は、すべて作るのではなく、与えられ感受し、そして生まれるのである。」と結論づけている。

※

今号には、第十回「評論会」の記録が掲載されている。テーマは、「『八四年の秀歌』を点検する」。点検するとあるだけに、「評論会」ではかなり厳しい意見が出されている。各短歌総合誌や新聞に何人かが秀歌として選んでいる歌が、本当に秀歌なのか、ということに作品を提示しての発表が行われている。
発表者の一人である毛利文平は作品三十四首を資料として提出しているが、大家と言われている人たちに対して異議をとなえている。

乱れふる雪に千両の朱の実がおぼろとなりてゆくまでを見つ　吉田　正俊
ベランダに見てゐる時に夕日の中木の葉は風に閃きて落つ　柴生田　稔

この二首に対してのコメントの要約では、「この歌は『…おぼろとな』る、までおわるべきではなかったか。ただそうするには力不足である。そこで安易に『ゆくまでを見つ』で間に合わせた感がある」。二首目についても、「見てゐる時に」がどうして必要なのか分からないとのコメントがある。

さくら花咲ききはまれば寂《せき》として陽に盲ひたる時過《マ》ぐる《マ》らし　齋藤　史

齋藤史の作品に対しては、「花の咲き極まった寂しさを言っても、最早手柄にはなるまい。それに何を加えるかだろう」。この作品を秀歌として選んだ人は、「濃密な思いを誘い出される――充実した作品」と言っているが、毛利はそれほどの作品ではないと言い切っている。

ブラックの複製一枚行き求めし妻にいつなりしなお戦後にて　近藤　芳美

柊の粉の花おちて臭ふにぞするどき生の縁《ふち》に佇ちゐる　安永　蕗子

鮭の身に磨ぎて当つるとわが肉の手のうちらにぞ鋼ありたり　石本　隆一

これらの作品は一まとめにして、次のような感想を述べている。「この三首は中年齢者の歌といえようか。混迷期を迎えているのではないかということだ。思いが言葉を生まず、無理に詰め込んだ言葉のために歌がぎしぎしと音をたてて、歪んでいるようにも見える。」と手厳しい。

ガソリンの臭いを嗅ぎて目眩めくジープが去りし　瓦礫のお城　福島　泰樹

地球儀をかたはらにしてうたたねの童女ざつくり性の枝《え》分れ　佐藤　通雅

この二首は、若手の作品である。毛利は、「若い層になると更に刺激的な言葉を求め、歌そのものを破壊する傾向さえ感じられる。」と記している。年代の異なるところからくる鑑賞の差異はあるものの、本音が表れていると言えよう。

後藤直二は、「毎日新聞」に載った「私の選んだ今年の秀歌」の塚本邦雄に対しては、「塚本などは気軽にやったくちだろう。」と最初から辛口で話を進めている。塚本の選んだ、「大地震あらばほろびる東京のもつとも美しき靴買はん」について後藤は、「第二句の言いまわしも不安定だが、大地震があったくらいで東京は滅びません。こういう理屈を言うのは詩的享受が幼いといわれるならそれを甘受しよう。氏の選んだ七首にはまた『つねにつよき心に君は恋いたくて白玉椿つらつらに見き』というのがあるが、カタコトめいていて意味をつかむのに苦労する。」と痛烈である。「短歌研究」（一九八四年一二月号）の「現代一〇人一首」に言及している。水野昌雄が選んだ、

ふわふわと上昇気流に乗るグライダー君見下ろすか鳥の眼をして

に後藤は、次のように具体的に疑問の箇所を指摘している。

第四句の「君」は「吾」の誤植かと思ったが、そうではないらしい。ここはグライダーの中に君はつつみこんでおいて第三句で休止し、そこから「吾見下ろすか鳥の眼をして」を導き出すところなのであろう。

後藤は、問題作があるとしながらも、自身が秀歌として選んだ歌を提示している。

運命といふはいかなる色をして空より落ちて来るものならむ　小野興二郎

一合の椎の実をひとり食べをへぬわが悦楽に子はあづからず　石川不二子

後藤は、作品と作者が密接に結びついている作品を佳しとしている傾向が見られた。

もう一人の発表者は、三木アヤである。三木は、「角川短歌年鑑」「短歌研究」一二月号から作品を選んでいる。秀歌とは何かを自問自答する中で、二つのことを考えたと述べている。一つは『心像《イメージ》』としての把握の問題、今一つは『存在感《リアリティ》』表現が伝える迫真性というものも加えてです。」というところから話を進めている。三木は、問題のある作品を提示するのではなくて、佳作と思われる作品を挙げている。例えば、

盲ひたる犬ゆらゆらと歩みきて陽あたる土に身を長くのぶ　岡野　弘彦

紅の一葉二葉をとどめたる野うるしの木に近よりてゆく　武川　忠一

の作品については、「評論会」当日には「結句に共通する弱さがある」と発言しながらも、「評論通信」の記録として纏めたときには、好意的な見方をしている。

終焉ということばきらめき溺れゆく水明りして沈む冬沼　武川　忠一

凪いでて護岸のうちに浜砂に砂吹き立てて物音ころぶ　片山　貞美

曼珠沙華の冬の茂りは道のべにただ青々と湧けるがごとく　玉城　徹

三木は、三首が佳作であるとのコメントを付けている。三首について「いいと思うのは作者が、個性的把握を持ち、作品は普遍への拡がりを持っているからです。」として、武川作品については、「情感の美しさ」、片山作品については、「かっきりとした写実性」、玉城作品については、「一見写実のようで、それを越えた空の感じ（としか、いまいいようがない）」と短い批評を加えている。

三木の発言については、当日の質疑のなかでかなり論議されている。そのやりとりは、「寸取虫」に収められている。

片山の作品について、大河原惇行が、口火を切っている。

（大河原）片山さんの歌の最後の「物音ころぶ」、ここのところを高く評価されたんですね。

（三木）はい。

（大河原）それは、ものがころんで音が立つというのならわかるんですね。けれど「物音ころぶ」とあるので、おやと思って、幾度考えてもわからない。そこらへんどうなんですか。

（三木）ころがっていくんですよ。多分。音を立てながら、その音がまたころがっていくという、そういうんじゃないかな。つまり土管がひとつガランと落ちて、そして消えたというんじゃなくて、カラカラというふうにころがっていく、その音のころがりの響きとして作者は現わしたんじゃないかというふうに取ったわけです。

（玉城）そうじゃないんだよ。まずはじめにね、「ころぶ」と「ころがる」は違うんでね。「ころぶ」はあくまでも「ころぶ」ですよ。ころがるんじゃない。何かがバタッところんだ、何か立っているものがころんだおとがした。それはね。普通は「ころぶ物音」というんだ。「ころぶ物音」というのを変えて、「物音ころぶ」と……。それで、こういうところは別に、細かいところを詮索して精細にいったんじゃなくて、ここがね、ちょっと、ひとつの気持ちが転換したところを言おうとしているわけなんだ。だからそれは、いわゆる写実だけじゃないんだ。「物音ころぶ」という言い方の中でね、何かドタッとね、そこにころんだ音がした。そこで気持ちがふっと転換した。そこのところを言おうとするから「物音ころぶ」と言い方が出てきた、実際はね。それがいいか悪いか、それはいろいろ議論があるでしょうけれどね。

（三木）でもね、それだとしたら「浜砂に砂吹きたてて」という継続感があるでしょう。そして「物音ころぶ」とくるでしょう。

（玉城）いや、そうじゃない。そこはちょっと離れている。「砂浜に砂吹き立てて」の「て」はちょっとした切れ目を意味しているんですよ。そうしてそこから転換して言おうとするから「ころぶ音」だと「て」にくっついちゃうから「砂吹き立ててころぶ」とはいえない。そこで「物音」が先に出てきて「物音ころぶ」と、こう必然的になったんだ。

その後も、三木の発言にあった「心像《イメージ》」についても、かなり長い時間をかけて意見の交換がされている。

今号の「時評」は、沖ななもが書いている。タイトルは、「批評の役目」である。歌の場合は、批評をする人と実作者が重なっている場合が多い。批評眼があればそれは問題ないのだろうが、なかなかそうはいかないのが、批評である。沖は、秦恒平のつぎの発言に注目している。秦の発言は、

要するに短歌の表現の力が弱い。魔力も魅力も迫力も乏しい。表現や表現のためのことばが果たしてあれで精錬されているのか知らん。精一杯練って出してきた歌なんだろうか。短歌ジャーナリズムも、選んで出しているのだろうか。人は選ばれているかもしれないけれど、恐らく歌は選んでいないだろう。

この発言は、「短歌」（一九八五年一月号）の新春座談会「これからの詩性と抒情」の折のものである。当時の「短歌」をとり出して見ると、この話には続きがある。篠は、「私がいつも不満を持つのは、最現代のいちばんナウい人たちだけじゃないんです。歌人として容認され公認されている中堅クラスの人や大家たちの歌がむしろ時としてひどいのであって、（略）」と、秦の発言に同調している。座談会は、篠弘が司会をし、笠原伸夫、秦恒平が加わっている。項目が幾つかに絞られているが、「青春の詠唱を汲み上げる」という項目での発言である。

沖は、実作者の立場から、

実作者としては常に力作ばかりを揃えられるとは限らず、一番できの悪い作品をとりあげられてけなされるのはたまらない。辛いところではある。作者と批評者が渾然一体となっていることの弊害であろう。が、批評というのは褒めたりけなしたりというレベルの問題ではないはずで、何らかの方向性を示唆するのが役目なのではないだろうか。と、批評のあるべき姿を明確に示している。

※

毎号、「編集後記」が書かれている。五号までは氏名の一字が記されていたが、六号からは氏名は明らかにされていない。書き手のイニシャルだけである。「編集後記」には、問題提起がされることが多い。今号には、

現代において短歌を作ること、つまり、短歌のかたちによって『うたう』ことは可能か、否か。▽わたしたちの会の会員K氏のご子息からK氏へ宛てた手紙に、そういう問題提起があった。これは、きわめて当然の疑問である。というより、そういう問いを自分に対して発しないような短歌作者は、ろくな作品は書けまいと思う。▽現代において短歌のかたちでうたうことは可能か。一般的な答えとしては、むろん不可能である。それを知らないのは愚かである。ただ特殊な『うたう主体』をそこに創出し得た場合にのみ、それは特殊的に可能になるだろう。▽根本的に『うたう』ことが不可能なところで歌らしくしようとするから、甘ったるい言いまわしになったり、人生の事情によって読者に共感を強いたりする。

といった、作歌の根本的なことに関わる問題が提起されている。「現代短歌を評論する会」の会

員からは、ときには難しすぎるとの声も聞かれた。

※

五月十六日。運営委員会が中野サンプラザ地下食堂にて開かれた。奥村晃作、春日真木子、片山貞美、白石昂、田井安曇、玉城徹、樋口美世、吉村睦人、外塚喬の九名が出席。この席で新年度の担務が決められた。企画が片山、奥村、春日、田井。通信が玉城、林、吉村、樋口。会計と会場交渉を白石が担当。事務局が外塚と決まった。

※

七月四日。第十二回の「評論会」が武蔵野芸能劇場にて行われた。今回のテーマは、「小暮政次論」。発表者は、大河原惇行と玉城徹の二人。この時の記録は「評論通信」13号に収められている。

七月三十一日。運営委員会が中野サンプラザ地下食堂にて開かれた。奥村晃作、春日真木子、片山貞美、白石昂、田井安曇、玉城徹、林安一、樋口美世、外塚喬が出席。企画から「評論会」のテーマとして、批評用語と作歌論、例えば佐藤佐太郎論などが提案された。それとは別に、会員同士での歌評会を行いたいとの提案が出された。

九月一日。「評論通信」12号が刊行された。前号と同様に八ページ立てである。「私の方法」を和泉鮎子と井上美地が書いている。和泉は歌集『花を掬ふ』より、井上は歌集『春の木椅子』よりそれぞれ十首を自選している。ともに三首をあげる。

綿虫の舞ふあたたかきゆふまぐれ耳輪の留《とめ》を少しゆるます　和泉　鮎子『花を掬ふ』
固く口をむすびてゐたり雑踏にまぎるる刹那ふりむきし子は
森の裾にまつはりて白き夜の霧ワーグナーはいかなるこゑしてゐしや

和泉は、

一首のうたにした後も、喜びを感じたり、心慰んだりすることはないといってよく、辛いと思うことが多い。いっそ、うたにするほかない思い、うたにしておかねばならぬ思いがなくなればよいのだ。

と前置きをしてから、

わたしはうたをつくろうとする時、うたの読者にはならない。少なくとも現代短歌の読者にはならない。かえってうたがつくれなくなるからである。

と記しているが、最後には方法などは人に明かすことではないと言い切っている。

もう一人の井上の歌は、

夕川に石けり居たれ背《そびら》よりわれを抱きくれむ腕を待ちて　井上　美地『春の木椅子』
すでに亡くいま亡き父をもつわれの春の木椅子にしばらくを居む
反照の蒼きが中にわが佇てばこのあめつちのいのち深しも

井上は、作歌をはじめた頃の思い出として、「業《ごう》」がないと「ぎしぎし」の歌会で言われたことから文を起こしている。「業《ごう》」とは何か。井上にとっての「業《ごう》」とは幼児体験に起因しているように思われる。井上は、幼くて知った相剋の中で、願いと現実との裂け目の深さを、その亀裂がいかに狭まろうとも決して埋め得ぬものなのを、わたしはいやおうなく味わって来た。父恋いこそ闇、私の業、と思い込んで来たものの、見返ればいつどこにでも無数の断層があった。家を負う日々のにがさも、離れ住む人を恋うこころも、知れば知るほど怖れのつのる社会状況も、すべてが己の生き方にかかわって、果てしない闇を生みつづける。そのかなしみをどのように汲みとるか、それが遠い日、彼らが求めた『業』ではなかったかと、思う。

と記している。

※

今号には、四月十五日に行われた第十一回の「評論会」の記録が収められている。テーマは玉城徹が「評論通信」8号に発表した「批評綱領をめぐって」についてである。当日の発表者は、鎌倉千和、来嶋靖生、杜澤光一郎である。鎌倉は、釈沼空の『歌の円熟する時』により批評に関するところを引用して話を進めている。

沼空の、「歌壇に唯今、もっぱら行われている、あの分解的な微に入り、細に入り、作者の内的な動揺を洞察――時としては邪推さえしてまで、丁寧親切を極めている批評」（文中より）は、沼空自身も批評ではないと言っている。鎌倉は、本当の批評とは、沼空の言っている「作物の中から作家の個性をとおしてにじみ出した主題を見つける」ことであるとの結論を導く。ただ、沼空のこれだけの批評に関する意見だけでは、抽象的で解りにくいとも言っているし、批評綱領となれば、さらに細分化した見方が必要だろうとも述べている。鎌倉は、思いつくままとして、次の四点を挙げている。
①全く純粋に、その作品のみで批評出来るか。つまり、作者や、その作品の制作された時の、事実としての状況を、一切無視して作品を見られるか、否か。
②その作品の時代性をどう捉えるか。例えば、現代において古典を見る、評する等の場合である。
③鑑賞と批評との分岐点は、厳密に言えばどこにあるのか。
④作品を技法からのみ見る。いわゆる技術批評の必要限度はどこまでか……等、常々批評（一応歌に関するものだが）についての抱いている疑問はいくらでもあるし、それらを網羅解消した上での「綱領」となると、そんな大事業が可能なのかと、まず考え込まざるを得まい。
鎌倉は、「批評綱領」はあって欲しいという気持ちを強く述べている。

来嶋は、玉城の提起した「批評綱領」については賛成であるとの意見を述べながらも、「『批評綱領というべきものを作っていく必要があるのではないか』といわれると、ちょっと待って下さい、と手をあげることになります。」と断った上での意見を述べている。

批評とは一体何か、を考えるとき、私は玉城さんの二つの文章を思い出します。「鑑識について」（74角川短歌年鑑）「差異について」（79角川短歌年鑑）です。ある作品から得られた感、それが鑑識を経てコトバ（文字または口頭）で表わされたものを批評と呼ぶ――とすれば、批評以前に問われるべきは鑑識です。また鑑識に関連して留意すべきは、作品相互間の差異です。共通点を見出し、肩を叩いて慰めあうよりは、相互の差異を際立たせるほうが有効な批評を生むであろう――と思います。

来嶋は、「批評綱領」などといった堅苦しいものも大切だが、「批評綱領は各人の胸のうちにあるべきであり、しかもつねに動揺しつつ生きものとして傷ついたり破けたりして育っていくもの、そんなものこそ信用できる、と私は思っております。」と締めくくっている。

杜澤は、玉城の「批評綱領」には納得できるものの、綱領などというものを作る必要があるのだろうかとの疑問を呈している。杜澤は、玉城の提言の中での「わたしたち」に触れている。「わたしたち」とは誰なのか。「批評綱領」については岡部桂一郎が「評論通信」9号に「敵をどこに定めるか?」を書いているが、杜澤は、この岡部の「批評綱領を『わたしたち自身』で作ってゆくには先ず、喜びとはげみが必要だと思う。どの敵を排除するのか、当面の対象を口コミでも明示してほしいものだ。」に対しては、あっけにとられてしまったとも言う。玉城の提言は、玉城一流の反語的な意味あいではないだろうかと結論づける。さらに杜澤は、

人はなぜ批評に基準を求めたがるのだろうか。基準を求める被批評家の心根には、自分の作品に対する保護本能、擁護本能がいやしく働いていないであろうか。批評は本来、自由なものでなければならない。

筆者は三人の意見から、「批評綱領」的なものは必要だろうが、誰がつくるか、誰を対象にするか等の詰めの甘さがあるのではないかという印象をうけた。今回の「評論会」における三人の発表者をはじめとした意見交換を受ける形で、「批評綱領」を提起した玉城徹が一文を寄せてい

る。

玉城は、「評論会」での三人の発言を受けた形で「再説・批評綱領」なる一文を寄せている。

もし「批評」が文学作品に対する自分の感じ方の表明だとするならば、良い感じ方も、悪い感じ方も、けっきょくは同じ市民権をもつものと考えざるを得なくなるだろう。それどころではない。いつの世でも、悪い作品の方が、多数の読者をもつように、批評においても、悪い感じ方の方がいつも同調者が多いのである。

と前置きをした上で、自身の提起した「批評綱領」について意見を述べている。

玉城は、岡部桂一郎の「敵をどこに定めるか?」（実録・現代短歌史（八）「現代短歌」四月号）については、

（略）岡部桂一郎氏は『敵』を明らかにせよと言う。（じつは、『敵』という言葉に、わたしはギョッとした。）しかし、誰とか、彼とか言う敵はいない。強いて言えば、自分の感じ方の表明に重きを置く旧批評（小林秀雄、服部達の型の）を、今日も守り続けようとする態度が敵である。

また、岡部氏はわたしの提言がアカデミックすぎると評する。なるほど、そうに違いない。わたしは客観的な学の方向を目ざしているからである。しかし、講壇的なことを考えているわけではない。

「評論会」や岡部の疑問に玉城は、「綱領」という言葉を故意に使っていることを明かし、複数の人が合意できることを考えた上でのことと答えている。「綱領」という言葉が気に入らないな

ら替えることも差し支えない。さらに、「綱領」として提言した五つの項目についても、合意できる範囲で定めればよいとの意見を述べている。

しかし、玉城の提言のねらいは、岡部の言う「敵」を仮想したのではなくて、むしろ反対にあることを主張する。玉城は、「狭い歌壇の中で「敵」だとか「味方」だとか言っている場合でもあるまい。そんなことでなしに共同討議（見せ物式シンポジュームでなしに）のできる知的な「場」を永続的に設定する必要がある。」との考えを示している。玉城の提言が、今日の短歌界に生かされているかどうかを考えてみることも必要であろう。

※

今号の時評は、北川原平蔵の「分ち書き考察」である。北川原は、分ち書きにもいくつかの方法があることを、何首かの作品を示しながら論じている。

新婚や　女房かぜを吹かせおり。されば悲しき縛られ男　「短歌」59・5　穂積　生萩

高天ケ原仰ぐ葛城の山　高し。ひばりのひとつ　空にさへづる「短歌」60・6　中井　昌一

これらの作品には、

発表作品はすべて一字あけや句読点が施されているという。いわゆる「、　。」正統派。これらの作品に対して変則な形として、塚本邦雄の、

妙齢一人たづさへて来し秋風の旅　矜羯羅《こんがら》が立ちはだかれり　「短歌」59・11　塚本　邦雄

総領の親不知《おやしらず》歯まだ　金色の裏字玻璃戸に喜志歯科医院

については、一字空けにしたのは成功していないのではないかとの疑問を呈している。二首目に

ついては、誤読をされないための配慮があったのではないかと言う。

コンクリート電柱は醒め桐の木はねむる　炎昼の都市に影して

「短歌」59・6　高野　公彦

街の底にふりしづむ雨　目を閉ぢてゐるゆゑ死者は耳さとからむ

わが家計素寒貧なる一ト月が始まれり街は葉桜の季

三首目を考えた時に、先の二首は「どうしてもこう読んでもらわねば困るが他はかまわぬと語っているようで、ある戸惑いを覚えます」と正直なところを述べている。

生ごみを詰めたる黒きポリ袋積まれあり　今日も人間《ひと》生れつぐ「短歌」59・5　杜澤光一郎

指定方向外進入禁止の矢印に従きゆく。先にあるものは知らず

の二首について北川原は、「『一字あけ』と『句点』との違いは、誤植でないならどう読むかむずかしい」との疑問を示す。さらに成瀬有の、

闇ふかく重くし圧《お》せりかつてをみなと嘆かひし日も昏れはてて、闇

「短歌」59・9　成瀬　有

この人は必要に応じてどんどん切れ目をつけます。右の作で、最後の一語を切ったことで構造的にその一語にかかるウエイトは大きい。十分に支えきっているかどうか。

北川原には、「切れ目」や「句読点」などを用いた作品の功罪を考えてみるきっかけになればとの思いがあったようである。

※

今号の「編集後記」にも厳しいことが書かれている。
▽歌壇の中で、結社においても、幹部的、指導的に見える「日当たりのよい」席を獲得しようという競争が激烈になっているようである。馬鹿げた話だ。▽そんな気持ちで生活している者に良い歌が作れるわけがない。短歌はそういう性質のものではないのだ。（T）

※

九月十七日に第十三回の「評論会」が武蔵野芸能劇場にて行われた。発表者は、阿木津英と片山貞美である。今回のテーマは「佐藤佐太郎論」である。この時の記録は、「評論通信」14号に収められている。

九月三十日。企画会議が電電中野クラブにおいて開かれた。企画委員の奥村晃作、片山貞美、春日真木子と事務局の外塚喬が出席。

十月五日。運営委員会が電電中野クラブにおいて開かれた。出席者は、奥村晃作、春日真木子、片山貞美、白石昂、田井安曇、玉城徹、林安一、樋口美世、外塚喬。議題は、これからの「評論会」のテーマと発表者を決める。


十月十日、「評論通信」13号が刊行された。今号は、会員の作品を掲載したために十二ページ立てになっている。

「私の方法」を久保田登と荻野由紀子が書いている。久保田は歌集『残堀川』より十首を自選、荻野は歌集『回転木馬』より十首を自選している。ともに三首をあげる。

バックミラーに映る後車の運転手眉間けはしくハンドル握る　久保田　登『残堀川』
ああ不思議われを詰《なじ》りてゐし妻が階下でピアノを弾きはじめたり
夜の間に力たくはへてをりし花けさ紫の朝顔ひらく

久保田の方法とは、

自己又は自己の周囲に、杭を一本打ち込む。なるべく太いものがよい。それも意志的に。当然そこに波紋が起る。それを掬い上げて一首とする。こんなことを広く考えれば方法と言えるだろうか。

杭を打ち込む、それを現実に足を一歩踏み入れると言ってもいいが、いつもいつも意志的にできるとは限らない。むしろ周囲の状況からやむを得ず杭を打ち込むことの方が多い。

更には、自分が起したはずの波紋の強さに押されて密室の中に逃げ込むことだってある。私にとっての密室は走行中の車の中であるので、そこに立て籠もるということになる。

久保田は、「杭を打ち込む力を持続することと、鬣の後を見せないだけの腕を獲得することと、この二つが、方法を考える上での基本である。」と結論づけている。

もう一人の荻野の歌は、

いずこより風吹く街か駅ひとつ越えて来りし午後は曇れる　荻野由紀子『回転木馬』
天上に無数の花のひらきたり幼な子は水に立ちてゆらぐも
大いなる欠落のごと夕空へむきてしろじろ桜満ちたり

荻野は、

短歌にかかわるようになったのがかなりおそく、しかも古今の有名歌人たちの作品を殆んど読まないまま実作に入ってしまった私が、よりどころとしたのは、とにかく自分の目で物を見る、ということだけだった。ただひたすら見る。昼も夜も。もちろんその間じゅう実際に見ているわけでなく、また視覚でとらえたものでもない。広く五感で感得したものということになる。そうしているうちにその〈物〉や〈風景〉が表情をもちはじめる。それらの風景が、現実に目にしたものであるか、それともかつての心的体験であったのか、私にはもう区別がつかないほど、あきらかなかたちや色をもちはじめる。それらの物や風景の語りかけてくる意味を探ろうとして自分の言葉をさがす。

との文章を寄せている。荻野は、とにかく自らの目を信じて物をよく見ることによって、歌が生まれるとの考えを示している。

※

「評論通信」の編集と企画は、通信を担当する委員の判断に任せている。今号にはじめて会員の作品が掲載された。通信担当者の意見は運営委員会で示されている。掲載作品を、今後の「評論会」のテーマにできないかということでの企画である。作品五首を八名が寄せている。すべての作品を載せることはできないので、筆者の判断でそれぞれ二首を紹介する。

ゆきゆきて仰ぎたるわが電柱のタングステンにともる明りよ　阿木津　英
蜜とりて花害《そこな》わぬ蜜蜂のごとく去りゆくわれならなくに
日ざかりの栗の穂先をくぐりたる少年の頭《づ》のかぐろく匂ふ　春日真木子

咲きのぼりひかり湛ふる立葵なだめむとしてわれは近づく
むし暑く曇る昼前浅山を歩きてもどり水を使ひぬ　片山　貞美
どの窓も蒲団を並べ日陰れば午後になりたる下を通りぬ
畳すれすれよたよたと飛びゆく蚊からだ重たく血にふくれたり　小林サダ子
もの探す顔は鏡に映りけり見つからぬ見つからぬとぞけはしき眼つき
みつがしは祈りのごとく花の茎たつる水のべ夕風とほる　遠山　景一
松の花あかるき苑の夕暮れを尾長幾羽か葉がくれにとぶ
雪のごとあふれたる白の夾竹桃花のいのちを怖れて見やる　野村　米子
わが頭貫きゆきし涼しさよ硝子みぢんに割れて散りぼふ
山の水引きたる町に日の暑き昼を通るに水は鳴りつつ　林　安一
山水の直ちにくだる葛城の真柄古りたりいらか照りつつ
雨あとの庭木々めぐる蝶一つふるさとに亡父の還りゐむ夏　宮原　勉
八月のこころうるほふふるさとに還りゐむわが死者を思へば

※

第十二回の「評論会」の記録が掲載されている。テーマは、「小暮政次について」である。発表者は、大河原惇行と玉城徹。小暮は大河原の師でもあり、いわば身内の批評者ということになろうか。大河原は、小暮の身近にいた人間として、作品について語るのではなくて、作歌上において影響を受けたことなどが話の中心になっている。例えば、歌集の出版に関わることなどである。小暮は、歌集の序文を非常に嫌ったとのことである。歌集は、誰の助けも借りないで、自分の責任で出すべしとの考えをもっていたことを、大河原は自身が歌集を出した時の思い出として語っている。大河原が小暮から受け止めたことはいろいろあるが、もっとも大切と思ったのは、小暮が作品を大切にしているということである。大河原は作歌の現場を見た話として、

窓枠に拾ひてあはれむ鳩の仔は肌赤くああ二〇グラムの命　『薄舌集』

を引用して注釈をしている。

（中略）この作歌の現場を僕は見ているので、一つ感じたことがあるのです。「ああ二〇グラムの命」にこの歌の生命があるのですが、鳩の仔の説明をせず、「ああ二〇グラムの命」とだけ端的に捉えたところに、そう見ることのできる心に感銘を受けたのです。

このことは「如何に」表現するかと言うよりも、「何を」「如何に」受けとめて歌うかと言うことを考えさせられたのです。

小暮政次の歌の秘密を、身近にいた一人として明らかにしている。もう一人の発表者は玉城徹である。玉城は、小暮の方法論として、

小暮政次氏は、短歌におけるメティエの熱心な研究家である。メティエとは、専門家が専門家として習得すべき基本的な手法というぐらいの意味である。諸技法が、習得的なものとして師匠から徒弟に継がれている間は、それほど意識にのぼらない。古きを捨てて、新メティエを組織しようとする時、それは研究家となる。わたしは以前から、メティエ研究家としての小暮氏に興味をいだいていた。

として、そのことを実証するための作品として、次の三首をあげている。

絨毯の上の日あたりにからだ投げて今朝またまぶたに熱があるらし　小暮　政次（昭和47）

さくらばな溢るるを見て吾が手にはパンに挟みし鶏の肉　（同）

昼といへど紅きシェードを低くして子牛の肉の熱き一きれ　（昭和49）

これらの作品のコメントとしては、「『絨毯』だとか、カーテン、シェードなど、室内的な、しかも材質（マチエール）の感じに富む物を、この作者は愛する。しかし、彼は、材質を材質として追求するのではない。彼は、それをマチス流の鮮やかな装飾とはしないが、ボナール風の穏やかな色面に化する。『絨毯』のかわりに『さくらばな』が来ても、事は同じである」と小暮の作品を評価している。

さらに、小暮短歌の特徴としての調べについても言及している。玉城は、

全面的肥大化の中に組み込まれゆくほかなきに如何にせよとか　小暮　政次（昭和48）

楽しむべき事は工夫して楽しまむ然はあれ嚥下機能の低下　（同）

の二首については、「『全面的肥大化』とか『嚥下機能の低下』だとかいう概念語の塊が、一首中の構成面を決定している。直接色彩はないが、はたらきとしては色面に代置される。この面に対して『如何にせよとか』あるいは『然はあれ』等々が、対照的な面として決定されている。このようにして、一首が分節された面による構成になっているわけである。」を結論として、こうした方法を効果的にするには、調べを抑圧することが必要であるとも言っている。

最後に、

何にしても、小暮氏が終始芸術派としてメティエの研究にいそしんでいることにわたしは好感をもつ。社会思想的な公約数的意見だとか、生老病死に関わる人生的、境涯的な感想だとかによって、芸術以外の裏取引をしていない点に、わたしは賛成する。

会の後の質疑応答では、活発な意見交換があった。「寸取虫」にはその場の雰囲気を伝える記録が残されている。

※

今号には、樋口美世が「青松虫」というエッセイを書いているが、青松虫のことではなくて、西ドイツからオーストリアの、旅行記である。

時評は、「言葉の論争」について、野北和義が書いている。野北は、総合誌などにおける文法の間違っている作品について、大いに議論が交わされても良いのではないかと述べ、例として、斎藤茂吉・島木赤彦と三井甲之の間で争われた「『なむ』論争」を先ず示してから論を進めている。

周知のことと思うが、三井甲之の『北風の吹き来る野面をひとりゆきみやこに向ふ汽車を待たなむ』の『なむ』の用法の誤を先ず赤彦が指摘し、それに対して甲之がこれを『またな』と言うつもりのところ、声調上据わりが悪いので『なむ』を足したものと反論したことに端を発し、その後は主に茂吉と甲之の論争になる。

と前置きして、「なむ」の一語にまで執拗に論争しているが、今の短歌界では誤用などを指摘しても、まったく論争にはならないと嘆いている。更に野北は、一例として、岡井隆の作品をあげている。「木曽さかのぼるふりこ電車にねむらなむときはなたれてゆくにあらねど」の、「ねむらなむ」は「ねむりなむ」ではないかと言っている。岡井といえば茂吉の著書もあり、当然のことながら「『なむ』論争」は知っている筈だが、短歌界が何の反応も示さないのは大した価値を認めないのだろうと結論づける。この傾向は、現在でも多かれ少なかれ見られることである。野北は、「良い詩とは文法など無視するものだ、いや良い詩は文法を無視しなければできない、といった風潮に導く可能性が強い」のではないかと危惧している。

※

十一月五日。第十四回の「評論会」が武蔵野芸能劇場にて行われた。発表者は、遠山景一と沖ななもである。今回のテーマは、「久保田登歌集『残堀川』と雨宮雅子歌集『雅歌』の歌集評」である。『残堀川』を遠山が、『雅歌』を沖ななもが担当している。

十二月七日。電電中野クラブにて忘年会が開かれる。

十二月三十日。「評論通信」14号が刊行された。今号は十二ページ立てである。「私の方法」を田井安曇と清部千鶴子が書いている。田井は歌集『父、信濃』より十首を自選、清部は歌集『千日紅』より十首を自選している。ともに三首をあげる。

孤独はこの人をも暗くするかなと読みゆきて今年春を楽します　田井　安曇『父、信濃』
あたたけくかたえにありし夢ゆえに一と日さびさび働くものを
カスティラというを口あきくらいけるひとりの夕やうらがなしけれ

田井の「わたしの方法」とは、方法などは有ったのか無かったのかとしながらも、「賢問への愚答、斯くの如しである。」として、

『父、信濃』は題のとおり、死ぬ父とそこへの往反を歌っている。どうしようもない事実だけが歌の内容である。私はある種の子規の徒だからこの事実というやつに適わないと心底思っている。芸術が事実を越えうるという幸福な世界観がないのである。貧しい奴だと思われてもこれは仕方ない経過でそうなったのである。

だから、今、つい本音を吐いてしまったが、その、そう『ある』こと、そう『なる』自分に関心がある。存在——この空間・人間に、この時間・歴史の中にひたと釘付けされたようにかなしく存在するということ——に興味がある。

と答を出している。

もう一人の清部の歌は、

病む母の呼ばはる声の届く距離保ちつつ庭の雑草を抜く　清部千鶴子『千日紅』
前のめりに舗道に落つるわれの影坂道にきて立ち上がりたり
プラカードたたみて帰る人群の中におろさぬわが旗なびく

清部は、「私は方法意識をもって作歌をしていると思ったことはない。」と述べながらも、

作歌は写実に基盤を置きながらも、所詮主観を無視しては作れないとして励んだつもりであったが、いつの間にか軌道を逸れて、主観だけが先行して叩かれ通しであった。それでも自分が納得するまでやってみた。その時期が過ぎてから、非常に慎重になったと思っている。

写実の土台を見失うまいとして、写実に徹しようと努力した。現在は、素っけないとか、大胆と人に言われる程自己投影の見えないものもあって、中庸は何ごとによらず難しいと思っている。

と、写実に徹したことが作歌を続ける基盤になったことを強く主張している。

※

前号に引き続いて八名の会員の作品が発表されている。前回に同じく一人二首を紹介する。

雨あとの水の溜りに夜の明けて雲浮かびたり真白くなりぬ　石田　耕三
杜の中かすか明るむひかりあり近づけばゆつくり紙うらがへる
水でっぽうを形なきまでうずめさせ砂はなにくわぬ顔をしていし　沖　ななも
足首まで砂にとられて行末のあやふやなるが快楽に似る
庭の菊剪りて匂ひの染みし手に昨日につづく稿を書きつぐ　川合千鶴子
祝福のごとくに秋の日は照りて乳子を写すとその若き父
くるしくも六月の雨《あめ》照りわたり路にわれありこの腐れ神奴《がみめ》　玉城　徹
行きゆきてへらおほばこの尽きざるに立てる花穂は光輪を帯ぶ
蔦覆ふ崖一面に紅葉せりその極まれる色に近づく　樋口　美世
山茶花の散りしく庭に耳朶あつく昨夜の恥の甦りくる
葦さやぐ向うにあをき蒲の見え緩く流るる水の光れり　逸見喜久雄
望遠レンズに映れる鷺は葦のかげ白く清らに首のべて立つ

髪を乱し魚裂くすがた見せられず数知れぬ夢厨に拾ふ　星野　京

日に幾たびおぞましき身となりぬべし厨に女の魔は秘めらるる

ムシを探してロジックを追うディスプレィ画面の瞳にぶっつかる　あっ、俺は生きている　柳町　正則

30字／秒の漢字プリンター、ＪＩＳ配列キーボード、多重処理機能《マルチ・ジョブ》の機械ら　残業の事務室に騒ぐ

※

同号には、第十三回の「評論会」の記録が掲載されている。テーマは「佐藤佐太郎論」。発表者は、阿木津英と片山貞美である。

阿木津は、「評論会」当日の発言を「佐藤佐太郎雑感」として纏めているが、佐太郎作品を肯定していない。むしろ否定的である。阿木津の考えている、幾つかを紹介すると、

わたしは、この『歩道』が、刊行後三カ月にして再販するほど時代にアピールしたという事実が、正直に言って、実感できない。

たしかに、うまい、いい歌集だ。『電車にて酒店加六に行きしかどそれより後は泥のごとしも』や『とどろくごとき夕映』や『青杉を焚く音』や、記憶に残る歌は多い。けれども、一冊読み通して、ひきずりこまれることは、ない。

『歩道』のセンセーショナルな価値を追体験できないのは、わたしの神経が鈍であるせいか、それとも、ひとびとの精神生活まで統制されていった昭和十年代前半、うたわない領域

を守ることによって保った水準が、いまはもう見えなくなっているのか。あるいは、佐太郎的方法が一般化し、都市生活者としての憂愁をうたったという、その素材としての都市生活がいかにもありふれたものとなってしまったからか。

との発言の後に、筏井嘉一の作品を引用して、なぜ佐太郎短歌を上手いと思いながらも惹かれないかを述べている。筏井嘉一の作品は、

千人のをんなの禱《いの》り縫ひこめて餞《はなむけ》あつし征くつはものに　筏井　嘉一『荒栲』
国のため捧げおほせし身ぞ今は遺骨となりて家に還らふ

である。阿木津は、『歩道』を読んだ後に、同時代に刊行された『渡辺直己歌集』、土岐善麿の『六月』、坪野哲久の『桜』、齋藤史の『魚歌』の四冊の歌集を読むと「引き緊まった沈鬱な世界がみえてくる。」と言う。


ことに、筏井嘉一の『荒栲』は風俗をうたうことの危うさを知らしめてくれ、そのようなやり方とは没交渉であった『歩道』の方法の意義を理解させてくれる。

よくわかる。とはいっても、『歩道』が、うまい、いい歌集だという以上の、わたしの身にくいこんでくるような新鮮さと驚きをもたらすことは、ない。

と正直に思いを述べている。さらに、佐太郎の名歌とされている「あぢさゐの藍《あゐ》のつゆけき花ありぬぬばたまの夜あかねさす昼」についても、この歌の下の句の、「ぬばたまの夜あかねさす昼」が取ってつけたようで形骸のようでもあるとの、厳しい見方をしている。

阿木津は、佐太郎の『帰潮』の後記を読んで、少し奇異な感じがしたとも記す。その後記とは、

もっとも鶏の方は経験もなく資力もないので、傍業として百羽程の鶏を養つたに過ぎず、ただ何か実務を持たなければ生活内容が稀薄になり、それは作歌にも影響するだらうと思つて、かういふ事をしたのである。

こうした佐太郎の考え方に、阿木津は、

傍業であるのはかまわないが、実務を持たない生活は内容が稀薄になるという考え、それが作歌に影響するだろうから実務を行うという考え、変だ。逆立ちしている。ある種の歌の範型が頭上に掲げられていて、その種の歌の創作に役立つ生活を営むというのだ。

こんな歌をつくりたい。生き方をしたい、というのは、誰にでもある。その欲求が強いほど、いいと思う。だが、佐太郎のこの文から感じられるものは、そのような人間的欲求というよりも、どこか功利的なにおいがする。

『観念的、模型的操作によらずして、体験に即して真実を表白しよう』という態度をつらぬくのは立派だと思うが、その『体験』を作歌のために予定するというのは、それこそ『模型』的な生ではないか。

と語り、発表の後の討論会では、「佐太郎の歌っていうのは、すごく堅固な秩序感っていうものがあるでしょ。堅固な秩序感っていうものに反発するんですよ。この秩序感っていうのがあたしにとってはどうも違うんですよね。このような堅固ね」と佐太郎短歌に対峙する姿勢を示している。

もう一人の発表者は、片山貞美である。片山は「佐太郎の『写実』」というテーマでの話を纏めている。佐太郎作品を何首か挙げて、その特色を語った後に、『歩道』以後の歌集における佐太郎短歌の変遷を詳らかにしている。当日取り上げられた何首かの作品と、片山の意見を紹介する。

・連結をはなれし貨車がやすやすと走りつつ行く線路の上を

「やすやすと走りつつ行く」で作者は半ば解放感――ということは線路に規制されているからだが、それと快さを享受した。これも感情移入方法。なお、「線路の上を」の断止はさきを残す中止表現だから軽快でこの歌の主題に適応したが、それ以上に、規制された上での解放感という点に「時代」が感じられることが意味ふかい。

・街川のむかうの橋にかがやきて霊柩車いま過ぎて行きたり

「街川」は掘割状の支流で狭くいくつも橋がかかっていよう。そのなかの橋のひとつが「むかうの橋に」だが、「かがやきて」だから「霊柩車」は覆いをしない、火葬場に向かう車の、それも単独で走るごとくで、「いま」と心理的現実的な絞りが働き、「過ぎて行きたり」は映画のロング撮りの趣だ。しかし、車のなかの死骸がどこか剝き出しになる享受を感じるがそういうところは表現主義的ではないか。こういう角度もヨーロッパ映画的だろうが、「写実」に拠る作者の作品が表現主義を思い起させるところが問題だ。

この他にも何首かにコメントをつけているが、割愛する。佐太郎短歌を総括して、次のように述べる。

括って言えば、地方出身の都会生活者の孤独無頼な生命の動きと、当時のモダニズムの風潮が対象化されている。それは「反写実」の前川佐美雄の求めた対象と共通するところだ。方法は対蹠的に隔たりながら対象をひとつにする、その点に、この『歩道』の歌の写実における方法上の意味があるとわたしは見る。写実という方法が、時代の普遍的な内容（文学）にかかわるということにおいてである。

ところが、『歩道』以後、作者にとって方法は同じでも、対象が変った。『しろたへ』『立房』を経て、『帰潮』あたりでは平明な生活描写が進められたが、徐々に先に示された時代感情は個性的な描写方法の陰に薄くなって、『地表』『群丘』あたりでは、

・鉄のごとく沈黙したる黒き沼黒き川都市の延長のなかなどの、例による白黒映画の風景記録を利した表現。

・対岸の火力発電所瓦斯タンク赤色緑色等の静寂などの岡鹿之助風な表現といった方法を進めて、興味があたかも多様な自然の表情の写しに限られて、内容の時代思想との交渉は間接の度を深めてゆく。

片山は、佐太郎短歌が年を経るにしたがって変化してきていることに注目している。

※

今号の時評は、外塚喬が書いている。外塚は、「短歌」（一九八五年一月号）での秦恒平や笠原伸夫らの、短歌界にどっぷり浸かっていない人たちの新春座談会での発言を、苦言として受け止めることができたと言っている。しかし、短歌界は一向に変わらない。さらにはシンポジウムに対しての、「短歌の大衆化状況への歯止めともとれる姿勢をよみとることができる。」（「短歌」一

九八五年一一月号）との斎藤すみ子の時評に疑問を投げかけている。

「大衆化状況への歯止め」とは何だろうか。短歌を一般大衆化から遊離させて、ことさら文学でございますとでも言いたいのだろうか。それなら問題だ。短歌こそ、大衆の中で育まれ、今日、日本の伝統文学の確固たる位置づけをしたのではなかったか。

まだ問題を提起しているが、割愛する。

# 一九八六（昭和六十一）年

二月十三日、第十五回の「評論会」が武蔵野芸能劇場にて行われた。発表者は、椎名恒治と和泉鮎子である。今回のテーマは「秀歌を点検する」。この時の記録は、「評論通信」16号に収められている。

三月二十七日。運営委員会が開かれ、六月二十六日の歌評会をどうするかの検討がされた。当日の出席者は、奥村晃作、片山貞美、白石昂、玉城徹、吉村睦人、外塚喬。歌評会の司会を久保田登、パネラーとして雨宮雅子、石田容子、大河原淳行、片山貞美、後藤直二を予定する。新会員として、石田容子、水沢遙子、伊藤雅子らが加わる。

四月十五日。「評論通信」15号が刊行された。今号には会員の作品はなく、通常の八ページ立てである。「私の方法」を後藤直二と山本かね子が書いている。後藤は、歌集『印象化石』より十首を自選、山本は歌集『月夜見』より十首を自選している。共に三首をあげる。

水の輪をよすがに恋をするものかわがまへにいま踊るあめんぼ　後藤　直二『印象化石』

桜ややにつぼみ色づく町に来て富士はひと日のやはらかな白

ふり返る十二箇月はおのがじし濃淡ありて立ちならびたり

後藤は方法論を語る前に、「私の作歌方法を一言でいえば、沢山つくって、沢山削る、ということに尽きる。」と先ずは一般的なことを言ってから本題に入る。

表現行為は、放逸であってはならないが野放図ではありたい。職場詠はもう流行遅れである、叙景歌はつまらない、などという妙な計算は考えない。十首が必要なときは三十首くらい作る。こうすると、うまい歌をつくろうとする心が淡白になる。三十首つくって、そこから比較的うまくできた十首を選べばいい。その選び方には色々くふうがあるが格別披露するほどの秘伝はない。

後藤は右に引用したように、歌を詠む際の基本的なことを言っているが、実践するとなると難しい。もう一人の山本は『月夜見』より自選している。

夜の思ひ濁りゆくとき月夜見の神よぶ金鼓《こんく》打つ人のある
老いし母が此の世の庭に焚く花火夏の名残のくれなゐの華
夫とふ者かたへにあらぬ眠りにて身じろぐ闇に冬の匂ひす

山本かね子『月夜見』

山本の方法論とは、

考えなければ胸に落ちない歌を前にして、感動するというのは何だろうと考え、ごく素朴な答を得た。私は、歌に息づいている人間の思い、作者の情《こころ》に会いたいのであった。人肌のぬくもりのある歌を読みたいと思った。私性や日常性の否定を言い、新しさを追っているうちに、こぼれ落ちてしまったものか。勿論これは私の好みの問題であり、単純、素朴過ぎる考えかもしれない。が、歌の源流のようなところが、しきりに恋しかった。その時以来である。流行らなくてもいい。私が信じるこの部分を担ってゆこうと思い定めた。

山本は、知らず知らずのうちに、前衛短歌や思索的な短歌、さらには詩的な日常性を超えた歌に刺激を受けたが、何か大切なものが欠けているのではないかとの疑問を感じたところから話を進めている。

※

今号には、第十四回の「評論会」の記録がまとめられている。テーマは、「久保田登歌集『残堀川』と雨宮雅子歌集『雅歌』の歌集評」である。『残堀川』の批評を遠山景一が、『雅歌』を沖ななもが担当している。遠山は、久保田が「評論通信」13号に「私の方法」を書いたときに自選した十首と、遠山自身の選んだ作品十首（次の三首を含む）をもって話を進めている。

たちまちに色あせにけり刈り取れるおかめ笹の葉は庭の窪みに　久保田　登『残堀川』
冬の日の余光を浴びてひとひらの雲が傾く欅の梢《うれ》に
赤き不動黒き不動が躍り出でてわれをたちまち八つ裂きにせり

およそ『残堀川』では、作者の様々な身辺が着実に詠まれていると言ってよいかと思う。と同時に、作者は自己の「身辺」を離れざることを固く守っているとも言える。モチーフは必ずしも限定されないが、あくまで「身辺」を枠組として、作歌している。

遠山は、久保田作品の根底にある「身辺」ということに言及し、

さらに分析する。ところで歌集をモチーフの上から瞥見すると、具体的には次の如くである。すなわち教員としての務め（児童、同僚）、家族（妻子、父母）、基地周辺風景、分校の廃校、入院時および余後、故郷と山河等々である。そしてこれらが、歌の上でどのような世

界となって現われているかとならば、大略、『孤独の物語』というべき貌を与えられている
と言ってよいだろう。

と久保田作品の核心を突いている。当日の筆者のメモには、「抽象性、観念性が表面上は出ていない。把握しようとする態度が強い。」「事柄の意味、内容を出そうとしている。」と言ったことが書かれている。

もう一人の発表者の沖ななもは、十九首の作品を提示して話を進めている。沖は、率直に雨宮作品の難解なことを述べている。そこには、信仰をもつ人と、もたない人との考え方の違いから、どうしても理解できないところがあるのではないだろうかという、疑問を投げかけている。

肉体を運びきたりて金堂の祈禱のこゑにゆらぎつつあり　　雨宮　雅子『雅歌』

風を率《ゐ》てかへりきし夜のうつしみは酢に殺したる生牡蠣食《た》ぶ

渾身のちからに余る暗黒を曳きつつわたる極月の月

沖の提示した十九首のなかの作品である。

沖は、作品をあげて具体的に読みの難しさを述べている。たとえば、次のような歌、

歳月を束ねてわれはじ《ママ》りじ《ママ》りと白光体となるまで瞋る

には、「『歳月を束ねて』でもうひっかかってしまい、理解がとどきません。」と率直に述べるとともに、「歳月」という言葉を用いた作品三首を例にあげて、話を進めている。その三首とは、

漂へる歳月ここにゆきつきてしぐれに鴨のむれ翔ちにけり

歳月のおくへ踏み入るごとき音かそけきかなや冬の竹林

貢ぎきし歳月しぼる濃むらさき鉄線の花咲きのぼり立つ

である。ここに見られる「漂へる歳月」「歳月のおく」「貢ぎきし歳月しぼる」に沖は、何らかの修辞的な働きをする言葉が付随しているという。しかし、ここをすんなり受け入れられるか否かが、雨宮作品を解く鍵ともなっているのではないかとの、考えを述べている。

樹の繁るあをき匂ひや二の腕に刺青などをもつにあらねど

は質疑の中で問題となった作品である。沖は、

『二の腕』が作者なのか、樹なのかという質問をうけました。私は作者の二の腕という読みをしましたが、会場からの発言によると、文脈からは、樹の二の腕としかとれない、ということでした。（中略）ここでは、どちらとも解釈が出来てしまうということでしょう。『や』という独特の使い方がされていることばのとり方によって、文脈が変わってしまうのだと思います。二句で切れて主体が転化されるのかどうかということでしょうか。

雨宮作品を総括して沖は、

全体として、神を考えているが、神は出てこない。神が感じられないという会場の声がありました。私の感じとしては、『禱るほかなき悲しみを纏ふとも誦すなれば〈主よわれを去り給へ〉』というような歌から推測して、神を信じようとしながら、どこか教えからはみ出してしまう部分が多いと感じました。おそらくそれが作歌の基となっているのだと思います。

と発言している。どのように読み取るかの難しさを、会場に足を運んだ人たちも考えたことであった。

※

今号の時評は、島崎ふみが書いている。島崎の時評は、「自然詠は本当に面白くないか」である。この時評は今から二十八年も前に書かれているが、自然詠の衰退は今日でも考えなければならない問題だろう。島崎は、ある二次会の席上で、K氏から「自然を歌にして面白いのか」との言葉を聞いたことから、自然詠を考えたと言う。

「短歌現代」（一九八六年一月号）での「三十代作品を語る」の座談会でも、森岡貞香、奥村晃作、後藤直二の三氏が、それぞれ「おもしろさ」を評価の基準にしている。しかし、必ずしも三氏のいう「面白さ」が同じものかどうか不明である。

ここで語られている「面白さ」と自然詠の関わりにも関心を示している。島崎は、「K氏のいう意味は自然の事物を写生してみたって現代人にとって刺激がなかろうということらしい。自然詠＝写生＝面白くない、の関係に呪縛された中の発想かと思える。彼らは自然詠から離れ、自然の中に人間的概念を発見して『面白』がる。そこに表現の工夫と効果を期待するのだ。」と言う。さらに島崎は、先の座談会で対象となった三十代の人たちの中から、自然詠と思われる作品について触れている。あくまでも島崎は自然詠と思ってのことであると断っている。俎上にのったのは次の五首である。

湖の間に漂ひてゐし蟹の子の歩む仕草に沈みてゆけり　大谷　茂子
雲きれて陽のさす草地へおのづから歩みゆくらし放牛の群れ　河野　裕子
林立のビルディング塞《せ》く空ふかみ閃《ひらめ》きこもる夕立の雲　恩田　英明

夕なぎの暑さとどこほる砂庭に匂ひて紅きおしろいの咲く　香川　哲三

おのづから吊り下げらるる首となり向日葵の花も枯れはてにけり　小池　光

島崎は、これらの作品に寸評を加えている。核心を突いていると思われるので、紹介したい。

大谷氏の歌、「歩む仕草に」の概説が何故必要か不明。「漂ふ」「歩む」「沈む」の連結関係に概念感傷がある。河野氏の歌は「おのづから」は対象への一種の曲解。両氏の場合、対象として自然が外在している。恩田氏、香川氏の歌は、都会風景、生活風景。小池氏の一首は、ひまわりを歌っているようだが、三句までは四、五句を言いかえているにすぎない。その言いかえは表現の工夫。

三十代作品の中に自然詠と呼べる歌は出ていなかったようだ。それ程、現代では歌の中に自然が内在しなくなった。自然詠の衰退を危惧しながらも、自然詠の復活を期待したいという思いの伝わる時評であった。

※

四月二十二日。第十六回の「評論会」が、武蔵野芸能劇場にて行われた。テーマは、「田井安曇論」である。発表を奥村晃作、柳川創造、水沢遙子が担当している。この時の記録は、「評論通信」17号に収められている。

六月十一日。運営委員会が中野サンプラザ地下食堂において開かれた。出席者は、春日真木子、片山貞美、白石昂、田井安曇、玉城徹、林安一、樋口美世、吉村睦人、外塚喬。この席で今年度の予算と決算の報告が承認されている。

※

六月二十六日。第十七回の「評論会」が、武蔵野芸能劇場にて行われた。今回は、会員による歌会を行った。司会を久保田登、パネラーを片山貞美、石田容子、奥村晃作、後藤直二、大河原惇行が担当している。この時の記録は残念ながら「評論通信」には残されていない。本来なら第十七回の「評論会」（歌評会）は「評論通信」18号に掲載予定であったが、編集を終わっていた原稿の紛失という非常事態がおこって、発刊には至らなかった。

当日の記録は残っていないが、参加者に配布されたプリントがある。歌評会の詠草は、五十四首である。これらの作品から出席者が五首を選歌して高点歌より順次、批評が行われている。プリントされた作品をすべてあげるわけにはいかないので、当日の参加者である春日真木子と玉城徹が選んでいる歌をあげておく。

春日真木子選（順位なし）

もの書きのあはれか借金をメモしたる原稿用紙を拡大展示す　河口　登世

草むらの茂り高きに風なびき行々子啼くつぎて勢《きほ》ひて　遠山　景一

ときたまをわが坐る椅子スポットを浴びたるごとく灯をはじきゐる　依田　昇

くち出づる詞の毒をわが持たばテトロドトキシンの如きを欲す　恩田　英明

写されて黒きマリアを一塊のかなしみとしも夜半に思いき　田井　安曇

玉城　徹選（順位なし）

首ほそく伸ばし首より落ちゆくは幼な鴉か羽つやめける　荻野由紀子

極まりし花の木下にたづさへてただひとたびの生を語りき　田島　定爾
今少し若かりしかばと悔ゆる時それでも良いのだという声聞こゆ　内藤　和子
古幹が流れへかしぐ皀莢《さいかち》の上へ向くえだ下へむかう枝　沖　ななも
松のうれ身じろぐ鳥の影見えて雨のかかれる針の葉くらしも　島崎　ふみ

どの作品が高点歌であったかは、当日の資料には残っているが、省くことにする。二人の選んだ作品の他には、

日本製艦の中にて高々と笑ふおとどをわらつてしまふ　奥村　晃作
岩あれば岩に白波なびきつつ影はけむりの吐かるるごとく　片山　貞美
あやまたず我が手動きて目の前の畳に歩く蟻を潰せり　野北　和義
少年よ自縛を放て登校を拒否してこもる窓の夕映え　松尾佳津予
成瀬《なるせ》なる会下山橋《えげやまばし》は鉄組みて高くまたげり恩田川の沢　林　安一

が見られる。当日は、かなり厳しい意見の交換がされたと記憶している。しかし、記録が紛失してしまっているので、伝えることができないのが残念である。この企画は会員に好評であったので、再度行うことが図られた。実際、一九八七（昭和62）年の十一月十七日に行われている。

七月三十日。「評論通信」16号が刊行された。今号は通常の八ページ立てである。「私の方法」を毛利文平と樋口美世が書いている。毛利は歌集『時計』から、樋口は『走者われ』からそれぞれ十首を自選している。毛利の三首をあげる。

毛利　文平『時計』

わが一世ここに過ぎたる思いあり耀う谷をひとつ越え来つ

飲まざれば淋しく固し酒のめば浅ましくして動くわが口

爪を引く子の傍らに吾が立ちて体内めぐる血を意識する

鈴木幸輔に師事してきた一人である毛利は、歌を詠むではなくて、書いてきたと考えていると言う。この「歌を書く」ということは、鈴木幸輔の言った言葉でもあるが、「詠む」ではなくて「書く」に、「或いは詠むという抒情性から解かれて、書くということに刻み込むような硬質感を覚えたのであったろうか。」と記している。さらに鈴木幸輔の「歌はクロスワードパズルだよとも云った。」という言葉にもこだわっている。

このような些細なことに拘る私は、歌は瑣末であってもいいと思う。瑣末なことを少しだけ詠めばいい。ましてや大それた思想とか個性などはなくてもよい。個性とか、なまじな我を消していって、自分の匂いまでも歌の中から消し去ったなら、歌は透明で稀薄な空気のようなものになって、ふわふわと空中を漂うであろうか。そうした方法も、クロスワードパズルに頼る外なさそうである。

鈴木幸輔の世界にこだわりながらも、自己の歌の世界を構築しようとする苦心の見られる一文であった。

もう一人の樋口は、自選十首を選ぶにあたって、「自選十首は、現在において私の志向する歌の範疇に属するものであるが、かつての私は作歌の上に誤解と錯誤のドラマを構築し、自己陶酔に浸っていた時期があった。」とことわって選んでいる。樋口の三首をあげる。

女ゆゑ戦争に征かず死なざる身生き存へて吾は歌詠む　樋口　美世『走者われ』

花咲かぬ百日紅を伐る伐らぬ議論は今年も有耶無耶になる

電柱に馴れぬビラなど貼り歩くわが住む町を守らむとして

樋口の方法論とは、自選十首にこだわりながらも、歌に対しての姿勢が述べられている。

自選十首は、ごく平凡な日常性から掬いあげたものである。とはいえ、私の内部には常に喪失した青春を再び甦らせたいという熱い願望が潜在していて、その想いが刺戟となって歌を駆りたてる。混沌として一時も止まることなく推移する日常にどっぷりと浸かりきっている自分自身を、第三者的に客観視する自己の目。その目を私は信じたい。

※

今号には、第十五回の「評論会」の記録が収められている。テーマは、「八五年度の『秀歌』を読んで」である。「評論会」当日の発表は、椎名恒治、和泉鮎子、宮原勉がおこなっているが、「評論通信」の記録は、椎名と和泉の二人しかない。和泉は、四十八首を資料として示している。そして、秀歌として選んだ基準から話を進めている。

識者によって秀歌と認められたうたのなかに、わたしはその意味を摑み兼ねるものがあった。止むなく解説なり評なりを読んでみる。それでようやくわかることもあれば、なおわからなくなることもあった。

人それぞれの歌に対しての価値観の違いに戸惑うことを述べている。さらに、評者と鑑賞者のあり方にも言及している。当日あげた作品、

わが周囲《めぐり》男おほかた無口なり真冬はまして口覆《マスク》などして　齋藤　史

について、詳しく書かれている。

このうたは「作品展望」でもとりあげられていて、「男というものの一つのかたちを示し、いくらかユーモラスである。」と評されている。一方、「現代一〇人・一〇人一首」では作者齋藤史氏の体験した二・二六事件に結びつけて鑑賞している。たしかにマスクに「口覆」という字をあててあるのは異様に感じられ、そうした手法の善し悪しはともかく、作者の異常体験を念頭において読んでみたい誘惑を覚えなくはない。そのような読み方は、作者をその人と知り、その経歴を多少なりとも知っている者の徒らな深読みであろうか。作品の背景を知ることによって作品の理解は深まるかも知れないが、深読みをすることによってかえって弊害もあることを示唆している。

一方の評者である椎名は、誌面に引用した二十首に対して、総合誌や新聞での批評を紹介している。作品は二十首引かれているが、批評の紹介は十首である。作品は、

（一）務めたりき務めて及ばぬ境知る老の衰ただあはれなり　土屋　文明
（二）よすがらに月照るらんと思ひしがまどろむひまに外くらくなる　佐藤佐太郎
（三）戸袋に死にゐし蛇のなきがらが白くひつそりとありたる記憶　宮　柊二
（四）雪厚く被れば家も墓碑に似るわがうちに棲む死者よねむれ　齋藤　史
（五）二等兵わが拠りたりし塹の夢にありありとして凍る夜の月　山本　友一
（六）一匹の蜂見つむるとくぐまれば宝石よりもさびしきかがやき　香川　進

（七）人よりも驢馬の寂しさ耳立てて行く街ありしつねに夕映に　近藤　芳美

（八）昼ふけの堤に来れば残りなく鴨去りし水さやにし流る　玉城　徹

（九）耕さずしみみに白き花満ちて去年《こぞ》鳴けりける蛙も鳴かず　片山　貞美

（十）沼の面のてりかげる毎《ごと》わがうちのやわい部分がゆらゆらゆれる　加藤　克巳

である。これらの作品の短評が記されている。

（一）「ひっそりとした歌だが〈幸〉に生れ合わさなかった人にとって忘れ得ぬ作となることだろう」（田谷鋭「短歌」）、（二）「まどろむひまにと転化してゆくところに一種の凄みを感じさせる」（同）、（三）「蛇を素材とする作品として括目してみるべき一首」（同）、（五）「現代に揉まれるあり方の中にふと、塹の夢の作品が混るのは痛々しい」（田谷鋭「短研」）、「山本友一ではないかも知れぬが捨て難い」（岡部桂一郎「短歌」）、（七）「内面の旅として生命の深淵に届いている。（中略）生そのものの発動として歌われている」（島田修二「短歌」）（八）「玉城・片山は即物的写実主義傾向で、擬古典派的詠風」（三国玲子「短研」）（九）「時間や空間を切り落としたものであるだけに安定している——あの〈澪つくし〉の風土に育った生活者のたしかさ」（水野昌雄「短歌」）。

十首を引いているが、（四）と（六）の評はなぜか省かれている。もう一人の発表者である宮原勉の記録は収められていないが、当日の資料を繙くと宮原の真意がくみ取れるので、紹介しておく。宮原は、「短歌」と「短歌研究」の「短歌年鑑」の作品について次のように考えを述べている。

作品を詠む目的は、本人の今日的価値の追求であり、この今日的価値の選択は、個人の短歌観、志向――簡単に言えば好みにすぎない。

こうした条件の下で、総合誌等の「展望」を見ると、紙幅の都合もあると思うが一様にガイド的で、批評や評価に迄踏み込んでいない。

宮原は、「展望」から問題を探り出すことは無理であるとも言い切っている。

当日の発表をうけての議論も高まっている。その中の一首について紹介しておく。「立てつづけに空気たたくがのヘリコプター枯野の果ては生駒山塊」（作者名なし）についてである。ここで使われている「がの」に対して玉城徹は、「『がの』ね。『かに』っていうことばはあるけども、『かの』とか『がの』とかいうことばはほんとはないわけだ。それは『かに』から誤解して作った。歌人はよく『かの』とか『がの』とか使うけど、そういう語法はないんですよね。」と、よくある間違いを指摘している。

※

今号の時評は、高嶋健一が「〈世代〉の意味するもの」を書いている。高嶋は、書き始めに自身の第二歌集『草の快楽』の冒頭に置いた「失速に似つつ寂しゑ肝病みて風邪病みて秋のもなか臥しゐる」が、田井安曇の批評によって理解されたのが、涙が出るほどの喜びであったと記している。この作品は、歌集の最初の歌が病気の歌ではと、冷淡に扱われた批評が多かったとのことである。しかし、田井は、「失速」ということについて「『失速』はスピード感を失うことではない。距離・高度を得んとして専ら仰角の大を狙い、航空機などが自然の摂理にしたがって、飛翔力そのものを喪失、大地に激突炎上する等の現象をいう。かくて『失速』の一語は或る世代の、関わらざるを得なかった時代の刻印そのものの表現である。深読みという冷笑がかえって来そうだが、断固としてここはそうである。」との批評をしている。

高嶋は、「失速」から始まる一首を最初に置いたのは、「時代の刻印」があったからだと言う。同世代でなければ理解できない世界が作品にはあるだろう。そのことは、現代短歌においても言われていることである。世代の違いによっていかようにしても理解できない作品は、食わず嫌いなどではない。「時代の刻印」の差異なのかも知れない。

〈世代〉を共通にする者が自らへの慎みを持っておこなう証言——それが敗戦直後にあった「ルネサンス的野望」の精神風景であれ、安保時代の熱い国民的自覚であれ、もっと若い世代の出あった大学紛争への参加であってよい。一つの世代がひたむきにその営みを始めることから、短歌の世界に何かが生れることを期待したい。

最後に高嶋は、短歌の未来に期待をこめて一文を閉じている。

※

今号の「編集後記」には、一つは結社のこと、もう一つは安直な表現について書かれているので紹介する。

▽結社があったからこそ短歌を学ぶきっかけが出来たのだ。結社が存在したので、歌を続けることが出来た。結社があるから、こうした皆と一しょに進めるのだ。等々という結社肯定論、擁護論にこの頃あちらこちらでお目にかかる。

▽実は、こういう理由づけの仕方そのものに、結社の正体があらわれているのだ。少し理性のあるものなら、これが、実にこまった理由だということを、すぐに見抜くはずだ。
▽要するに、存在するものは、存在するが故に善でなければならぬという、古き論法である。（T）
▽写すのではなくてクリエートするのである。たとえば川だ。電車の窓から毎日見える川を「街川」などという。そういっていい場合もあろうか、どうも安易だ。これは感じたままを写し取った手だろう。
▽川にはそれぞれの固有の名がある。わたしの家の近くを流れる奈良川は恩田川に入り、恩田川は鶴見川に入って、末は東京湾に注ぐ。これらの川の名は、いま私に歴史的必然として迫ってくる。だから安直に「街川」や「野の川」にすることはできない。（H）

※

九月九日。第十八回の「評論会」が三鷹の武蔵野芸能劇場で行われた。発表者は、高嶋健一と志野暁子である。今回のテーマは「結社誌における時評」である。この時の記録は「評論通信」19号に収められている。

十月十日。「評論通信」特別号が刊行される。この特別号は、「評論通信」の13号と14号に発表された十六名の各五首についての合評の記録である。十二ページを使っている。批評は、阿木津英、春日真木子、久保田登、玉城徹、樋口美世。司会と記録を林安一が担当している。

ここでは「概念的な作品が目立つ」「自然詠に見る概念」「技術論、また雰囲気論」「主体のあり方」「作品の成り立つところ」「さまざまの障害」「素朴であることの困難」「観念出発する」「写実で片付かぬ問題」「盲目的自覚的！」といったことを主体として話し合われている。十六名の作品に対しての出席者の感想のみを、記すこととする。

（阿木津）あんまりいい歌がない。特に女性の歌が、ことばの正確さが足りない。それから男性も女性も常識的概念で作っている場合が多いと思いました。自然詠ですが、逸見喜久雄さんとか石田耕三さんとか、自然詠ということを意識して読んだわけではないんですけれども、あんまり楽しくはなかったですね。

（久保田登）全体的にどうかっていうようなことを、あまり考えないで来た。歌い方の違いなどがあるんで、一概にはいえません。

（樋口美世）沖ななもさん、非常におもしろいんじゃないか。この方の傾向は、ほかの方と非常に違った世界を作っているという感じで。

（玉城徹）便宜的に、自然詠的なものと、日常生活的なものと、それにイメージ流を入れてくるかっていう量で、すこし違ってくるように思うんですよ。たとえば自然詠では、石田さんの方が逸見さんよりイメージ流が強い。日常詠の中でも、そういう区別がある。

この後に、一首一首についての詳しい批評の交換もあったが、ページの関係で省略する。

※

十一月十一日。第十九回の「評論会」が三鷹の武蔵野芸能劇場で行われた。テーマは、「林安一歌集『山上有木』と毛利文平歌集『時計』の批評」である。批評者は、荻原欣子、島崎ふみ。

この時の記録は、「評論通信」20号に収められている。

十二月五日。電電中野クラブにて忘年会を行う。四十五名が出席。

## 一九八七年（昭和六十二）年

二月十日。運営委員会が中野の電電中野クラブにおいて行われた。出席者は、奥村晃作、春日真木子、片山貞美、白石昂、田井安曇、玉城徹、林安一、樋口美世、外塚喬の九名。この場において、会の創設以来の運営委員であった玉城徹と吉村睦人から、退任の申し出があった。後任を選ぶべく議論を重ねた結果、沖ななもと毛利文平を後任として決めた。さらに今後の新しい担務が決められた。（企画）奥村晃作、春日真木子、片山貞美、毛利文平。（通信）沖ななも、田井安曇、林安一、樋口美世。（会計・会場交渉）白石昂（事務局）外塚喬という新しい体制を確立した。

二月十五日。「評論通信」17号が刊行された。今号は通常の八ページ立てである。「私の方法」を角宮悦子と森紫津夜が書いている。角宮は歌集『はな』から、森は『藻雪』からそれぞれ十首を自選している。角宮の三首をあげる。

誰もゐるはずなき過去世の廃屋にかすかに洗濯機のまはる音　　角宮　悦子『はな』
微熱にてとりとめもなくゐる昼を遠づたひくるこの世の音は
家のうちにひとは眠れり山百合を入れしバケツを月下に出して

角宮は、方法などは誰も言わないだろうと言いながらも、作品の完成度のための、措辞であるとか、修辞のはからいよりも、虚飾や粉飾のない実体の表象こそが大切なのです。短歌とは、一人称単純であらわされる物語《どらま》でもありましょう。そのどらまが、わたくしだけのもので終わるかどうかは、実体のおもさのいかんにかかわっているのであります。（中略）あるがままの、おのれを、ねんごろにねぎらい、やさしむ真情が、たとえ、いきあたりばったりであっても、それがわたくしの生活実感に、即したものであるなら、充分だと思います。

と記しているが、最後には、方法論などには関係のない、本音を詠んだ歌が好きだと言っている。

一方の森の、『藻雪』よりの三首をあげる。

直ぐ泣く子面白とよく泣かされしその頃小さき箱を愛でにき
人よりはささやかにして唐変木なりし思へば泪はいづる
ボルヘスと云へる作家を青年が語れるうしろ冬の枝見ゆ
森　紫津夜『藻雪』

森は、作歌の方法は一人一人が独自でよいと記している。特に難しいことを言うのではなくて、宋の詩人である李清照に傾倒して、その詩に刺激をうけて作歌に努めていると述べている。

※

今号には、第十六回の「評論会」の記録が纏められている。評論会のテーマは「田井安曇論」である。当日の発表者は、奥村晃作、水沢遙子、柳川創造である。

奥村は、田井安曇の歌における三つの特色について述べている。一つは、田井安曇の生きざまの証明。このことについては、田井作品の、

ただ弱きにつきて一と世をあらむのみほろぶといえば亡ぶもよけむ

を引いて、

「上句の『ただ弱きにつきて一と世あらむのみ』というのは、田井さんの立場の、生きざまの、人生への処し方の表明であります。それを受けての下句『ほろぶといえば亡ぶもよけむ』は、弱きについた結果として、わが立場が、身が心がほろぼされたとしても仕方がないではないか、という認識を詠嘆を述べております。」と述べた後に、

機動隊員の死を悼む声満ちゆきてかく孤立せりや明治十七年も

を引いている。この作品は、浅間山荘事件を詠んだものである。日本赤軍の若者によって殺められた警察官。そのことによって、更に孤立していく若者たちと明治十七年、「自由党の若者たちが国家権力と対峙し、それと戦って散り果てた。」(奥村発言)事件との関わりを、奥村は、表層を詠むのではなく、田井自身も戦っていると見ているのではないだろうか。奥村はこうした田井の姿勢を、更に次のように述べている。

いまかえりみるに、戦後の政治の上でもっともあつかった時節、すなわち安保の時において、安保詠で一番の成功を収めたのは田井さんでした。熱い心情にうら打ちされた抽象表現による田井安保詠は後世にのこるスバラシイものでした。

二つ目の特色として、「ししむらの人」をあげている。

うつしみは男《お》ゆえ苦しきとき持ちて捗らざりけり肉の梯《かけはし》

については、「肉にかかわる男の悲しみを歌っておりますが、この点に関しては、わたし自身い

まだにわけがわかりませんので、深入りはやめておきます。」と本音を述べている。
三つ目の特色としては、「信仰の歌」にあると言う。
田井さん自身キリスト者であるのか、どうか、わたしは知りません。けれど、終局的にはそこに行き、結局、田井さんの生涯の営為はカトリック文学として在るものと思われます。と好意的な見方をしている。しかし、発表後の自由な討論の場での記録、「寸取虫」に奥村は、「わかりにくさの点は、水沢さんがいわれたように、なにかもやもやっていうのか、人間のわかりにくさというのか、書かれているテーマのわかりにくさというのか、あるところから先は、どうも本人も分からないんじゃないかと思えるほど、わからないんです。」と、田井作品を理解するのに苦心したことを素直に認めている。
もう一人の発言者の水沢は、田井安曇を「その出発」「状況とのわたりあい」「我妻泰から田井安曇へ」と三つの項目を立てて論じている。
田井安曇は、たたかいを、ししむらをうたう「社会派」の作者として見られることが多い。が、七冊の歌集のそれぞれにある透明なリリシズムを抜きにして田井安曇の歌を語ることはできない。
そのことを証明する作品として、
暖き海となりいん春の岬君のねむりを夜半に思えば
涙ぬぐい立ちたる頬に日が射せば美しかりき夏帽子の下
の作品をあげている。ここには、立原道造、三好達治らの抒情的な世界に重なるものがあることを強調している。

二つ目の「状況とのわたりあい」では、「現実にまみれることによって、詩と状況のせめぎあいが詩人のなかで始まる。」と言って次のような作品を示している。

とどろきている森ひとつ絶望は右翼のごとくわれはありけり

意志守る何なし　無より闘いて見よ石飛べり石はわが武器

三つ目の「我妻泰から田井安曇へ」では、なぜ名前を変えたかの理由は述べられていない。

第五歌集『水のほとり』の時期に我妻泰は田井安曇となる。状況との対峙で抑え縛らねばならなかった自己を、表現者として解き放ったのがこの時期である。この集は抒情詩人としてのよみがえりを証すものといえよう。

として、次の作品を引いている。

薄氷はひびきのごとくはりつめし水沼に出でて心崩れつ

さきわいの一つうつつを充たせれば露置く草を踏みてゆくかも

結論として水沢は、

田井安曇の歌は、状況と立ち向かうところから生まれる辛い歌であるが、そこから見えてくるもの――事実――によってかき乱され揺らぐ情《こころ》をうたった歌にこそ、その本質があるといえよう。

との結論を導き出している。

もう一人の柳川は、『齋藤茂吉ノオト』（中野重治）に書かれている「茂吉の場合、わかりにくいということの弱点がそのままで一つの魅力となっていることも見逃せぬであろう。」という言葉を引用して田井の歌の分かりにくさに触れている。柳川は、「評論会」の場では六首をレジュメとして提示しているが、ここでは三首についてどこが分かりにくいのかを解説している。

この黄なる電話に支えられたりし一と冬とこの村を去るかも

『父、信濃』

確実に半日違う雨は来るこの距離というひとつかなしえ

秋空ははてもあらねば羽田より金子兜太と別れ来にけり

これらの歌については、「評論会」の会場ではどこが分かりにくいのかわからないという意見が多くあった。しかし、柳川は自身の読み方によって分かりにくいという点を解説している。

たしかに字面の意味はわかりにくい。「黄なる電話」といい、「金子兜太」という固有名詞といい、歌人の好きな具体というやつがちゃんと提示されている。だから一見「子規の徒」のように見える。だが、「子規の徒」の歌と違うところは、それらの具体の奥に、「まだ何かがあるのではないか」と思わせることである。そこに出てくる「黄なる電話」は、赤電話や青電話とは違うのである。それは黄電話が、百円玉の使える長距離用として登場した頃の「黄なる電話」なのである。その電話のむこうの人物の姿を思い浮かべることで、この歌はやっとわかってくる。

「半日違う雨」も、半日前にその雨を見ていた人物がいることを想像することによって、はじめてこの歌を読んだことになる。

三首目の歌も同じである。金子兜太を乗せたジェット機が飛び去って行った。はてもない秋空のむこうにいる人物に、作者の心は向いているのである。

そこにあるのは、堀辰雄が「古都における、初夏の夕ぐれの対話」という副題をもつ「死者の書」という小品の中で引いているニイチエの「バスト・デル・ディスタンツ（遠隔の感じ）」である。「遠いゆえの慕情」という風に言い変えることも出来るかもしれない。

柳川は、「わかりにくさということが秀歌の条件とは言わないが、わかりにくさが魅力になるような歌をもっと読みたい。純粋叙景歌、生活雑報歌、ライトバース……わかりやすい歌はもうたくさんだ。」と纏めている。

※

今号の時評は、甲村秀雄の「いつの時代もライトヴァース」である。甲村はその年の角川短歌賞に焦点を絞って論じている。この年の受賞作は、俵万智の「八月の朝」である。次席は酒井次男「わがうちの死の補色こそ」、中野昭子「躓く家鴨」、穂村弘「シンジケート」、野田紘子「鳥逃げし朝」である。この選考過程についての感想を刺激的な文章で綴っている。

今年の角川短歌賞は俵万智の「八月の朝」に決まったわけだが、次席になった酒井次男の「わがうちの死の補色こそ」とか中野昭子の「躓く家鴨」とかをいっしょに読んでいると、やがて、じつにへんな感じがしてくる。マドンナと細川たかしを併せて聴いたあとのような、シンヴィーノに煎茶を混ぜて飲んだあとのような、得体のしれない絶望感にさいなまれる。スクランブルエッグとコーフィつきフランスパンの朝食をとったあとで、アジのひらきと焼きのりが添えられた味噌汁つきの御飯が出されたら、はっきりいって警戒せざるをえない。

このみょうなメニューをわたしたちのテーブルに運んできたのは、大西民子と岡井隆、篠弘に武川忠一の四人。

俵万智は、マドンナでありシンヴィーノであり、スクランブルエッグである。つまり、ライトヴァースなのだ。酒井次男と中野昭子は、細川たかしであり煎茶であり、アジのひらきである。すなわち、ヘビーヴァースなのだ。だれがみたってこの両者は次元が違うのであって、かた（ライトヴァース）であって、かた（ヘビーヴァース）や次席というのでは、どうも説得力がない。

甲村に限らず、当時はライトヴァースに対しての賛否の声が聞かれたのは事実であった。甲村は最後に、「いっそ受賞作品は、俵万智でなくて『選考座談会』にすればよかったのに。」との思いを語っている。

※

二月十七日。第二十回「評論会」が、三鷹の武蔵野芸能劇場で行われた。テーマは、「秀歌を点検する」である。発表者は、片山貞美と北川原平蔵。この時の記録は「評論通信」21号に収められている。

※

四月十四日。第二十一回「評論会」が三鷹の武蔵野芸能劇場で行われた。テーマは「玉城徹論」である。発表者は、阿木津英と奥村晃作である。この時の記録は「評論通信」22号に収められている。

四月二十一日。運営委員会が中野サンプラザ地下食堂にて行われた。当日の出席者は、沖ななも、奥村晃作、春日真木子、片山貞美、白石昂、田井安曇、樋口美世、毛利文平、外塚喬。

五月一日。「評論通信」19号が刊行された。今号は通常の八ページ立てである。「私の方法」は市村八洲彦と古明地実である。市村は歌集『唐椿』から、古明地は『點』から十首を自選して方法を綴っている。市村の三首をあげる。

丈高く唐椿咲くフレームに入りきて冬のこころときめ
辺空が山の神女《しんめ》の花と説く椿の杜は昼くらかりき
おほかたは葉をおとしたる櫧の木の梢に小鳥の古巣がのこる

市村八洲彦『唐椿』

市村の方法とは、

私の歌には、趣味とする園芸・植物にかかわる歌が多いがこの物言わぬ植物を相手としモチーフとする場合も他と同様に常にそこに人間をまた人間の心をこめて歌おうとしてきた。『唐椿』の作品三十七パーセントは、動植物の歌だと分析してくれた方があったか、これからも同様に自然界と交流をし、融和しながら歌を詠み続けたいと思うし私の中心にはそれ以外のものがないように思われる。

と、端的に自身の方法を述べている。

もう一人の古明地の自選三首をあげる。

夕雲にまっすぐにゆく鳥ひとつ光つらぬきしと思うたまゆら

古明地　実『點』

知りいると知らぬと塩の充ちてゆく刻あり椅子にうつしみ痛き
雲おりて町つつみゆくさみしさに傘かたむけて開かんとする

古明地の方法とは、

『方法』とは厄介である。とりあえず私の内部世界が外部世界をどう把え、外部が内部にどうかかわるか。その接点で言語がどのように紡ぎだされ韻律化されてゆくのか。

私は、単に平均的なつとめ人であり、つとめには害毒しかもたらすことのできぬうたつくりであり、うたは、また、世に有害なものだと考えている者だ。

外部は、つとめをめぐる組織と人間の関係、生まれたことによって生ずるどうにもならぬ肉親の関係、生活空間の諸所に派生する事象との関係である。内部は私の精神であり、それは外部に常に負の位置を保つ位相ということになる。

古明地は「現代短歌を評論する会」の会員ではないが、広く歌人の意見を反映させようとの運営委員の計らいで、原稿を書いてもらっている。

今号には、第十八回の「評論会」（一九八六年九月九日）の記録が纏められている。この時のテーマは「結社誌における時評の批評」である。この日の「評論会」のために、前準備として運営委員会において十五篇の時評を選んで、それについて発表するようにと依頼をしている。取り上げられている結社誌の時評は、市原克敏「もっと異様なものを」（林間）、小高賢「無題」（かりん）、山本司「ライト・ヴァースと時代性」（新日本歌人）、山形裕子「新人とライト・ヴァース」（水甕）、桑原正紀「おおいなる錯覚」（桟橋）などである。

当日の発表者である高嶋健一の「〈時評論〉私観」と、もう一つは、志野暁子の「結社にみる時評の批評」が収められている。高嶋は時評の定義を述べたうえで、実際の時評はどうなのかということについて話を進めている。

私の知っている多くの時評は、テーマ選択の甘さや、執筆態度の曖昧さによって、本来の時評の機能を果たしていない。それは、恐らく時評執筆者の問題意識にかかわることだろう。何ごとにおいても急拵えは駄目であるが、特に時評の場合、日頃からよほど問題意識を強く持って読み、考え、さらに創作活動をおこなっていなければ、内容が時評として意味を失ってしまうのだ。執筆者の内的世界の広さと深さと、加えてセンスの良さを浄瑠璃のように写し出すのが時評執筆かも知れない。怖ろしいことでもある。

高嶋の時評に立ち向かう姿勢は、その当時だけに通用するといったものではなくて、今日、時評に携わる多くの人の指針とすべき問題意識が含まれていると言ってもよいだろう。高嶋は、結論として、「独断を承知で言えば、本当の時評とはタイムリーであると同時に、時代を超えた部分を内包していることが必要だろう。」と結んでいる。

もう一人の志野は、資料と同じ時期に刊行された一九八誌に目を通して、時評と称しているものは結社誌二十四誌、同人誌は四誌であることを明らかにしている。さらに、時評とは名乗っていないが、内容から見て時評ととれるものを含めると三十六誌に及ぶという。時評の形式は、一ページが約七割、残りの三割が二ページとも言っている。

さらに、時評のテーマとして取り上げられているのは、「天皇在位六十年記念特集」と「ライト・ヴァース」に関するものが多いとの見方をしている。高嶋の発言にあったように、時評として論じられていることは「タイムリー」であったに違いない。その多くは、微妙な違いはあるものの、短歌が（皇室礼讃に）利用されることにならないかとの危惧を抱いていることを指摘している。

※

今号の時評は、玉城徹の「感情の二つの方向」である。玉城は、自身の文学論をひとしきり述べた後に、芭蕉と蕪村を引き合いに出して、つぎのように記している。

地獄から飛び出して、まっしぐらにエデンの園めがけて、天空を截ってゆくルチフェロの表情に浮かんだものそれをミルトンは実にうまく歌っているが、そういう表情が刻まれていない作品は、わたしには面白く感じられない。

芭蕉の句には、そうした物凄さがあるような気がする。それが無い蕪村の句は、わたしの心に満足を与えてくれない。「与謝蕪村の小さな世界」（芳賀徹）、昨年出版されたこの評論は、なかなか良く出来ているが、そこにこうある。

長い平和のもとに少し呆《ほう》けかかったような中年男が、なにか彼なりのわだかまりを抱えて、そこにいる。小市民的ともいわばいうべき、その少々くたびれた生活感情が、ここに投げだされている。

玉城は、芳賀の文章に対して極めて美しく完成されていて愛好すべき世界ではあると認めながらも、興味をもつことはできないと言っている。玉城は更に、わたしが言いたかったのは、こうした蕪村享受のあり方が、今日の時代の空気を示しているという事実である。（芳賀氏は、この点に、明確に自覚して論を進めている。）その空気に、わたしは同調することが出来そうにない。

　これに対し、セザンヌの絵に見られるものは、最後まで、毒々しいほどの破壊の妄念である。（その前ではゴッホが可愛く見えるほどだ）それから、芭蕉は『軽み』なんて唱えるが、これにしたって、猛烈に凶悪な破壊意識に発するのである。（証明するには長い文章が必要だが、それは省略する。直観する人は、直観するだろう。）わたしが親しみを感ずるのは、こういう方向の感情である。

もう一つの方向を示すために、角川「短歌年鑑」の自選作品より次の二首を引いている。ただし、ここでは二首の良し悪しを語っているわけではない。

内視鏡鞭のごとくに置かれたりポスト・モダンの病歌人のため　　岡井　隆

碓氷嶺《うすひね》を過ぎて雪やま濃きあはき《ママ》ゑにし曳きゆくちちははのくに　　島田　修二

島田作品を例にとって、

（島田氏の『ゑにし』は『縁』の意で『えにし』と書くべき所を、故意にこういう仮名づかいを用いたのは何故か。）ここには、現代の感情と感覚とが、ある密度をもって、過不足なく捉えられている。芳賀氏流に言えば、『小市民的ともいわばいうべき……生活感情』がここにある。だから、これが多くの読者に共感を覚えさせることは疑いない。つまり『分る』歌なのである。

玉城の歌に対しては、「分らない」という何人かの評が見られたが、そのことに応えるべく自作をあげて解説を試みている。作品は、

くるしくも六月の天照《あめ》りわたり路にわれありこの腐れ神奴《がみめ》

である。この歌に対して玉城は、

生活感情とは何の関係もない、わけの分らぬ怒りを、わたしは歌おうとしているのだ。『神は死んだ』とニーチェは言った。わたしは、神は、死んだわけではないが、腐れて悪臭を放っている、それで、世界中が堪えがたく臭くなっている。そんなことを言おうとしたのである。こういう『怒り』—生活感情から遠い——を、多くの読者に理解してもらうことは到底望めない。それで良いと、わたしは思っている。いろいろな行き方があった方がよいのだ。

こう言われても、素直に玉城作品を理解するのは難しいだろう。

※

「評論通信」19号より、担当者の変更とともに印刷所が変わっている。ところで18号は、前号までの編集者によって編集も済んでいたが、ついに日の目を見ることはなかった。

※

五月九日。企画、編集委員会が、中野サンプラザ地下食堂にて行われる。出席者は、片山貞美、春日真木子、奥村晃作、沖ななも、林安一、田井安曇、樋口美世と事務局の外塚喬である。この会議の席で、二つの企画が提案されている。一つは、九州で講演会を開きたいこと、もう一つは、評論集の刊行である。講演会は、博多で行う。講演を玉城徹と石田比呂志にお願いすることが確

認された。評論集の刊行は、募集したものの選考に玉城徹、片山貞美、田井安曇があたるということが決められた。

六月四日。運営委員会が、電電中野クラブにおいて開かれた。この会議には、運営委員の全員が出席している。ここでは、企画担当より提案された九州での講演会と評論集の刊行が決定されている。さらに、評論集刊行委員会がつくられ、委員には、沖ななも、田井安曇、田島定爾、林安一、樋口美世、外塚喬が決められた。

評論集の内容としては、評論のテーマを「現代短歌における問題点」として、四百字詰原稿用紙で五十枚。その他に作品も載せようということで、十首以上を募集することが決められた。

六月十日。「評論通信」20号が刊行された。通常の八ページ立てである。「私の方法」を野北和義と白石昂が書いている。野北は自選十首を『山雞』から、白石は『清暑』からそれぞれ自選している。野北の三首をあげる。

羽ぶきして枯木の空を四五羽飛ぶひよどりよりもやや小ぶりにて　　野北　和義『山雞』

水の湧く同じき音は聞えつつ飛ぶ鶺鴒の影を今日見ず

古き代のままなる冬の日は照りて富士に真向ふ縄文の路

野北は、滅多にあることではないが、言葉がふっと浮かんできて歌ができる場合もある。しかし、このことは稀であり、僥倖に近いものであるという。方法については、行き当たりばったりで歌を詠んでいるので、これといった方法を示せないと言う。

私にはこれまで、興に乗じて乃至はインスピレーションによって、湧くように又はひらめくように歌をつくったという経験は先ずない。歌は出来るものではなく作るものだと言われたことがあるが、私の場合はまさにその通りで、何時も無理矢理に作り始める。粘土を捏ねて、何か必ず出来るはずのものを期待して、固めたり延ばしたり、作ったり潰したりを繰り返す。期待があって混沌したもの、それがぽんと立ち上がるまで、捏ね続けているのが方法と言えば方法かも知れない。

自選の十首は、自分で立ち上がった作品は一首も無いと付け加えている。

一方の白石の三首をあげる。

会計の業《ごふ》のすさびに見えて来る概算の値《ち》をわれはたのしむ

青き空のこして風の吹く日ぐれビルの屋上に鳥の来てゐる

石原を流るる水の広ければ照りてはかげり春の雲ゆく

白石　昂『清暑』

白石の歌集『清暑』の帯には、片山貞美の「自然は人生を拒否する。かく知って心むなしきとき現実は内奥の美をあらわすとする純粋短歌観。」という一文が寄せられている。白石はこの片山の言葉に啓発されて、文章を綴っている。白石の自然詠に対しての考えは、

自然詠の基本は自然を知ることだと思う。人が生きてゆくその生き方をもって、自然に対うということは、大方の場合自然に拒否されるであろう。真の自然を知ろうとすればするほど、自然の中における己の存在がいかに空しいものであるかということを、自然の中における行動的実践によって、自覚することではないだろうか。その現実の空しい美感を、私は純

粋なものとして歌を詠んでゆこうと希求しているのである。

しかしこの道は容易なことではない。この根底には、自己が自然に還る究極のすがたとして、自然を畏れ、敬虔な気持ちとなって始めて見えて来る自然がある。この自然詠こそ私の歌の基本であり、このすがたが私のリズムを形成していると思う。

このことは方法というよりは、むしろ白石の短歌観が強く述べられていると受け取ってもよいだろう。

※

今号には、第十九回の「評論会」での毛利文平歌集『時計』と、林安一歌集『山上有木』の発表記録を収めている。『時計』を島崎ふみと林安一が担当。『山上有木』を、荻原欣子と毛利文平が担当している。当初の予定では島崎と荻原の二人であったが、毛利と林の相互批評が加わっている。

島崎は、毛利の作品をかなり厳しい目で見ている。出だしから「現実に対する作者の態度は朦朧としている。リアリスティックな迫力はまず期待してはいけない。とはいっても、現実から、足を踏みはずすといった危い行動や、飛躍するという行動的離脱を試みているわけではない。」と言い、仲間褒めにならない批評をしている。実際に作品を引用しての批評があるので、その一部を紹介する。

毛利　文平『時計』

閉じておく障子に映る黐の葉の潤うごとし午過ぎてより
紫陽花の一叢風に動くさま獣めきたる傍ら過ぎぬ

これらの作品に対して島崎は、

対象表現意欲、自己表現意欲、他者への伝達意欲をこれらの歌から、わたしはほとんど感じとることができない。『潤うごとし』の主観語が、極めて重要な位置で持ち出されてきて、すぐそのあと『午過ぎてより』といってくると読者のわたしは、はぐらかされたようになる。『障子に映る黐の葉』（傍点島崎）等の表現で写生歌ととり違えてしまいそうになるが、一首全体からは写生歌らしい態度と意欲は感じられない。

二首目も四句で『獣めきたる』の主観語がもち出されたかと思うと、『傍ら過ぎぬ』に話が移り、主観語はぽつんと置かれて凝結する。そこからこの歌全体が『ナンセンス短歌』のひびきをもつ。

といった批評をしている。ただ、島崎は毛利の作品を批判しているばかりではない。たとえば、次のような作品「飾台のゆるく廻りて丸型の時計また来ぬ待つ間の長く」などは、集中でもっとも面白いと付け加えることも忘れてはいない。「ばかばかしい話である。と思ってはいけない。この中に、人間の現実達成の行動以外にひそむ、行動の発見が感じられる。待っていたわけではないが、『また来ぬ』という感じ方に『待つ』ということが発見されている。そして『待つ』ということが『長く』感じられてくる。」との短いコメントを付けている。

もう一人の林は、毛利作品の一つの傾向を指摘している。

毛利文平の歌は、個人を先立て、個人の内面に特別の価値を認めるところから出発する。近代の大方の短歌とは異なる、個人を離れて、人間総体の生命現象の原初的なものをつかもうというのである。それゆえレアリスムにとどまることなくフォーブに突き進むのであり、またフォーブにとどまって決してシュールには行かないのである。

と述べるとともに、次の一首、

人のゆく足音と内の秒音と偶然にして合うことのありについては、

『内の秒音』とは心臓の搏動など生理的なものとイコールではないにしても、それと無縁に心理的に存在するものではない。だからその秒音が外界の『足音』と合致する時、生命現象は純粋にそこに抽出されるのである。作者はこの音の合致に生命の律動を読み取っている。この律動こそ『時計』における生命論の核となるものであり、毛利文平のフォーブ的なるものをフォービズムとして有効たらしめる鍵であろう。

と言い切る。林のここでの批評は歌集評というよりは、むしろ毛利文平論としても注目してよい。林安一歌集『山上有木』について、荻原欣子と毛利文平が発表している。荻原は、歌集の巻頭歌を引用して話を進めている。巻頭歌は、

葛の葉の均しく丘を覆へれば丘のかたちの直接にしてである。

『山上有木』の巻頭歌を目にした時、作者が「うた」に書いた批評文のタイトルの「自然の構造に即して」とはこういうことだったのか、と納得のゆく思いがした。作者は結社誌その他にいくつかの主張をしてきた。「実存短歌」「意味性の排除」「己を歌わない」要約すれ

ばこんなところである。

荻原は、林の「自然の構造」にこだわって作品を抽出しているが、歌集一巻を通して論と作品が結び付いているとの結論を導き出している。それらの作品は、

連れ立てば妻の母なる老いびとの息の喘ぎを道に聞きつつ
出勤のとき異なれば教材を調ぶる妻を見て家を出づ
泣く笑ふあるひは怒るをさな子の眠りを洩れてあらはるるもの

これらの作品について、

『概念的感傷』はなく、非情に対象に即している。老人の息の喘ぎを身近に耳にする。しかし、それに情をからめない。二首目は、二人が出勤する家庭の、日常のある一刻が截り取られているが、やはり情はからんでいない。そこがいかにも現実そのものに触れたという感触を読者に与える。同じような素材を扱っても、情緒的味付けを加味して仕上げるのが一般のゆき方である。『山上有木』はさっぱりとして、胃にもたれない。しかし軽くはない。つまり心理なのだから。だからどきりとする。

林と荻原は、かつては同じ結社で研鑽してきた仲間でもある。それだけに、核心に触れた作品鑑賞をしている。「非情」との発言もあったが、情緒的な作品の紹介も忘れてはいない。例えば次のような作品である。

明け方の夢に桜の咲き満てるふるさとの村を飛行せりけり
赤子汝を地上に立たす一株に十輪咲けるぼうたんのそば

もう一人の発表者である毛利文平も、作品を挙げて林の作品の特徴を述べている。最初に挙げている作品は、

ちんちんと踏切鳴るに草色の二輛連結し玉電過ぎぬ

である。作品に対しての批評がある。

なんの変哲も無い歌であるが、踏切を通る電車を過不足無く、しかも如実に描写している。簡単に書いたように見えて、これが玉電の草色であり、二輛連結の短い電車であることまでよく分る。これはやはり、男の歌と言うべきであろう。女性ならもう幾分かは感情らしきものが入ってもいいはずだと思われる。

毛利は、この作品を推し進めるようにして、林の作品は深められてゆくとの見方をしている。

からすうりの花ござんぢかはなびらの先いとくづのごとくに縮る

しやくやくの蕾にのぼるありのこの尻は照りつつ五月の光

目をつむり一本足にはとりの立ちてこらふる今朝の冷込み

これらの作品を毛利は、「理屈や意味を越えて押してくるものがある。それは執着心によって、全性格的なものが透したといってもいいだろう。」との結論を見出だす。

※

今号の時評は、大塚布見子が「歌人と文章」というタイトルで書いている。大塚は、横光利一の随想集を読んで、そこから啓発されて文章を起こしている。横光は、講演を依頼されると仕方なく話してくるが、その後は文章が雑になって困ったらしい。この話を歌人に当てはめているの

である。

話すことと文章は、根本的にちがうわけです。これと同じことが、歌人の文章と歌との関係にはありそうです。無論、散文である文章と詩から成り立っている短歌とは、発想からして違っているわけですが、そういう違いとは別に、文章をよくする人は、たいていは歌が下手のように見受けられます。つまり「理」を要する文章の組み立てのうまい人は、詩歌には向いてないようです。

文章を書く人の歌が下手かどうかは別問題としても、かなり思い切ったことを書いている。さらには大塚は、人間には右脳的人間と左脳的人間がいるという。

左脳的人間は、左脳の発達した人は、概して理くつっぽく、理論的で、詩歌、音楽をほんとうに理解する働きがないと言われます。が、最近の歌壇の傾向をみると、どうやらこの左脳的人間が支配しているように見受けられます。というのは、文章をよくする人が、主として脚光をあびているからです。その文章も精一ぱいペダンチックに、理論的に展開しているのです。

この大塚の時評が正論かどうかは別の問題としても、当時の短歌界に一石を投じたことは事実である。

※

六月十八日。第二十二回「評論会」が三鷹の武蔵野芸能劇場で行われた。テーマは「私の方法と私の立場」である。発表者は、荻野由紀子と市原克敏が担当している。記録は「評論通信」23

号に収められている。

七月二日。「現代短歌を評論する会」で評論集を出すことは、運営委員会でも「評論会」の場でも承認されている。そのことを受けて、新宿の喫茶店「滝沢」にて担当する人たちの委員会が開かれた。出席者は、沖ななも、田井安曇、田島定爾、林安一、樋口美世、外塚喬。評論集の骨子となる細かいところまで決められた。

七月十三日。中野サンプラザ地下食堂にて企画委員の会議が開かれた。次回のテーマを、「批評用語について」と決め、発表者を春日真木子と名和長昌のふたりとした。さらに今後の「評論会」のテーマの選定のために、歌評会を行うことが決められた。出席者は、奥村晃作、春日真木子、片山貞美、毛利文平と事務局の外塚喬。

七月十九日。「評論通信」21号が刊行された。前号と同じ八ページ立てである。「私の方法」を沖ななもと名和長昌が書いている。沖は、『機知の足首』より、名和は、『原光』より十首を自選している。ともに三首をあげる。

沖の三首は、

奥の歯で軟骨を噛むかみくだきゆっくりのどを鳴らしのみこむ　沖　ななも『機知の足首』

白飯につきるとおもう飲食の喉もとくだるきわのうまみは

すいせんの三本ずつがくくられていずれの束にもひとつ難あり

沖は、「これが私です、とか、これが方法です、とかいって、言葉に出して説明できるようなものではない。おそらく、先人の真似であったり、うけうりであったりする部分を組みなおし、塗りかえているにすぎないだろう。」と、これまで「私の方法」に登場した人たちと同様に謙虚に自身の気持ちを述べている。

私はずっと〈もの〉にたよって表現してきた。ストレートに情の部分を述べようという気はなかった。うれしいとか悲しいとか言っても程度があるし、情の部分ではいくらでもごまかすことができる。自分自身をごまかすことだって、自分にそう思いこませることだって。どうしても〈もの〉に寄っていかなければ、わたくし自身がつかめなかった。わたくし自身がつかんだ〈私〉というものは、案外わたくしらしくなかったり、〈私〉と思いこんでいるものであったりする。わたくしというものは、まことに摑まえどころのない、たよりないものだから、常に何らかのかたちでつなぎ止めておかなければならなかった。

沖にとっての、つなぎ止めるものとは、〈もの〉であり、その〈もの〉とは作者の心を動かし、影響を及ぼすものであると言う。そのことによって起こる波風を表現するとの結論を導いている。

もう一人の名和の三首は、

明らかに人の腹を裂き血を流す医術と言いて許されるなり　　名和　長昌『原光』
喜びて駈け登りし坂悲しみて駈け降りし坂今も海見ゆ
愛憎の果ての懐妊と訴えぬ診断は妊娠と言う事実のみ

である。名和は、わたしには「私の方法」などと言えるものが何ひとつないと言いながらも、次のような言葉を残している。

短歌として構成推敲しているうちに、発想の素材が短歌的に変性していくことにしばしば気づく。短歌的とは何か。肉をことことと煮る。その上澄みをすくいあげてスープをとる。短歌とはそのスープではなかったか。底に沈んだ筋ばかりの肉はそのまま捨て去られてしまっていなかったか。その筋だらけの肉から短歌を作ることは出来ないだろうか。

音楽は調整を失っても音楽であった。短歌は定型の枠をとり外せば、もはや短歌であり得ない。この定型の中にとどまって自分のリズムを作り出せるか。

短歌と音楽にかかわる『短歌と音楽』（新ジャーナル社）などの著書をもつ名和は、定型とリズムにこだわる。

※

今号には、第二十回の「評論会」の記録が収められている。評論会のテーマは、「今年の秀歌を点検する」である。発表者の一人である片山貞美は、「毎日新聞」（一九八六・一二・二〇）の「私の選んだ今年の秀歌」を対象としている。新聞には、武川忠一、玉城徹、塚本邦雄、大西民子がそれぞれ七首を選んで短いコメントを加えている。片山は、「評論会」の折には選ばれたすべての作品に触れているが、「評論通信」では、その一人である武川忠一があげている作品に論評を加えている。武川忠一のコメント「若い多彩な作と作者の登場もあった中で、内なる厚らかな世界をゆたかに遂げている作、定型詩の美しさを改めて思う」が果たしてその言葉通りの作品であろうかというのが片山の見方である。片山は作品を上げて疑問を呈している。例えば次の作品、

融通無碍のさびしき怒り吹き荒れて多摩北陵に木枯はゐる　馬場あき子

については、

詠み出して、『融通無碍の』『さびしき怒り』とはいったいどういう怒りなのか、複合語・単語の意味はわかっても歌としての表現で内容が享受できかねる。具体的感覚的に薄弱である。だから、『吹き荒れて』（多摩北陵に）『木枯はゐる』で『怒り』は木枯だとわかるけれども、やはり心的内容がはなはだ不足している。『多摩北陵に』の四句は寒げな音の効果はあるが、『木枯はゐる』はそれと名ざしたにすぎぬようだ。『ゐる』とは〈すわる〉〈とどまる〉〈住む〉などの停止状態にあるのだから不適切だろう。一首の内容を明瞭にさせるには別の表現が求められなければなるまい。つまり内容が薄弱だから、『内なる厚らかな世界』とは到底言いかねると見る。むしろ『外なる厚らかな形骸』ではないか。

誌面では作者名を公表していないが、「評論会」当日の資料では明記されているので、筆者が付けくわえておいた。次の塚本作品には、

銀碗は人血羹を盛るによしこの惑星にゐてなに惑ふ　塚本　邦雄

銀碗に人血で作られたあつものを盛るというのだから怪奇趣味・戦慄趣味で、こういう趣味は一般に普段持ち合わせなかろうが、それはそれとして、『この惑星にゐてなに惑ふ』、惑星という『惑』の字を与えられている星に住みながら何を『惑ふ』と嘆くのか。どうもこの二句の表現は舌足らずなようだ。『盛るによし』とは惑いだというので、それでは平凡、当り前にすぎないが、要するに一首の対象化の中心は『惑』の字のあやにある。しかし、それ

で『内なる厚らかな世界』が開けているだろうか。どうも外形がやはり厚いようだ。

もう一人の発表者の北川原平蔵は、当日の資料として八六年の「短歌研究」の百人一首から作品を引用している。資料には七首の作品にコメントを加えているが、誌面では「短歌研究」で二人の選者が選んだ三首を取り上げている。

こと切れて首《かうべ》がくりと下げにけり傀儡師《くぐつし》はどの指放しけむ　大西　民子

文芸をたつきとなせばあはれあはれ悪霊のこゑ聞くことのあり　島田　修二

十一階より見おろす地上の不安感砂場にあそぶ子供らゆらぐ　後藤　直二

である。「短歌研究」誌上では、大西作品には石川不二子と大塚雅人が、島田作品には稲葉京子と森山晴美がコメントを付けている。北川原は、これらのコメントをベースにして発表をしている。

「読みおわって再び愕然とする。傀儡師の指は又全能者の指であって、人間も又運命の糸を放された時にこと切れてゆくのだと。」（石川不二子）他は、「人形は運命にあやつられる人間の比喩として首を垂れるわけだが、垂れた瞬間、作者は人形の死を招き寄せる呪術性を感知したのだ。」（大塚雅人）と。並べてみると、鑑賞のしかたがよく似ている。操り人形の所作として味わうことなく、人形の動きを直ちに人間の運命に直結して読みとってしまう。作者が、「どの指放しけむ」と焦点をしぼって読者を誘いこんでいるからだろう。しかし、その企みにた易く乗せられてよいものかどうか、作品形成の問題としてまず問われねばなるまい。

大西の作歌姿勢ともいうべき所にまで視点を当てていて興味深い。島田作品では、コメントの「こんなまじめな人はどこにもいない。」（森山晴美）に対して作者の誠実さで作品を見てよいのだろうかとの考えを示している。後藤作品には、三句までの概括的な把握と下二句の具体的描写との結合が生み出した形象であり、現代短歌にしばしば見られる手法が成功して、今日の生活感覚の特殊性を表現しえた、と北川原は好意的な見方をしている。

※

「評論通信」の「編集後記」は、通信担当の委員が書いているが、毎号刺戟的である。ひとつ紹介しておく。

▽ネオ保守主義の傾向が歌壇（俳壇でも）、最近、いちじるしく強くなっている。注意ぶかく、これを見ている必要がある。▽ネオ保守主義の特色―自分たちが築いた位置を、永続的に確保しておこうという決意。そこから吹いてくる何とも言えず冷酷な匂い。▽要するにオエラ方の共同防衛をやろうと言うのだ。「旧前衛」もここに吸収されつつある。面白い見ものである。（以下略）

今号の時評は石田容子が書いている。タイトルは、「老いの歌雑感」である。いまでこそ盛んに老いの歌が語られているが、三十年近く前にすでに石田は興味を抱いていたのだ。石田の老いの歌に対しての考え方は次のとおりである。

老いの歌とは、老いた人の歌ではないはずです。肉体年齢が八十歳を超えているからとか、自然史的な老いの生活体験が歌われているからといって、即それが論ずるに足る老いの歌とはいえないはずです。

戦争体験、老いての恋、老いの悲哀などが歌われているから老いの歌として評価するというのは、つまりは題材で文学を評価する――例えば昭和万葉集にみるような、一種の文学否定の態度ではないでしょうか。

石田の言いたいことは、近代短歌に見られる幼い感傷性などを排除したところに魅力的な歌が生まれるのではないかということである。その一例として、山崎方代の作品を二首あげている。

欄外の人物として生きて来た　夏は酢蛸を召し上がれ　　山崎　方代『迦葉』

私が死んでしまえばわたくしの心の父はどうなるのだろう　　『こおろぎ』

さらに論じることの少なかった木俣修の作品を三首あげて、「めずらしく行動的で意識的な老いの歌だと思うのですがどうでしょうか。」と、読者に問題を提起している。二首を紹介しておく。

方便の嘘とし言へど嘘ゆゑに身は縛られて寒き夜をゐる　　木俣　修『雪前雪後』

いまだ生命《いのち》の燃ゆるしるしぞひといきに五階を昇る書物抱へて

※

七月二十二日。運営委員会が、中野サンプラザ地下食堂にて開かれた。出席者は、沖ななも、奥村晃作、春日真木子、片山貞美、白石昂、林安一、樋口美世、毛利文平、外塚喬。この場において、評論集刊行と講演会の企画が話し合われた。

七月二十九日。事務局会議を新所沢の店「きくの」にて行う。田井安曇、外塚喬と運営委員として沖ななもが出席。
八月二十六日。評論集に関する企画会議が、新宿の喫茶店「滝沢」にて行われた。出席者は、田井安曇、林安一、樋口美世、外塚喬。この場において募集する評論のテーマが決定する。
九月八日。「評論通信」22号が刊行された。「私の方法」を、林安一と水城春房が書いている。林は、自選作品十首を『山上有木』から、水城は『有髪の鯉魚』から選んでいる。林の三首をあげる。

雨ののちの日あたる壁を伝ふがにのぼりおりする雀三つ四つ　林　安一『山上有木』
※大女フィビンゲロバ両手上げ走りまはりぬ優勝ののち
セザンヌのよしと妻いふ誰かれもまたいふさあれセザンヌぞよき

林は、二首目の歌の背景を次のように記している。

たとえば大女※の歌であるが、テレビを見ていて歌ができるということのめったにないわたしが、こればかりは歌にしないではいられなかった。そもそも大女というものは面白いもので、ボストン美術館所蔵日本絵画名品展で観た「四条河原図屏風」（十七世紀）にも大女※の見世物が描かれていて、わたしの目は釘づけになってしまった。世界選手権の女子ヤリ投げで優勝したフィビンゲロバは、欣喜雀躍、審判員たちに片はしからだきついて、よろけてしまう審判もいた。わたしはどぎまぎしたのである。

この一首の解釈のあとに、本来の方法を端的に述べている。林の方法論とは、やすやすと人にわかってもらいたくないわが歌であるが、表現してあるからにはわかってもらわねば困る。ジレンマである。但しわかってほしいのは、わたし自身などではなくて、大女※であり、あじさいであり、川であり雨である。そこが肝要であって、そこにおのずから方法があろうというものである。※「大女」は、今は差別語として扱われるが、当時は特別視されていなかったので、資料としてあえて掲載した。

もう一人の水城の三首をあげる。

茶毘にふし骨となりたるわが父を見むとするなりひと押しのけて　水城　春房『有髪の鯉魚』

抜けおちし白髪ひとすぢそこはかと男結びにしたる夜の更け

酒こぼし指もて文字をかきてをりいつしか火処《ほと》の象《かたち》になりつ

水城春房というのは筆名である。本名で歌を発表したら、親類や縁者に、そして会社に共に働く人たちに申し訳ないとまで言っている。方法論を理解してもらうべく水城は、

　女房がいて、子供がいる。おまけに犬まで飼っている。軽業師で、手爪《てづま》師である。そうしたあぶなかしさが、たまらなく怖い。いっそのこと、泣いた方が楽だとおもうこともある。妻と二人のこどもと、飼犬とわたくしとの、四人と一尾で一列に並び、大声で泣けたらいいのになあ、と、おもう。とはいえ、それでなにが解決するわけのものでもない。実に腹立たしい。

その腹立たしさが、口中に泡のように溜まったときに生まれるのが私の歌であると、水城は記している。

※

第二十一回の「評論会」の記録を、阿木津英と奥村晃作が纏めている。「評論会」のテーマは、「玉城徹論」である。阿木津は「評論会」では、玉城の歌集『徒行』を中心とした話をするために作品を十五首ほどあげている。しかし、「評論通信」では、「玉城徹の『われ』の位置」と題した発表をしている。阿木津は、吉本隆明の『不断革命』を「字義通りに『不断なる革命』、絶えることのない日常意識の革命と受け取るなら、玉城徹こそは不断革命家である。」と言いきり、さらには、「政治と文学」「詩と革命」に言及している。阿木津にとっての玉城とは、「政治と文学」「詩と革命」に対しての道のりをつけた、稀な一人であると思えてならないのだろう。その道のりを把握するためには、一首一首の作品を緻密に見ていくことが必要であると、次の作品をあげている。

役に立つ男と生きむよろこびを拒めよ時にひとり思ふも　『われら地上に』

この歌の「よろこびを拒めよ」は、男をいっそう中枢に駆り立てるものであって、陥穽であると結論付けている。また、なぜ玉城が「不断革命家」であるかをも、次のように述べて解き明かしている。

世の、いわゆる革命家といわれたひとたちにしたって、「革命」の看板をタテに、「役に立つ男と生きむよろこび」＝有能な中枢的人物となるよろこびをひっそりと、あるいはおおっぴらに、もっていないものがどれくらいいたろうか。この「よろこび」をかくしもっているかぎり、革命は革命という名による首のすげ替えにすぎない。

だから玉城徹は「われ」の位置を「役に立たぬ男」に、つまり周辺の無知蒙昧な民（ことばのアヤですよ）の場所に、油断することなく置いておこうとするのだ。その場所で無知蒙昧な民の一人として刺戟を与え続けることを望む。いわば、ひそかな扇動者であることを望む。（啓蒙というのではない。悪意に満ちたそそのかしといった方が適切なくらいだ。）

このような場所に「われ」を据えることによって、玉城徹は、革命とは政治体制を一転させることといったかつての進歩派の固定した観念から、革命の概念をずらす。「不断革命」である。

一方の奥村は、「肯定の抒情、存在の荘厳」と題して二十五首の作品を資料として「評論会」では発表している。その折の作品を「評論通信」では鑑賞する形であらためて示している。取り上げた作品の何首かをあげる。

血しぶきをあげて街道の土のへに首は落ちたり為恭《ためちか》の首は
まなこより血を流しつつ白鳥が夕べの濠に頭《かうべ》めぐらす
けがらはしきもの水槽の壁に添ふひらひらとするこの赤鱏《えひ》ら

さらに次の四首には、玉城徹の方法意識があると述べている。その作品は、

受洗図のかの一すみの青き草レオナルド若く描きにし草
かかげたる小袖を見ればぬひとりの文様の亀に耳ぞありける
積みてある貨物の中より馬の首しづかに垂れぬ夕べの道は
夕ぐれのプラハの街を足ばやに役所より帰るフランツ・カフカ

である。これらの作品のコメントは、

　青き草を見て、文様の亀を見て、馬の首を見て、カフカが歩く景を（想像の界に）見て、作者は感動した。心が動いた。その感動を逃さずに丸ごと作中に込め、とどめるためには、感動のきっかけとなしたところのモノ、コト、景をしっかりと作中に在らしめねばならぬ、とする方法意識に基づいて詠まれた歌である。それの実現のためには高度の表現力が必要とされる。言語組織の上で一点の瑕瑾も許されぬ。語の斡旋・布置、リズムの動きは完璧であらねばならぬ。描写は厳密・正確に行われるが、従来の写生・写実における描写とは、方法上・世界観上その出自が異なる。

※

　今号の時評は、鈴木諄三が書いている。タイトルは、「都市詠に思う」である。鈴木は、都市詠が抒情詩としての存在意識をもっている短歌は忌避される要素を含んでいるのではないだろうかとの疑問を呈している。しかしながら、短歌総合誌においては都市詠を特集していることにも触れている。「短歌現代」（一九六二年五月号）の「都市競詠――東京をうたう」に参加した二十四名の作品を抽出して総合的な意見を述べている。作品の何首かをあげる。

しんかんと春の迷路の影ふかき石の段差をふみはずしけり　岡部桂一郎
ゆふぐれの巷を来れば帽子屋に帽子をかむる人入りてゆく　小池　光
〈人工渚〉ひたひたと詐《うそ》の波寄りて実らぬ恋の青透ける色　河野　愛子
管《くわん》太くめぐらす駅の地下街に人の飲食は時をえらばず　竹内　温

湧き水の絶えて久しき井の頭地《かしら》の底深く行く水を恋ふ　来嶋　靖生

これらの作品に、次のようなコメントを付けている。

回想や嘱目の描写の多い因をなしているが、作品個々の自在な切り込みが面白かった。しかし、多く対社会への否定的な眼が光っていたことは、現代社会との関与において自己を提示する以上、容認すべき現実なのであろうが、些か気になる事でもあった。

最後に鈴木は、

都市に一個の人格を持たせて対決し、愛憎や批判の眼を注ぐことにより、息を通いあわせた都市との共存が計ってゆけるのだと私は信じている。

との結論を導き出している。

※

先に「評論通信」18号が出ていないことを書いた。今号の「編集後記」に通信担当の一人が経緯を記している。原稿を寄せた何人かのためにも、真実を書き残しておかなくてはならないだろう。

▽気が重いけれど説明しておかねばならない。十八号がまだ出ていない。原稿はすべて旧編集委員某氏のところにある。それを一刻も早く印刷してもらうか、そっくり返してもらって別の方法で印刷するか、誰が考えても二つに一つしかない。いろいろな方法で解決をはかってきたが、もうお手上げだ。▽執筆者の水沢遙子、伊藤菖子、片山、奥村、後藤、石田容子、井上美地の諸氏にお詫びする。アンケート記事を書かれた諸氏にお詫びする。皆さんに

お詫びする。▽これ以上、非常識なことにならないよう、ふっと出てくれるよう、神仏に祈っている。

このことについては、「評論通信」18号が刊行されないために、第十七回の「評論会」の記録がないことを以前に記している。後記から、通信担当の苦悩を窺い知ることができる。

※

九月十日。第二十三回「評論会」が、三鷹の武蔵野芸能劇場にて行われた。テーマは、「批評用語について」である。春日真木子、名和長昌が発表をしている。記録は「評論通信」24号。「評論会」に先立って、担当者まで決まって進行していた評論集刊行の企画の提案があったが、急に保留となった。

なぜ一度承認されていた評論集の企画が保留になったのか。そして、その後に企画そのものが取り消されたのかは不明である。誰かの力が働いたのかもしれないし、自然の成り行きであったのかも知れない。今となっては事の真実を知るすべはない。

十月三日。「評論通信」23号が刊行された。いつものように八ページ立てである。「私の方法」を甲村秀雄と松尾佳津予が書いている。甲村は、歌集『銃は口紅を撃つ』より十首を、松尾は歌集『海底の風』よりそれぞれ十首を自選している。ともに三首をあげる。

弾丸の形をしたる口紅のくれなゐにして愛しき玩具　　　甲村　秀雄『銃は口紅を撃つ』

散る雪に降りくる琥珀　枯葉なら、パリはペチカが燃えてゐますよ

海に向けててのひらかざすわれがゐていづれの指も母のかなしみ

甲村の「私の方法」からは、はっきりした答えを得ることができなかった。自身の方法論などは示すべきではないということらしい。プロフェッショナル同士の戦いならば答えようもあるが、アマチュアは「あっさり質問しすぎる」と煙に巻いている。文中の一節を引用しておくが、プロフェッショナルの質問にたいして、アマチュアの質問を揶揄している傾向がここには見られる。

それにひきかえ、非常に、アマチュアは困る。いつだって、あっさり質問しすぎる。「あなたは、なぜ短歌をつくるのか?」といったふうにである。何故短歌をつくるのか、と訊かれても答えようがないじゃないか。そんなものは締め切りがあるからつくるのであって、それ以外に理由なんかない。したがって、あまりにおおざっぱ、非常識な質問なのだ。なのだが、私は、一応、「生きているあかしとして」とかなんとか、それらしく答えてしまってきたのだ。

甲村は、最後まで自身の方法の種明かしをすることはなかった。

もう一人の松尾佳津予の三首を紹介する。

松尾佳津予『海底の風』

犬つれて橋に見おろす自らの波紋つくりて泳ぐ小鴨を

老瞽女の眉間にきざむ深き皺より合ふ如し聲張る刻に

同じこと姑は問ひわれは答へをり白百日紅散りつぐ午後を

松尾は、「私の方法」を考えるときに、師である宮柊二から聞いた北原白秋の言葉、「井戸は常に汲み上げられることによって清新な水を湛えている。これは白秋先生の言葉だが、欠詠は駄目だよ、一首でもいいから提出するんだ。」が蘇ってくると言っている。松尾の方法とは、対象をこれと決めて、連作にとり組む様になったのは近年で、歌集後半の『瞽女』『足柄峠』『伊豆山』等々がこれにあたる。対象によっては、歴史的な背景をふまえた上で、時間の流れの中で自在に詠み得たらと思うが力がたりない。

いま、一番つよく感じているのは、当然ながら歌は、人そのものであると言う事だ。知恵がなく、心も浅い人は、それなりの歌しか出来ない。自分を常に高め、深めていく事が何よりの『方法』ではないだろうか。道は遠い。

これらの文章からは、松尾の歌に真摯に取り組んでいる姿勢が見えてくる。

※

今号には、六月十八日に行われた第二十二回「評論会」の記録が収められている。当日のテーマは「『私の方法』と私の立場」である。筆者はこれまで「評論通信」の1号から毎号二名が書いている「私の方法」を誌上で紹介してきている。この企画に参加している人たちの「私の方法」を検証してみようというのが、今回の「評論会」の趣旨である。荻野由紀子も市原克敏も、誌上に発表された「私の方法」を中心に話を進めている。荻野は、「私の方法」の「方法」を各自が拡大解釈して文章を書いているのではないかと指摘し、「方法」とは何であろうか、ということを次のように述べている。

もともと「方法」とは、主として科学上の調査を進めてゆくやり方をいう語であることを今回教えられたのであるが、これをそのまま文学、文芸の領域に持ち込んだときの何とはなしの違和感、言葉に対する感覚のズレ、みたいなものがあり、それが〈方法なんてないのではないでしょうか〉（角宮悦子）〈方法ともいえない態度の一端をのべて〉（山本かね子）〈方法は態度に通底しよう〉（中川昭）というとまどいや広義の解釈になったとも考えられる。

もう一人の市原は、「評論通信」の1号から17号までの三十四名の「私の方法」を検証している。市原は、本論に入る前に、「私の方法」というテーマについての私見を述べている。

「私の方法」というテーマの意味するところは二つある。一つは、「私」という方法の意味。もう一つは「私の用いる方法」という意味である。「私」という方法の意味でこのテーマを扱ったものは一つもなかった。（中略）さて、三十四本の「私の方法」はもっぱら「私の用いている方法」に関して書かれている。しかし、方法概念はさまざまあり、大雑把に分類するとつぎの三様の意味になる。①詠う対象への態度、②精神集中法、③表現の技法、である。

市原は、「だらだらと続いているこの『私の方法』に何の意味があるのだろうか」との、疑問を投げかけている。

リンゴの樹が『リンゴの実を生らせようとする意識』など持つはずがない。しかしリンゴの樹は枝にたわわに実を生らせることができる。方法意識の乏しい歌人が見事な歌を作っているのに出会うと、作品と方法意識とは直接に何の関係もないことを痛烈に知らされるぐあいだ。そうだとすると、『私の方法』というタイトルのもとに作品10首とコメンタールを並置するこのシリーズは、いったい何を狙い、何をめざすものなのか、それが問題になってくる。

と、かなり厳しい意見を述べている。次に「私の方法」に書かれたもののなかから資料として提出しているその一部を紹介しておく。
○文字を紙の上にわめき出し、一気に勝負する（清水房雄）
○誰もが見なれていてじつは見ていない光景を見させること（雨宮雅子）
○奇を衒った方法をとらず、あくまでも自己の世界に固執する（外塚喬）
○行動により現実の中に生じた波紋をすくう（久保田登）
○事実というやつに適わないと心底思っている。芸術は事実を越ええない（田井安曇）

これらの「私の方法」は、市原に言わせれば、「方法の表明でもあり、表明でもない。というのは、これらの表明はそのまま一つの価値の方向づけを示しているのであって、そのあとにすぐ『そのためにあなたはどういう方法を用いるのですか』という反問が際限なく続きうるからだ。」との、本質に迫る発言があったことを、筆者は深く記憶にとどめている。「評論通信」27号からは「私の方法」ではなくなり「私の歌の立脚点」が始まっている。

※

今号の時評は、「現代短歌の多様性」を水野昌雄が書いている。多様性と言ってはいるが、おもに作品の評価について言及をしている。水野は、例として一九八七（昭和62）年の「短歌現代」新人賞を引き合いに出している。新人賞の選考委員は、一次選考委員として三十人が発表されている。一次選考委員が選んだ作品を参考にして、二次選考委員四人が最終的には選ぶという方法がとられている。誌上には、選考委員三十人の選考結果の一覧が掲載されている。

水野は、こうした方法が相応しくないと言っているのではない。選考する人の如何では、結果が大きく変わることがあるだろうと言いたいのであろう。さらに、評価の多様性によって埋没している歌人を探し出していく作業の楽しさに触れている。例えば、「牙」に連載の田井安曇の「宮本利夫ノート」などをあげて次のように記している。

古代史ブームで土をほじくりかえすのも結構だが、戦後短歌史上においても、もっと掘り返していい仕事がたくさんあるはずだ。

※

十月三十日。運営委員会が、電電中野クラブにおいて開かれる。出席者は、沖ななも、春日真木子、片山貞美、白石昂、田井安曇、林安一、樋口美世、毛利文平、外塚喬。今回の委員会には、九州でのイベントの詰めの話し合いがあるために、特別に講演を依頼してある玉城徹の出席を求める。ここで九州のイベントが、博多で行われることが確認された。

十一月十四日。九州でのイベントのための打ち合わせを、国立市の喫茶店「白十字」で予定していたが、玉城徹が日を違えていたらしく欠席のために、片山貞美、樋口美世、外塚喬が豊田まで出かける。ここで玉城を交えてイベントの細部についての企画文書が作成されている。「評論会」に提出された文書は、次のとおりである。

現代短歌を評論する会は、ジャーナリズムに関係なく、歌人が現代短歌を評論する会である。したがって、このタイプの運動を各地方に伝播したいという意思を持ち続けてきた。この際、講演会を地方において行いたいとの趣旨は、これは決して中央から地方に対しての宣伝というものではなくて、地方の力を引き出して、地方歌人の評論活動を起こそうというものであります。その趣旨にしたがって、講演会を行いたい。

この提案は、十一月十七日の「評論会」の前に承認されている。

十一月十七日。第二十四回の「評論会」が武蔵野芸能劇場にて行われた。この時のテーマは、「テーマ発見のための歌評会」を行っている。批評者は、田島邦彦、三木アヤ、大河原惇行、小林サダ子。この時の記録は「評論通信」25号に収められている。

十一月二十六日。「評論通信」24号が刊行された。通常の八ページ立てである。「私の方法」を杜澤光一郎と有山大五が書いている。杜澤は『爛熟都市』より、有山は『冷明集』よりそれぞれ十首を自選して方法論を述べている。ともに三首をあげる。杜澤の三首は、

吾が前をくろぐろと貨車の列は過ぎ覆面の馬の貌なども過ぐ　杜澤光一郎『爛熟都市』

女子大生熟《う》れてエロスを売りあそぶあかねさす夜ぬばたまの昼

「個人」といふ灯《とう》をともせるタクシーが驟雨のなかにまぎれゆく見つ

である。杜澤は方法論というよりは、なぜ短歌という詩形を選んだかを次のように述べている。

短歌という詩型によってうたう。それがとりもなおさず私の選びとった手段であり、方法である。私という曖昧模糊とした存在、私の五感を通して生じる様々な感情の波立ち、それらをことばと文字によって対象化し、詩として定着させる。その一つの手段として、私は短歌を選んだ。

論としては、至極明快である。さらに短歌という詩型の持つ節調とリズムについても、自身の感性や思考の表現に最も適していると語っている。詩型については、「ともすれば饒舌に走ろうとする私の放恣で脆弱な精神に鞭を加えてくれる。短歌という詩型はこころの贅肉を削ぎ、私のことばの銹を研いでくれる。」と言い切る。ただ、杜澤は、これだけではない。作品を作る上での態度を明らかにしている。

　私は対象をつねにアクチュアルなものとしてとらえたいと思っている。私の目に映るもの、私の心に去来するもの、それらすべてを現実の状況の反映としてとらえたいと思っている。対象から時代と状況の影を見落とさないようにしたいと思っている。それを表現に移す時には、理屈としてではなく、できるかぎり即物的に、私の心情をものとして対象化したいと思っている。

項目的に述べられていて、杜澤の創作の裏側を垣間見たような気分を味わうことができる。もう一人の有山の三首をあげる。

月蒼く、肩におぼゆる気うとさを　怠惰などとはいはず　石蹴る　有山　大五『冷明集』
山の窪　池あるあたり　秋ふかくわれもいちにんの景色なりけり
ひとさまの不幸で糊するわが職と　われに言ひつつ、夜の雷きく

有山は、当時は現役の新聞記者であった。記事を書くこと、歌を詠むこと、近代を中心とする国文学の研究と、有山の日常のすべては三様の桝目を埋めることに費やされている。方法論というよりは、歌集の後記に書いたことを再度述べている。

いうまでもなく短歌は国文学である。と同時に、文芸に虚構は当然とする立場からしても、短歌が抒情の文芸であるかぎり、作者の生業《なりわい》や日常と無縁であることはあり得ない。したがって、そうした記者としての日常に得た情調が、夜ひとりで机に向かって歌を創《う》み出した、ということになる。

迢空の影響を強く受けている有山は、自身の作品の技法にも触れたいと言っているが、ここでは果していない。

※

今号には、第二十三回の「評論会」の記録が纏められている。春日真木子は、「歌会現場からの批評用語」として〈具象・抽象を考える〉を記している。春日に与えられたテーマは、歌会の現場での批評用語をあげて、その用語を概念づけることであった。「評論会」の当日は、資料として十九首の作品を提出しているが、作者名はすべて記されていない。春日は、写実的な作品と抽象的な作品を例として先ずは挙げている。写実的な作品として、

朝市にあぎとふ鰈うす紅《べに》に腹子ひとすぢ陽にすきてをり

いつぱいに黄卵詰まる生干しのししやもにかつがつ腸ありて

抽象的な作品としては、

逆剝ぎに言葉剝ぎ返し時の間のしたたるものに雪こそつもれ

これらの作品の解説は省略して、言葉について論じているところを取り上げたい。

表現に用いる言葉は、すべて既成の言葉であり、借りものである。言葉は使いふるされて

きた多くの意味で縛られている。闇はその例である。この言葉を縛る意味をふり落とし、はぐらかし、あたらしい意味がひろがるように言葉をつなぐ行為によって詩は生まれるのであって、言葉自体に詩になる要素はない。言葉のつなぎ方によって詩は生ずる。詩とは、日常の論理からはなれることであり、典型的な秩序を破ることである。意外性にみちた表現、予期されない言語活動をおこしてゆくことである。

最初に写実と抽象についての話をしている。そのなかから春日の発言の核心部分を次にあげる。

写実作品は一首の表現が具象を重ね、最後に把握されるのが抽象であり、抽象作品は、抽象度の高い言葉を重ねながら把握されるものが具象でありたい。そして具象と抽象のレベル差の多いほど詩としての効果があると思うのである。

表現方法の細部に、さらに抽象と具象について自身の考えを率直に述べている。テーマの「批評用語について」からは逸れてはいるが、興味深い話であった。

もう一人の名和は、「批評用語について」〈短歌評論の将来〉についての話をしている。名和は、批評とはいったい何かという基本的なことに触れて、

そもそも批評とは一体何なのだろう。最も初歩的なこともわからぬ私は、手近な広辞苑をひいてみた。批評―事物の善悪美醜是非などについて評価し論じること。評論―物事の価値善悪などを批評し論じること。およそ辞書の説明など言葉の言い変えにすぎずこんなものだが、いずれにしても善悪美醜是非について論じることであり、論の過程が大切であるが、究極は評価をきめなければならない。評価とは、価値を判じ定めることとされている。ものを

判定するためには判定の基準をもたねばならぬ。判定の基準をどこに求めるか。勿論批評をする以上その基準を自らのうちにもたねばならぬ。それが出来るひとが批評家であり、真の評論家といわれる人であろう。

という文章を「評論通信」には寄せている。「評論会」の当日は、名和が長年親しんでいる音楽と短歌との関わりなどについて、現代音楽に詳しい柴田南雄の発言などを取り入れた話をしている。

※

今号には、樋口美世が時評を書いている。タイトルは「コロンブスの卵」。樋口は、朝日新聞の社説「中流意識は揺れている」（一九八七・一〇・一二）をもとにして考えを述べている。新聞の意識調査では国民の九割が自分の生活は中流であると答えていると言う。しかし、実際にはすでに平等感が崩れかかっており、こうした時に登場したのが俵万智の『サラダ記念日』であると指摘している。

俵万智の歌集『サラダ記念日』は、このような時代の現象と無関係ではない。むしろ、当然現われるべくしてして躍り出た自然の成行といえよう。抒情の原点とも云える余情幽玄の世界を現出した新古今集の歌人がみたら何というであろうか。次の歌を。

男というボトルをキープすることの期限が切れて今日は快晴　俵　万智『サラダ記念日』

樋口は、この俵の作品に賛同していない。むしろ否定しているといってもよいだろう。短歌を世に広めた功績は認めるものの、「こつこつと何十年間も努力を積み重ねてきた多くの歌人たちは、まるで足許を掬われたような虚しさと悲哀感を深く噛みしめていることであろう。」とまで言っている。さらに、こうした時代だからこそ、「永い伝統をもったこの詩型と人生の行を共にする歌詠みの一人一人が、時代の文化の一翼を荷っているのだと胸を張って歌いつづけたいものである。」と結んでいる。

※

十二月十七日。電電中野クラブにおいて忘年会が行われる。いつもの年と同様に、五十名近くが出席して、緊張した「評論会」とは違った雰囲気を楽しんだ。

# 一九八八（昭和六十三）年

二月十八日。第二十五回の「評論会」が、テーマを「秀歌を点検する」として三鷹市の武蔵野芸能劇場で行われた。出席五十名。発表者は、石田容子と中川昭である。当日の記録は「評論通信」26号に収められている。

二月二十四日。「評論通信」25号が刊行された。通常の八ページ立てである。「私の方法」を片山貞美と川合千鶴子が書いている。片山は歌集『鳶鳴けり』より、川合は歌集『歌明り』より、それぞれ十首を自選している。共に三首をあげる。

かまびすし閻魔こほろぎ鳴きいでてかまびすしけれど鳴きやみにけり

洗はむとはづせる入歯息たちて生あたたかく置くに乾きぬ

暖かきなぞへのさまも入りゆかばわが知る激ち凍てはてぬべし

片山　貞美『鳶鳴けり』

片山の方法とは、

方法ということばを前に置いて、それから考えを展開せよということだから、その方法をわたしの歌の詠み方に照らして述べてみると、まず方法は定型（五音七音五音七音七音の連接が基本）詠みおろしで多様を求め、その方法をなぜ文学表現として手にしたか選んだかといえば、それはわたしが歌を作りはじめて以来、戦時の戦闘行動のさなかにあっても短歌という定型による対象化がわたしに喜びを与えたのであったし、それは一に趣味（生成による自然としての短歌言語との一体感）に基づくものだと思うから、次の問の方法論、言い換えればその方法を検討する根拠は何かといえば芸だとされる。芸とは、言語の、個性的な働きを含みながら、事について妥当だと知られるしくみの使い方である。この芸を根拠に対象化が成り立つ。

このように述べながらも、歌を詠む動機やモチーフは写実であり、詠おうとする素材は、基本的には身辺や外界の客観的存在から得ているという。

もう一人の川合は、『歌明り』より自選している。

郵便受けより戻りてくればわが髪のいたく濡れをり見えざる雨に　川合千鶴子『歌明り』
寿司バーといふ新風俗の店建つは千樫の貧しく住みしあたりか
樅の木は樅の木明りみづうみは水の明さにながし白夜は

川合の方法論とは、「この三十一文字という小詩型に、何の疑いも抵抗もなくとけこみ、このリズムに深い愛着を覚えるのは、単に私が日本人だから、としか言いようがない。」と明解である。さらに川合は、

私は取りたてたドラマもなく、平凡な家庭にのみ在って過ごしてきた。虚構などもってのほか、飛躍も詩藻も乏しい故に、歌が類型に陥り易いことをおそれる。しかしどんな些事であろうとも、わたしが胸の裡なる泉に映る事物を、思いを、過ぎてゆく一瞬のなかから掬い

とりたい。背伸びは出来ない。自分に相応しく平明に詠みたい。希わくば一首の内容としらべの一致した歌。私なりのしらべが欲しい。

と、述べている。

※

今号には、第二十四回の「評論会」の記録が収められている。24日の「評論会」は、「テーマ発見のための歌評会」である。この会には、四十七名が作品を出している。当日の出席者の作品を何首か紹介したい。

炸裂し青炸裂し夕ぐれの森としづまるいきどほろしも　玉城　徹
蟻いでて入りて乾坤に名を知らず死者らひとしく石置かれゐる　牛山ゆう子
手の入るシャツの穴より手を入れて掻きてをるなり痒きところを　小林サダ子
東京に君の眠れば夢にさえ月の光を踏みてゆきたし　苅谷　君代
女友達男友達のたれかれの今はすべてを敵と思えり　石田　容子
境内にたたずみをればわれがさす傘のまわりに降る雨の音　沖　ななも
まひるより霧降りをりて触れがたき村の掟がゆらゆらうかぶ　久保田　登
自《し》を守《も》るに嘘を言ひし夜くるしくて蛇口全開して洗顔す　伊藤　雅子
妻の肩に止りて来る天道虫その星の数十八余り　毛利　文平
伸びおそきいちゐ木立に秋ふかし今朝は硬き滴をまとふ　春日真木子
沖遠く来いる真鴨の群れいくつ今朝見出でたり寒くなりたり　田井　安曇

前回の歌評会では出席者が選歌をして話し合ったが、今回は大河原惇行、小林サダ子、田島邦彦、三木アヤが批評を担当している。

大河原惇行は、作品をあげて具体的に批評をしている。批評者には前もって作品を渡してあったが、作者名はもちろんのこと明らかにはしていない。その一部を紹介する。

ひとときにわが髪しろくなるごとしみ濠の桜に陽の差し入れば　依田　昇

空鋏打ちひびかする改札士に国鉄もＪＲも拘りはなし　飯田平四郎

開運の竜をつくえのうえに置きよわい四十八の夜を待つ　田島　邦彦

わずかにも潮は匂えり訊ねきて弁天橋というに出会いぬ　荻野由紀子

ブラジルより出稼にきしにっぽん人ブラジルの地は倖せならずや　伊藤　菖子

これらの作品に対して大河原は、

どれもわかりよいちょっとした感じは出ているといえるだろう。しかし結局のところ単なるお話に終わっているように思う。『髪しろくなる』『国鉄もＪＲも拘りはなし』『開運の竜』『弁天橋というに』『ブラジルの地は倖せならずや』がお話であって、いらぬ説明であると思うのだ。

油圧加へさがりまたさがりさがりけたたましき音にて更にはさがらぬなり　片山　貞美

くどい歌である。ただくどくて味もそっけもない歌であるが、作者が片山氏であるとわかってみると、氏らしい歌であるとも思う。しかし、くどさだけしか印象に残らぬ。

こういった具合に、どの歌にも不満をもった。そして、テーマとか、『何を歌うか』の問題は少しも見えて来なかったといってよい。それはぼくの感受力が鈍いというばかりでなく、短歌にとって今日は、具合が悪い時代ということになるのではあるまいか。
大河原の意見はかなり厳しいものであった。「テーマ発見のための歌評会」という効果があったかどうかは、今後の課題となったようである。
小林サダ子は、歌評会の後に「難儀なこと」という文章を寄せている。その中で、今回はテーマ発見の歌評会と言っているが、「歌のテーマ」とは何かがわからないと言う。最後には、玉城徹の講演記録に助けを求めている。玉城の講演記録とは、

テーマは、自分自身の中だけでなく、文学の歴史の中にある。民族の歴史の中に、古くからふくまれているもの——昔から、文学のテーマというものは、春は生命の甦り、夏は生命の繁茂、伸長、秋は衰え、悲しみであり、冬は一時的な死、よみがえりを待つ死である。

であるが、出典は明記されていない。玉城の講演記録でテーマが何かがわかりかけたが、次にテーマを発見するということは、何かが分からないと言う。ここでも玉城の著書『茂吉の方法』からヒントを得ている。茂吉の、「落葉せし木立のなかや冬の日の入日のひかりここにさしけり」に触れての玉城の文章は、「なか」にテーマがあると言う。

「なか」に入ってきた、その「ひかり」は、もはや、外にあるひかりとは異質のものだ。レンブラント光線のごとく、それは新しい意味をもって、その空間を照らすのである。

この玉城の批評は、テーマの発見にまで行き着いていると小林は見て、次のような文章を記している。

われわれが、作者の立場にあるとき、テーマというものをはっきりと意識しているだろうか。農村の生活をうたうとか、核家族をうたうとか、仕事だ、反戦だ、と人それぞれにうたうべき何かはあるだろう。それが果して、テーマたり得るか、単に、目前の現象を追っているにすぎないのではあるまいか。それらは、個々のモチーフに終わっていないか、又、読み手の側に、テーマ発見のための努力、もしくはしかるべき能力があるのか、私自身はなはだうたがわしい。

田島邦彦は、「作品から取出すもの」という文章を寄せている。田島は、すでに現代短歌においては「テーマ発見」という題目はなくなっているのではないかと記している。さらに私論を次のように述べている。

現在のような空虚な作品を包んでいる時代では、むしろテーマは不要である。その一方で、言葉の力が相当に弱まっている実感も強い。こういう時代にあって作品に求められるものは、表層では形式と文体における個性と完璧さであって、思想・倫理・着想・素材など、また物語性や事実としての内容もさほど重要視されない。イメージの新鮮さは、むしろ通俗性のなかに発揮されるようになり、二階建てを建築するようなイメージ(場面・情景)の構築法は、読者に違和をあたえるし、稚拙な抽象は作品の無意味さを暴露するか意味を破壊するだろう。

田島の言葉からは、現代短歌からテーマを探り出すことの難しさと、テーマ発見などはもう意味のないことではないかとの、率直な気持ちが窺われる。

三木アヤは、「テーマというならば」という文章を寄せている。三木は結論から言うと、テーマの発見は出来なかったと率直に認めている。その上で、歌評会に出された四十数首の作品を読んでの感想を次のように述べている。

並ぶ作品の雑多な傾向とわからなさとは、何をうたうか、いかに表現するか、の視点からでは解明できない状態に歌人たちが置かれているからではないだろうか。もっというと、（私自身も含めて）自分が人生を追う視点としてのテーマを意識できず、暗中に見失いかけている。（妄言多謝）、その状態への自覚―意識化が不足で、結局そんな主体の弱さが感覚のレベルで反応することにならざるを得ない。で、自分の位置は他との関係によって、把握してゆく表現結果となる。そう考えると、四十余首、各人各様の作品は、自己内界、他者外界との関係をさぐる点に集約される。生の曖昧さを、不確実な主体を関係において見る。短歌はいまやそうなのか。

四氏の考えを紹介した。「テーマ発見」という易しいようで難しいテーマが災いしたのか、これという決め手は見つからなかったようである。

※

今号の時評は、「長歌を意識する」を市原克敏が書いている。窪田空穂の「日本長歌史」の中の文章、

長歌の歴史は、これを短歌のそれに並べると、比較にならないほどのさみしいものである。その初めを思ふと、長歌は短歌よりも盛んであった。しかし時が移るに伴って、長歌は次第にその席を短歌に奪はれて、ただに衰運の一路をたどったのみである。短歌の歴史には、昇

る朝日の勢が認められるが、長歌のそれは、沈み行く月である。

を引き合いに出して、今日の長歌の衰退を嘆いていない。長歌が今日の時代に合っていないこと、さらには市原自身も興味に応えるものではなかったと告白している。しかし、承知しながらも、長歌不在の現状こそが現代短歌の末期症状ではないかと述べている。最後に、「しかし今は、空無として長歌を意識する者のみが現代短歌の来たるべき様式を実現する、と確信しているのである。」と、長歌の復活に希望的観測を捨ててはいない。

※

三月四日。企画、編集委員会を中野サンプラザ地下食堂において行う。出席者は、沖ななも、奥村晃作、春日真木子、外塚喬。この席にて次回と次々回の「評論会」のテーマが決まる。次回は「わが作歌における誤用」、発表者は玉城徹と片山貞美とする。次々回が「通俗について」、発表者を田井安曇、樋口美世とする。「評論通信」26号の「歌の立脚点」を沖ななもと後藤直二に依頼することなどが決められた。

三月十六日。九州でのイベントの準備会を、国立市の喫茶店「白十字」にて行う。出席者は、市原克敏、沖ななも、樋口美世、外塚喬。この席で、実行委員として、阿木津英、市原克敏、沖ななも、玉城徹、樋口美世、外塚喬が決まる。当日の講演を、玉城徹、石田比呂志に依頼することが確認された。シンポジウムのパネラーの候補を何人かあげるが、決定にはいたらない。入場料を千円（資料代含む）とする。講演者の謝礼を考える。（後日、一人五万円が決まる。）実行委員には、一泊と交通費を支給することなどが決められた。

三月十七日。事務局の外塚喬が石田比呂志に講演依頼の電話をして了解を得る。

四月十五日。電電中野クラブにおいて運営委員会が開かれる。出席者は、沖ななも、奥村晃作、田井安曇、林安一、樋口美世、毛利文平、外塚喬。新会員として、秋山佐和子、千々和久幸、村岡嘉子らが加わる。

四月二十三日。九州でのイベントについて、玉城徹と事務局の外塚喬が豊田駅近くの喫茶店「シュベール」にて打ち合せを行う。ここで九州でのイベントのテーマを検討する。テーマを「現代短歌とことば論」と決めたが、後日タイトルは、再検討されて「うたとことば」と決定した。パネラーとして、阿木津英、奥村晃作、五所美子が決まったが、ほかに何人かを選ぶことになる。候補として上がったのが、先の三名に、岡口茂子、沖ななも、内藤明、山埜井喜美枝を加えた七名。このメンバーが最終的に決定した。

※

四月二十八日。第二十六回の「評論会」が三鷹市の武蔵野芸能劇場にて行われた。テーマは、「わが誤用」。発表者は、玉城徹と片山貞美。記録は「評論通信」27号に掲載。

五月六日。「評論通信」26号が刊行された。通常の八ページ立てである。前号までの「私の方法」が終わって、今号より「歌の立脚点」というテーマで新たにスタートした。作品も前号までは自身の歌集から十首を自選していたが、今回からは五首に。作品五首についての出典は明らかにされていない。初回は、後藤直二と沖ななもが担当した。後藤の五首をあげる。

専制と写実いかにか関《かかは》ると兵俑の群は妄想さそふ
あかつきは夜《よる》と昼との愛撫ぞと言ひし民ありこのほの朱《あけ》に
雨季に広く乾季に狭きアフリカの旱魃に飢うるこゑ聴きてゐる
蔓をなし木によるものは嫉みあふ葡萄は蔦をにくめるたぐひ
追熟をせよといふ桃盛りあげて部屋かぐはしくひと日はありつ

これらの作品の解説をした後に、後藤は歌の立脚点なるものを、次のように記している。

　総じて私の作品には、疑似体験を実体験に見立てて歌っているものはない。体験にもとづく衝動と、なんらかの抽象作用が合体している。ここに水面がある。水面は知覚の総体としての私である。そこへつぶてが落ち、あるいは泡が浮きあがる。それが水面に衝撃を与えたとき、水の輪が広がる。つぶてや泡があっても衝撃のない場合がある。あたかも巣網に落葉がかかっても蜘蛛の反応しないのと同じである。衝撃は私自身が受けとめる様々の違和と言ってよい。反撥であり抵抗であり発見でありもろもろであるが、それがどのようなものであるかは五首目自註が少しばかり語っているだろう。

五首目の自註というのは、

　五首目、果実はもがれた時に一旦死ぬ。人間界に蘇生させ、もう一度時間をきざむ。本来の果実とは別の問題である。そして人間である私はそれを楽しんでいる。

最後に後藤は、「人間界に対しても自然界に対しても随順同化というのは私の主義ではない。」と締めくくっている。

次に沖ななもの自選五首をあげる。

魚おろす包丁が俎板のうえにあり包丁としてのびやかにあり

杉の木の木肌がねじれ右巻きになんのためにかねじれて伸びる

整然とならぶいちごの種子のさま畏れそののち食いてしまえり

枯れはてて形もあらぬあさがおの種子をいくつか掌にのせている

一段の高さに差のある階段をおりて線路の下をくぐりぬ

沖は自身の歌の立脚点について、次のように記している。

私の主義はこうであり、方法はこうでありしたがって作品は……。本来はそうあるべきかもしれない。しかしながら私の実感としては、いまそうでないところにいる。動いている。誰それの影響が強い、などと言われることがあるかもしれないが、そしてたしかに無意識のうちに他の影響をうけていることはあり得るのだが、私自身は、誰かのあとに続こうという意識はない。（中略）できれば、評論家の区分のどの部分にもおさまりきらず、自分で方法上の限定をしてしまうことのない状態でいたいと思う。そしてスローガンでもコピーでもなく、人間の諸相が、意味づけなしにうかびあがってくることを望んでいる。

新たに始まった「わが歌の立脚点」であるが、「評論通信」32号までしか続かなかった。

※

今号には、第二十五回の「評論会」の記録が収められている。この時のテーマは「今年度の秀歌を点検する」である。発表者は、石田容子と中川昭である。石田は「毎日新聞」（一九八七・

一二・一九）に掲載された四人の「私の選んだ今年の秀歌」について触れている。四人とは、塚本邦雄、武川忠一、玉城徹、大西民子である。武川と大西の選んだのは次の作品である。（「評論通信」12号に掲載時には作者名は記されていないが、読者のために筆者が資料から名を明らかにした。）

石垣島万花艶ひて内くらききやまとことばはかすかに狂ふ　馬場あき子
飛びやすき薄暑の紙を抑へたる左わが手の分別あはれ　安永　蕗子

この作品に対して石田は、武川と大西のコメントに疑問を呈している。武川のコメントは「長く作歌されてきた人たちのおのずからの個性にひかれる。」であり、大西のコメントは「短歌のなかの『私』が限りなく拡散して行くような状況のなかで、個を踏まえ、年輪を刻み込んだ作品を大切に思う。」である。このコメントに石田は、「『内くらききやまとことば』また『左わが手の分別』など、たしかに個性的表現といえる。また、それが年輪を経た人のみに可能な表現であることも納得させられる。すなわち選歌は選者の思想を裏切っていない。それがみどころである。しかし、はたしてそれが、秀歌かどうかとなれば問題はある。その個性的部分こそが、読者にとっては、もっともわかりにくい部分でもあるのではないだろうか。『個』や『年輪』の内容が、きびしく問われるところであろう。」と述べている。

玉城のコメントは、「精神の風景を歌おうという重い一歩を、これらに見る。詩人の魂の永い形成史の後に、初めて可能なこの一歩。厳しく、かつ自由だ。」として、

岩国の一膳飯屋の扇風器まわりておるかわれは行かぬも　岡部桂一郎

をあげている。

もう一人の塚本のコメントは、「激しく揺れ動きつつも、短歌は必ずまたついに虚の三十一音に収まる。収まりきらぬ詩魂を何に託すべきかが、永遠の課題か。」であり、

死生観もたざるわれのたてがみをすみかとなせり若き風伯　　塘　健

の作品をあげている。

石田はさらに「短歌研究」（一九八八年一月号）での尾崎左永子が書いている、山中智恵子作品に対しての鑑賞文に触れている。山中作品は、

さざなみのごと夏になりゆく合歓の木をねむらせてみよわが心夫《こころづま》　　山中智恵子

である。尾崎の鑑賞文は「それでも『わかるものだけわかればよい。わからぬ者のことなど知らぬ』と素気なく歩み去ってしまう。それは近代人の自峙とは異質の、人の世の外から訪れてくる波動を当然のように受け入れる。詩人の感性というべきものなのだろう。『巫女』たる所以である。」であるが、この鑑賞文に石田は、「こういう自己完結的な批評言語そのものに、私は全くついてゆくことができなかった。」と率直な考えを述べている。さらに手厳しいのは、坂井修一作品にコメントをしている永田和宏に対してである。坂井の作品は、

無人戦車無人地球の街を野をはたはたと哂《わら》ふごとくゆきかふ　　坂井　修一

永田の鑑賞文の、「坂井修一は自分の文体とのつき合い方という点で、珍しいまでに生まじめである。（略）」「（略）私は、下手であっても若々しければ素晴らしい、という考え方を全くとらないので（略）」に対して石田は、「私の頭は混乱のしどおしであった。自分の文体とまじめにつ

きあわない作家など存在するのだろうか。また若々しいと感じられる歌は、すでに下手ではないのではないか等々、疑問はつきなかった。」と記している。

おざなりの批評がまかり通っている背景には、批評を依頼する側にもあるのではないかとの意見が、発表の後の討論会では出ている。

もう一人の中川昭は、「短歌年鑑」（昭和63年度版）から作品を引用しているが、当日の資料には作者名は記されていない。読者のために筆者が明らかにした。中川は、「短歌年鑑」に取り上げられている何人かの作品について意見を述べている。かなり厳しいものであったが、「評論通信」に載ったものなので、核心部分を紹介する。

旅の夜の夢のすべなさひたすらにこの世の外《ほか》の逢ひとげむとす　「短歌」62・2　岡野　弘彦

とにかく好意的で〈村人のたち働きし山畑は切りひらかれてもう誰も居ぬ〉という特段の作でもないのを讃めた後で、「とくに女人のあわれを思うやさしさ」云々と述べている。（「短歌年鑑」の評者は由良琢郎）

とどろきて坂登りくる青年のオートバイこそ春の鬼なれ　「短歌」62・3　前　登志夫

仮面ライダーが勢揃いした感じだ。さすがにこの歌には由良も「作者はすでに手の内のものを、あまり苦労もなく詠んでいるのではないか」と苦言を呈している。この歌は、要するに「鬼」が安易に使われているのである。「青年のオートバイこそ春の鬼」という表現は、いまどきの新人類だって理解に苦しむのではあるまいか。（「短歌年鑑」の評者は由良琢郎）

酢にひたす白魚ほそくつめたくて食《は》み侘ぶる夜と言《こと》告げやらむ

「短歌」62・5　成瀬　有

なんか救いようのない軟体動物が作ったみたいなこの一首は成瀬有の作品。下句のおぞましいほどの甘さ、上句のポーズ。この人の歌にはいつも擬態が目立ち、どっかエア洩れを起こしている。師の岡野弘彦ともども自分の言葉に酔って、独り相撲をしている。（「短歌年鑑」の評者は田井安曇）

もしかしていつか幽霊になれるかもネグリジェの裾踏みしはずみに思ふ

「短歌」62・5　河野　裕子

もう、歌も末だね、こんな作品を見せつけられると、これが現代歌人協会賞、ミセス女流文学賞をいただいた河野裕子の作品か。中学生だってもっと上手に作る。たとえば、きちんと定型を守って「踏みしはずみに」とかなんとか。まったく幽霊みたいに足のない作品。（河野と次の御供、江畑作品の評者は玉井清弘）

警視庁を見おろしきれぎれに山手線のぞむ庁舎につとめを持てり

「短歌現代」62・5　御供　平佶

何が言いたいんだろう。何をうたいとろうとしているのかさっぱり不明だ。雑誌「短歌現代」の誤植かとも考えたが、どこが誤植に相当するのかさえわからない。つまりこの一首全体が駄作なのだ。それを玉井清弘は「一首目（あげた作）のように公安官としての日々をひきずりながら新しい職場にしみるものが多い鉄道公安官としての作に注目された作者でもあり、新しい職場の作に期待したい」などとケイイを表している。玉井は、右の一首が「身にしみた」のだが、どんな「しみ方」だったのか聞いてみたい気がする。

つぎつぎと出る厳しい批評に少しやり過ぎではないかと思うかも知れないが、批評会の現実を知らせることも大事なので、発表時のままを記しておく。そうした批評の最後に中川は、惹かれた歌を二首あげている。

園児らはしきりに欲すぬめぬめと光る人体模型の脳《なづき》　「玲瓏」62・1　江畑　實

和歌にやつれつつ貴族らは終末の薄明にぞよぞよとうごめく　「塔」62・4　江畑　實

である。この歌に対しては、「塚本の影響下にあるとしても、句またがりの手法をとりつつ歌は新鮮、少しの陳腐さもない。この人は、あげてきた歌人たちのように、決して歌を安直にとらえていない。」と好意的な見方をしている。

※

今号の時評は内藤明が書いている。タイトルは「短歌と都市」。この頃からすでに都市詠については さまざまな角度から語られている。内藤は、前田愛が自著の『都市空間のなかの文学』の中で「『日本近代文学の流れを都市のコンテクストにそくして辿りかえ』し、近代文学を『自我―社会』の図式から『身体―都市』という図式に組み替え」ることによって、近現代の短歌を見直していくことも可能ではないかと言う。日本文学の研究者の内藤は、さらに「都市を広くとらえれば、古代における王権の確立とミヤコの成立、変質が、万葉や古今の歌にどのような影を落としているのか、といった問題も考えられよう。」との見方を示している。たしかに都市という概念は時代とともに変質してきているし、自然も変質してきている。そうした時代において、都市との相関でどのようにとらえていくかが重要になってくる。内藤は、前登志夫と岡野弘彦の作品、

樹樹にふる春の霙のひかりこぼれ怒りの木末《うれ》をうたへるや誰　前　登志夫『樹下集』

ただ一羽ちまたの空をゆく鶴の羽根すき透る夢のごとくに　岡野　弘彦『天の夕鶴』

に歌われている、「樹」や「鶴」は単なる物体ではなくて、「この国の自然が歌の言葉を通しても ち続けてきたものが、現代の作者の意識的な思索を経て、しかも同時に各々の血としてその身体を通して表出されているといえよう。」と述べている。問題を含んだ時評であった。

※

五月七日。博多で行われるイベントの実行委員会が、中野の喫茶店「ノーベル」にて行われる。出席者は、阿木津英、市原克敏、沖ななも、玉城徹、外塚喬。

五月十八日。実行委員会が中野の喫茶店「ノーベル」にて行われる。出席者は、阿木津英、市原克敏、玉城徹、樋口美世、外塚喬。沖ななもは風邪で欠席。

五月二十六日。中野サンプラザ地下食堂にて運営委員会が開かれる。出席者は、奥村晃作、春日真木子、片山貞美、白石昂、林安一、樋口美世、毛利文平、外塚喬。

※

七月五日。第二十七回の「評論会」が三鷹の武蔵野芸能劇場にて行われた。テーマは「俗について」である。発表者は、田井安曇と樋口美世。この時の記録は「評論通信」28号に収められて

いる。

七月十六日。博多でのイベントに関する実行委員会を、所沢市の外塚宅にて行う。実行委員の阿木津英、市原克敏、沖ななも、樋口美世、外塚喬に石田容子、宮本永子らが加わり準備作業を行う。パンフレットが出来上がり、申し込みもすでに事務局に届いている。


八月八日。「評論通信」27号が刊行された。通常の八ページ立てである。今号の「歌の立脚点」は、新井貞子と外塚喬が担当している。

新井の五首をあげる。

夜が持つ紋章のごと月冴えて夫にも親にもわれは属さぬ
無名者の父母より生《あ》れて無名者のわれら無名の少女を生めり
ことろ子奪《と》ろ。どの子もやれぬ。戦争を避くる思想は育たぬものか
くれなゐの花散る子宮とうたひしがそこなる宇宙は朱の夏の闇
文化人類学一冊買ひて書店《みせ》出づれば地球劇場の闇に月出づ

新井が短歌を始めたのは、敗戦直後であった。敗戦で絶望的であっただけに、自由に歌いたいという思いから、思いのままに歌ったが、結社をはじめとして短歌界はその自由を受け入れてくれるものではなかったと記している。

掲出歌を含む「子宮宇宙」の歌は、熱烈な支持と拒否と無視に出会った。そのことがいつも私を「子宮宇宙」をうたった自身の必然性へと立ち戻らせてくれる。戦争の意味に悩み、

生きる意味に悩んだ日々。やがて結婚。不妊症、手術、妊娠、流産。後にやっと一児を得たときには、私と子宮との対話は日常となっていた。この肉体と精神の体験により、「子宮宇宙」の原初的生命の生成と死滅のドラマ空間は、私を無名のいのちの原点に立たせてくれた。いまでこそ「子宮」などという言葉を使うことに驚きを感じないが、当時はまだ抵抗があったのだろう。

もう一人の外塚の五首をあげる。

理由なくさみしくなりぬおぼろこんぶ見るたびに喰ふたびに母思はれて
墓石の表面が息をするごとくてりかげりしてゐるまへにたつ
たたきあひののしりあひて生きてゐる人間たちを犬が見てゐる
せかせかと歩く舗道をたましひのかけらのごとき紙きれがとぶ
ひとり来て昏れるまで海を見てゐても今さら世捨人にはなれない

外塚は、仕事人間として職場で拘束されている時間が長く、自由になる少ない時間のなかで歌を詠んでいることを記している。それゆえに、作品の世界が限定されてしまうことにならないかという不安感も述べている。

人を魅了するような言葉や表現は、自分にふさわしくないとも思っている。短歌型式の美しさの虜になることも、極度に避けたいと思っている。白秋、修という流れを継ぐ結社に居りながら、自分の肌に合わないものは、自分では気がつかないうちに拒否している。拒否することが自然にできるようになって、はじめて自分自身の歌の世界が見えてきたような気がする。

※

今号には、第二十六回の「評論会」の記録が収められている。この時のテーマは「わが誤用」である。発表を、玉城徹と片山貞美が担当している。

玉城は当日の資料として、誤用である作品を九首提出している。その上で誤用の種類として四つを挙げている。一つ目は、誤記、誤字。二つ目は、語の誤用また類推で作り出された語。この例として川端康成の『伊豆の踊子』を引き合いに出している。「『伊豆の踊子』に「胸先あがり」という語があった。「胸突八丁」と「爪先上がり」が融合してしまったのだろう。川端は、これを訂正していない。「胸先上がり」で急坂を上ってゆく踊子の姿が見えてくるからである。」三つ目は、文法上の誤り。四つ目は、事実誤認。

以上のような誤用を語った後で、玉城は自らの作品の誤用を明らかにしている。

曇れども明るき丘のつらなりは低くなりつつ田の中に断ゆ　　玉城徹『馬の首』

一般的には、「断」を「たつ」と訓じている。しかし、「たゆ」と訓でも誤りではない。「親友の書信断ゆ」という詩句が白居易に見える。「絶」を書けば問題がない。（発表当時人からもそう注意を受けたと記憶する。）しかし、この場合わたしは、その字を使いたくなかった。「絶」の字は、糸の如く長く続いたものが、ふっと切れたことを言う。かたまり状のものが途中で断えたのは、「断」でなければならぬ。「断」は「たつ」、「絶」は「たゆ」という区別の方が間違っているのだ。

最後に玉城は、誤用に対しての私見をつぎのように述べている。

> 　要するに誤用なんて恐るるに足らず。ただ直して歌が良くなるようなら、遠慮せずに直した方がよい。ひとさまの誤用をせせら笑ったりするのは心ないわざである。誤用なんぞいくらあってもよいのだ。心配するならもっとほかのことを心配した方がよいだろう。わたしが、自分の誤用を告白しようと申し出たのも、皆さんに安心して貰おうと思ったからであった。
> 　たしかに短歌にとって、言葉はきわめて大切なものである。だが、それは誤用に神経質になるということではない。むろん、自分の誤用に気付かないのは、不明であろう。気付きながら、どんどん誤用をして構わない。

この玉城の文章を、真の言葉として受けるか受けないかは各自に任せるしかないだろう。

当日の資料から、ほかに誤用として提出されたうちの何首かを取り上げる。

　しろじろと荒地菊咲くかたはらにからすの野びえ熟れゆくらしも　『樛木』

「荒地菊」は正しくは、アレチノギクであるが、承知の上で使っていると玉城は言っている。「からすの野びえ」などという植物も存在しない。玉城は、「白い花のかたわらで熟れてゆく野びえの香が、いかにも暗黒を感じさせる。だが、その感じの表面をなぞってみてもつまらない。そこでとっさに『からすの野びえ』という言葉がひらめいたのだ。」と、作歌の動機を語っている。

　しんしんとひまらや杉の垂れ下がる夏公園に歩み入り来つ　『樛木』

ここでの「夏公園」もない言葉であるが、ロシア文学の翻訳に見られる「冬宮」や「夏公園」があったので面白がって使っていることを告白している。

ほかにも誤用としての作品を挙げると、

年ひさしくとらはれに居て衰へしエズラ・パウンド蜂のごと死す　『玉城徹作品集』

恒友がゑがきのこしし八葉《やつひら》の蔬菜図を見るあなや遣る瀬な　『われら地上に』

生徒らに朗読せしめよる窓にえんじゅの青き花ひとつ落つ　『徒行』

一首目のエズラ・パウンドは、歌では死んだことになっているが、事実は死ぬ前に詠んでしまっている。空想上の産物であるという。二首目は、「八葉《やつひら》」とルビを付けているが、「八葉《やひら》」とつけるべきであった。三首目は、「えんじゅ」が、正しくは「ゑんじゅ」である。「評論会」当日の資料のメモから再現してみた。

もう一人の片山は、「評論会」には二十五首を誤用として提出している。片山は最初に誤用に対しての私見を次のように述べている。

ことばが間違っていては意味が明瞭に通じにくい。不明瞭であれば享受が滞るからである。だからことばの意味を理解し、できれば原義を理解して、ことばを的確に使いたい。そのための誤りの指摘をわたし自身の作歌の上に加えて報告することにしたい。

「評論通信」27号誌上の何首かを取り上げる。（ ）内は雑誌に発表した年を表している。

・夕土間に晒粉撒きつつ心寒しこのごろ梅雨の深みきにけり　（昭和14）

この場合「深み」は自動詞で使われたが、「深み」などという動詞はない。

・蠅どもが畳をたちしたまゆらの軒過ぎし影に駭く吾は　（昭和14）

蠅がいま飛び立ったから軒を通り過ぎた人影か、などのあったのを顧みたので、「たちし」

は「たてる」でなければならない。

・山ゆけばたなびき見ゆる海を見ゆ日の終りにて青きたなびき　（昭和17）

「海を見ゆ」は発表当時「海を見ぬ」と訂正したのだったが、ずっとこの訂正にこだわったのでよく思い出した。「海を」は目的格だからだが、「を」はもともと感動詞だから、その間投用法として、「海がまあ見える」といった意味を表現しようとしたものだ。今では「海を見ぬ」のままでおきたいと考える。

・母そはが吾に飲ましめしてくすりなす土用たまごはかなしきろかも　（昭和17）

・けふはわが曇るおもひのいづべにも亡き父のみが往かすなりけり　（昭和18）

あとは亡父の百か日のころの作。「母そは」「父のみ」はともに枕詞。もとより知っての上での転用だが、やはり無理であった。

・苦しみは回避をとげてゆきしかば空ろになりし目を据ゑてゐる　（昭和26）

「なりし」は誤り、「なれる」だが「なりて」と精神、思考力の状態を示した方が適当だろう。また従って五句は「まなこ据われる」となろう。原作はうるさい。

・水すまし八肢《はっし》につける光輪のありて時ゆくこの岩かげに　（昭和32）

「八肢」は「六肢」の誤植だと善意の人は見てくれるだろうが、もと事実の誤認、無知であった。

この他にも何首かの誤用が紹介されているが、当日の筆者のメモから再現したい。

・のつたりと金魚をりたり絶えまなく泡ふきちらしかかるものを飼ふ　（昭和52）

・ゆれ動く豆腐をとりて食みしかばあな冷たさよ舌につめたさ　（昭和47）

・ゆかりなくあひみしきみにあづまなる訛をきけばはるけくもあるか　（昭和18）

一首目は、「ありたり」の誤りと同じように「をりたり」は誤りである。「をり」は「ゐあり」だから「あり」が重なる。「絶えまなく」は「とめどなく」か。二首目の「食みしかば」は「食ったっけ」の意味であるから、「あな冷たさよ」には当たらない。「食みぬれば」となろう。「食む」は歯を使うことだが、ここは「しかば」よりも「ぬれば」が音の刺激でも、豆腐にはしっくりするかも知れない。

会の後に自由な質疑が行われた。市原克敏は、玉城の「断ゆ」と片山の「海を見ゆ」をもし全歌集のようなものを出すとしたら訂正するかとの問いに、玉城も片山もその考えのないことを明言している。その上で、玉城は誤用が系統的に繰り返されるのは困るとの苦言も呈している。

※

今号の時評は、「高瀬氏のいうモノサシ」というタイトルで大河原惇行が書いている。大河原は「短歌現代」（一九八八年七月号）に「短歌状況論」を書いている。論旨は、仕事の歌、ものを生産する歌が少なくなり、老いの歌や死の歌、病気の歌が多くなっていることである。さらに、仕事の歌やものを生産する歌に変わるべき何かが見えていないのが、今日の短歌の現状ではないかと指摘している。

さらにまた、当時の「短歌現代」の編集をしていた髙瀬一誌は、同じ号の後記を大河原の評論を意識（大河原の言葉による）して書いているのではないかと言っている。髙瀬は、後記で「『生活詠』そして『職業詠』の不振が語られて久しいが、戦前の、戦後十年のモノサシで批評し期待しているのではないか。」と書いているが、これに対して大河原は、

問題の一つは『生活詠』そして『職業詠』の不振が語られて久しいがという高瀬氏の受けとめ方である。ここで氏は『生活詠』『職業詠』にだけに限定して、不振をいっているのだと思うが、ぼくは『生活詠』『職業詠』〈こういう言い方は少し変であり、誤解をまねくおそれがある。ぼくなどは佐藤佐太郎の歌も宮柊二の歌も、斎藤茂吉の歌も生活詠であると思っているが、ここではこのまま使う〉の不振がそのまま今日の短歌そのものの不振であると受けとめている点が、明らかに違うのであろう。

と考え方の違いを述べている。「さらに戦前の、戦後十年のモノサシで批評し期待しているのではないか。」というくだりにも、戦後十余年のモノサシとは何かと高瀬の意図しているところを見極めようとしている。

大河原は、高瀬の後記に揚げ足をとっているわけでもないし、文句をつけているわけでもないことを断っている。その上で、総合誌の編集者としての立場としての後記であるだけに、歌詠みの多くにさまざまな問題を提起していることも認めている。大河原は、結論として次のように締めくくっている。

今日の短歌を考える場合に、一人一人の考えなど、たかがしれていよう。そう違った考えなど出て来るわけがない。問題は自分のモノサシで今日の短歌のどの作品を肯定し、どの作品を否定するかだ。将来を見通す力が、そのモノサシで、あるかないかだ。

九月九日「評論通信」特別号が刊行された。特別号は、十月九日に博多にて開催予定の「現代短歌を評論する会」のテーマとなっている「うたとことば」の資料として使われるものである。誌面は、玉城徹、石田比呂志の講演要旨と討論を行うパネリスト七名の「うたの修辞をどう考えるか」を掲載している。

博多でのイベントの開催までの経過についてはこれまでも記しているので、日にちは前後するが十月九日に行われた博多での「現代短歌を評論する会」について紹介しておきたい。

九月二十九日。博多でのイベント参加者の申し込みが二八九名となった。事前に入場券（一〇〇〇円）のコピーを送る。

十月九日。博多でイベントが開催された。この時の報告が「評論通信」29号に「現代短歌を解剖する講演と討論の会」として掲載されている。「評論通信」29号は後に紹介とするが、イベントの記録のみを先に紹介しておきたい。引用がかなり長くなるが、記録として纏めたものなので全文を紹介しておきたい。

**〈報告〉現代短歌を解剖する講演と討論の会**

十月九日福岡市中央市民センターに於て「うたとことば」現代短歌を解剖する講演と討論の会が開催された。主催は現代短歌を評論する会で福岡市民芸術祭参加による。後援は福岡市教育委員会・西日本新聞社・福岡市歌人会等で午後一時から五時まで参加者約三五〇名余の盛会であった。

当日の会の進行過程を紹介すると次のようになる。予め評論通信特別号に講演要旨発表ずみの「うたとことば」玉城徹、「枕頭語録」石田比呂志の各五十分に亘る講演が行なわれた後、「歌の修辞をどう考えるか」というテーマによるパネルディスカッションに移った。七名のパネラーは東京の会員が四名で阿木津英、沖ななも、奥村晃作、内藤明、九州の岡口茂子、五所美子、山埜井喜美枝の三名が加わり各パネラーが準備した自選十首と小文をもとにして阿木津英の司会で進行された。講演の内容と討論会について概略は、石田比呂志は、オノマトペと概念語と比喩について自己の身体を張って生きてきた体験論と共に、ことばは沈黙であり、世阿弥の胸に秘めた多言であり、感情をそのまま表現したものは駄文である等々を平易な説得力のある石田節で語った。

玉城徹は、地方でも皆で考える会をと提言したのは私。九州は興奮しやすいので今日の会になったとの前置きがあり、言語組織について左千夫、牧水、茂吉、赤彦等先進に及ぶ深い考察を披露し更にレトリックの問題にも触れバレリー、マラルメ、ニーチェ等の寸言を駆使して示唆に富んだものとなった他、若山喜志子の歌などを引用した所見など豊かな内容であった。

講演の後に、遅れて馳せつけた田井安曇の開会の弁があり、ひき続き三時よりパネルディスカッションとなる。総合司会は外塚喬。

討論会の進行役としてパネラーの一人阿木津英が先ずはじめの挨拶を述べる。七名のパネラーが壇上にのぼり順序よく一人ずつ自己の持分の時間内で今日のテーマに添った論を展開

するという方法である。各自のことば、
岡口茂子——レトリックなしでは歌も文も書けないが否定的にあつかっている。
沖ななも——言葉は動く。互いに影響されてゆく組み合わせが歌になる等。
奥村晃作——歌はあく迄も心の表現。レトリックを絢爛と駆使した古今集について等。
五所美子——歌の本質は何か、短歌が残ったのは何故か、簡素はいい。簡単でない等。
内藤明——レトリックは歌をすっぽり包んでゆく等。
山埜井喜美枝——歌は風呂敷文化。遊べるようになりたい等。
阿木津英——七名の中から殊に奥村の歌について意見を述べる。
七名の私見が終った段階で司会役の阿木津が全体を纏める場面が暫く続いたが、中々大変なことでやや混乱気味となった。そこで、
玉城徹——措辞、修辞が違って考えられている。奥村のエンピツの歌について阿木津に反論等。
討論の雰囲気というよりも各自の所見の発表にとどまり会場の参加者との質疑応答も噛み合わず結論なしに終始した。最後に、
玉城徹——調べの力をどう使うか、修辞が調べをこわす。修辞を最小限にとどめるには、調べを整える発見が大切である。と述べた。
閉会の辞は、地元の木下正美が行う。
当日は晴天に恵まれ出席者も予想外に多数で実行委員会のメンバー以外にも受付その他に陰の

力を合わせ会の運営を盛りあげたのであった。この会の初めての試みとしてはかなりの成功をおさめたものと思われる。懇親会の会場は、西日本新聞社16階国際ホールに移り、午後6時より8時迄、和やかな交流の場となった。司会、樋口美世。

当日の動きを記しているが、パネラー各氏のやりとりや会場の熱気と雰囲気は、伝わらないかも知れない。

※

九月十三日。第二十八回の「評論会」が三鷹市の武蔵野芸能劇場にて行われた。テーマは、「小池光歌集『日々の思い出』と奥村晃作歌集『鴇色の足』の批評」である。発表者は、林安一と柳宣宏である。記録は「評論通信」29号に掲載されている。

十月四日。運営委員会が中野サンプラザ地下食堂にて行われた。出席者は、奥村晃作、春日真木子、片山貞美、白石昴、田井安曇、林安一、樋口美世、毛利文平、外塚喬である。

十月七日。「評論通信」28号が刊行された。通常の八ページ立てである。「わが歌の立脚点」を白石昂と秋山佐和子が担当している。白石の作品を五首あげる。

那珂河の満潮どきか夕ヲル一つ河口の方より漂ひ来る　『蟹の眼』

はるかなる鳥の声聞きて歩きをり耳の奥まで冬日のぬくし　『平居』

冬の日のよりどころなき枯草を遠目に見をり鷺の歩みは　『風道』

冬枯の池にあぶくはあがり来て生きもののごとくものをいひけり　『澤水』

富士ケ嶺は駿河の國のただ中に大地の力もりあがり立つ　『清暑』

白石は、今までに刊行した五冊の歌集から作品を引用して、自身の歌の立脚点を述べている。作歌歴四十年の白石は、「十年一日のごとき歩みであったが、その四十年という繰り返しこそに、自身の歌の立脚点であった。」と述べている。さらには、五首目の作品、富士山を目にしたときの感慨について述べながら、自身の立脚点を具体的に述べている。

真正面に、白い雪を被いだ富士の嶺が、棒立ちとなって立ち現われたのである。何という美しさであろう。その時、私の胸にほとばしった言葉は、「もりあがる大地」という端的なものであった。それは富士の外観ではなく、自然の尊厳と神秘的な姿であった。その尊厳さは、天地を動かしたその原点を観ていたのである。この感動の言葉は、私の信仰的なものと言ってもよいし、具体的には人の生命の空しさと言ってもよい。空なるものの自己の存在が、私のこころの原点にあると思うのである。この詩精神を貫くことに生きがいを感じ、これは私の哲学でもあり、歌を作るうえでの態度でもあると思っている。

もう一人の秋山佐和子の自選五首をあげる。

いづくまで駆けりゆきしや青すすき光る風野に子を見失ふ
夫も子も遠ざけひとり吐きてをりくちなはのごとく身を捩りつつ
ひとりの死告げたる口もて我が唇を君は欲るなり梅雨の夜深き
日本の終戦がすなはち韓国の解放記念日と聞けばたぢろぐ
青蚊帳に螢放ちて寝ねし夜の蚕飼《こがひ》の家の桑匂ひたつ

秋山は、あらためて考えると歌の立脚点は難しいと言っている。その上で、自身が海外生活（北米）において日本人として暮らす中での思いを述べている。

不自由な英語で詰まった外出先から帰って、私がまずしたのは手当り次第に日本語の本を引っ張り出し座り込んで読みふけることだった。英語を話す時の自分の声が少し高めになり、これは私の声ではない、といつもかすかに苛立っていた初めの頃。夜、子供達に日本語の昔話を読む時、自分でも驚く程私の声は自然なやわらかい色調となる。文庫本の茂吉歌集は何度読んだことか。日本語の五・七……の調べの美しさ、深さ、なだらかさに私の心は和み、豊かな気持になるのが常だった。

日本語に接することで心の安らぎを得る一方で、シカゴの大学図書館で体験した驚きの事実をも述べている。雑誌「改造」の中に、茂吉も晶子も白秋も迢空も戦争賛歌の歌を発表していた事実である。一方では安らぎを、一方では戦争の旗頭になっている歌を見つけたときに、秋山は歌へのこだわりが、ここから始まったとも言っている。

※

今号には、第二十七回の「評論会」の記録が纏められている。「評論会」のテーマは「俗について」であり、田井安曇と樋口美世が担当している。

田井は、「芭蕉における俗の意味」としての話の資料として、芭蕉の俳句を例に出している。最初に「俗について」の話をすることになった時に、俳諧を思ったきっかけから話を進めている。

「俗」という話をやれといわれ最初に思ったのはSnobということでした。貴族とか土地持ちのいわゆる上流から、下司・凡俗・下品・露骨・破礼・はしたない・がめつい・あさはかなどという意味で呼ばれたにちがいない新興マニュファクチュア推進者たち。それからもう一つは和歌・連歌に対して本来的に俗なものとされた滑稽の意からきた「俳諧」です。俳も諧も笑いを含んだ共同詩の意味です。とすれば俳句は俗を嫌わず、むしろすすんで俗を食って成立してきたということになる。芭蕉は鎖国完成後の社会に生まれて来、そういう俗をたっぷり背負った文芸であるものに身を浸しています。

俗についての解釈をした後に、芭蕉が十九歳から五十一歳までの作品についての鑑賞をほどこしている。それらの作品の何句かをあげる。

春や来し年や行きけむ小晦日《こつごもり》（19歳）
色づくや豆腐に落ちて薄紅葉（34歳）
櫓声波を打って腸《はらわた》氷る夜や涙（38歳）
旅人とわが名呼ばれん初しぐれ（44歳）
鶯や餅に糞する縁の先（49歳）
梅が香にのつと日の出る山路かな（51歳）
ひやひやと壁をふまへて昼寝哉（51歳）

これらの作品では、三句目の破調などにも注目している。また、最後の作品については、

無造作、身構えなし、日常語による詩の創造です。『昼寝』は当時季語にはなかったそうです。芭蕉はこのころ、『高悟帰俗』ということをしきりに言っています。俗こそ俳句の根

元である、というのでしょう。
との意見を述べている。田井からは短歌についての「俗」も聞きたかったが、俳句についてのみの話で終わっている。
もう一人の樋口美世は、「通俗性について」記している。先ずは通俗とは何か、というところから話を進めている。

通俗とは何か。一般大衆社会の文化を数の上では圧倒的に支えている通俗。この器に詰めこまれる豊かな未来への可能性の有無は。通俗は下品で安っぽい、芸術的に無価値である等々、凡そ悪い面ばかりが強調されているが、価値観の多様化、細分化の進みつつある現代に於いて過去の古くさい通念に安住していいのだろうか。
その上で樋口は資料として、狂歌、川柳、短歌を資料として示している。それらの幾つかを紹介することにする。

ひとつとりふたつとりてはやいてくふ鶉なくなる深草のさと　『蜀山百首』より
世の中にたえて女のなかりせばをとこの心のどけからまし　同
足引の山鳥の尾のながき日にせいくらべしてたつ雲雀哉　『徳和哥後万載集』より
月みてもさらにかなしくなかりけり世界の人の秋と思へば　同

また、川柳では次の作品の紹介もあった。

産むときは男の顔が鬼に見え
役人の子はにぎにぎを能く覚え

短歌は俵万智と斎藤茂吉の次の作品を紹介している。

「嫁さんになれよ」だなんてカンチューハイ二本で言ってしまっていいの　俵　万智

水の辺の花の小花の散りどころ盲目となりて抱かれて呉れよ　斎藤　茂吉

鼠の巣片づけながらいふこゑは「ああそれなのにそれなのにねえ」

※

今号の時評は、「類似的文体・流行語」について久保田登が「短歌研究」新人賞選考座談会の記事から触発されて文章を記している。この年の受賞者は、佐久間章孔の「私小説8（曲馬団異聞）」である。受賞作から作品を一首あげる。

かりかりとクロームの弦を弾くなりこの世の外の氷河割るため　佐久間章孔

選考座談会では、作品のテクニックということが話題になっている。選考委員の馬場あき子が、類似的文体に異議を唱えているが、他の委員である近藤芳美や岡井隆はさほど抵抗を感じていない。もっと発言があってもよいのではないかというのが、久保田の意図するところであろう。久保田は、最後にこう記している。

ことばをさがす作業とは、確かに手間暇のかかる仕事である。しかし、手間暇をかけずにする仕事からどんなものが生まれるというのだろうか。たとえ技巧的にそううまくない歌であっても、少なくとも作者の体臭だけは残る。六人の出席委員のうち、「非常な抵抗」を感じたのが、馬場あき子ただ一人だとすれば、何ともさびしいことである。

※

十一月十五日。第二十九回の「評論会」が、三鷹市の武蔵野芸能劇場にて行われた。テーマはなくて、会員が作品を出しての歌評会である。評者を伊藤雅子、甲村秀雄が担当。記録は「評論通信」30号に収められている。

十二月十七日。電電中野クラブにおいて忘年会が開かれる。出席者は、四十名ちかく。

十二月二十四日。「評論通信」29号が刊行された。通常の八ページ立てである。今号の「歌の立脚点」は、野北和義と牛山ゆう子が担当している。野北の自選五首をあげる。

野北　和義

高曇る今宵の空の何ゆゑか朱の色注してほのあかく見ゆ
夕涼の風立ちそむる街に出で真夏の塩の一袋買ふ
ガンダーラ展にて求め額に入れ夜に日に向釈迦苦行像
椎の木のこずゑさわぎて一しきり吹く風聞けば渡り終りぬ
どの枝もひとしく冬の芽を持つと見上げて我によろこみびのある

野北は「歌の立脚点」をどう考えても摑むことができないと言っている。できることなら的確な教えを乞いたいというのが本当の気持であるとまで、言っている。それでも自身の作歌に対しての考えを次のように述べている。

私の場合は一作毎に懐疑と模索の繰り返しで、何時も四苦八苦してようやくまとめた歌にも、これでよいのかという不安が拭い切れない。とても確固とした立脚点など胸を張って言えるものではない。それでは全く五里霧中の作歌ではないかと言われるかも知れないが、自分でももどかしく思いながら、未だにこの域を抜け出すことができずにいるのが実情である。

しかし、私という者が居て、たとえ五里霧中でも自分の歌を現に作っているのだから、その私自身は何かの上に立っているのだろうと考えた末、それは自身の常識であるという極平凡な答に行き当たった。

野北は、立脚点を小難しく述べるよりも、作歌するに当たっての自身の態度を明確にして、作歌工房の一端を公にしている。

もう一人の牛山の自選五首をあげる。牛山は、歌集『魚の耳』『みづこだま』から自選している。

軟体の鰓よりぬくき舌をもちねむれば始源の樹の揺れ恋し　『魚の耳』

仄暗き水と見紛ふゆふやみの玻璃に幽けく笑ひゐる子よ

舗装され逃げみづ冴ゆる村の道しんと向かうの真昼へつづく

胎を蹴るいのちよふいに時計屋の時計の群れの中に眩みぬ

四千のかなたの秋に尖る石しんしんとわがいのち研ぐなり　『みづこだま』

牛山もあなたの立脚点は、と訊かれても言いつくすことが難しいと答えている。強いて言えば、黙って自身の作品を示すしかないという。

私はなぜ短歌で表現しようとし続けるのか、なぜ短歌でなければならないのかと自問せざるを得ない時、たわいなく浮かぶ幾つかの情景がある。情景に絡む内生がある。

と記した後で、自身の幼いころの体験を述べている。母の手に余り土蔵に閉じ込められた時に、窓から差し込む光の中で数冊の歌集を見つけたこと。その歌集は、伊藤左千夫であったか斎藤茂吉であったか島木赤彦であったかの記憶は定かではないが、歌を繙いているうちに散文にはない何かが伝わってくるのを禁じ得なかったと記している。

> もし在るままに自分を受け入れ、日常を肯定して生きられたらもっと良い人になれると思うが、なぜかそうできない。救われ難いから声を発する。発語することに依って、原初的に他者と拘わりたいと希う。たっぷりとした命の実在を感受したいと希う。

鮮明な幼児体験を原点として、作歌を続けている牛山の今日の一面が語られている。

※

今号には、第二十八回の「評論会」の記録が収められている。小池光歌集『日々の思い出』と奥村晃作歌集『鴇色の足』についての発表の記録である。発表を柳宣宏と林安一が担当している。一人が二冊の歌集について意見を述べているが、先ずは柳の発表を紹介する。

柳の引いている小池作品は、

「座敷わらしはひとを食ふか」とかれ訊くに「食ふ」と応ふればかなしむごとし　小池　光
笑ひ声絶えざる家といふものがこの世にあるとテレビが言ひぬ
わが少女、神を讃へてややもすれば常軌を外《そ》れてゆく気配あり
いつものやうに帰宅し来ればこはれたる華厳の滝をテレビは映す
アパートの隣りは越して漬物石ひとつ残しぬたたみの上に

である。これらの作品に対しての柳のコメントがある。

小池光の歌は、イキイキしている。ぼくらは右にあげたどの歌からも、踊らされるなよ、なあ、馬鹿にされちまってるぜ、という声を聞くだろう。神サマはいつでもアナタを助けてくれる。シアワセはアナタのすぐそばにある。ファミリーは常に明るく楽しくなくてはいけない。そんな嘘まぼろしを押しつけられて、踊らされているぼくら。そういう批評が、小池の歌には読みとれる。

このように小池作品を理解しながらも、柳は釈然としないものがあったのだろう。先のコメントにさらに付け加えて「しかし、いま言ったような批評性そのものが、小池の歌がイキイキしている素かと言えば、それは違う。」との見方をしている。なお、小池の歌を端的に述べている次のような言葉がある。

小池の歌の新しい価値は、ディティールの的確性が、読者の想像力を喚起し得ることの再確認にあると思う。読者の想像力の喚起、こいつが大事なんだと思う。それは詩にあっては、いつだって大事には違いないが、小池のは、空論ではない。歌がある。

また、柳は奥村晃作の『鴇色の足』については作品を五首をあげてその中からとくによく知られている、次の二首について批評している。

書庫建てる空地が庭に欲しけれど庭潰してもその空地なし　　奥村　晃作
ボールペンはミツビシがよくミツビシのボールペン買ひに文具店に行く

前の歌、東京の住宅事情を批判したわけではない。この二首が面白いのは、うたい方にある。書庫を建てるほどの庭が欲しいけれど、とうたい、ボールペンはミツビシが良く、とこう来れば、当然、住宅事情の批判なり、ミツビシボールペンの性能の良さなりが、叙述されてくると思ってしまうのではないか。しかし、それぞれ、その下は同じことの繰り返し。いわば無発展。この発展しない、前へすすまないのも、既成の考え方、感じ方にのっかって、すらすらと滑っていくぼくらの悪癖を脱しているのである。

もう一人の発表者である林安一は、二人の作品をあげて本質的な違いを論じている。小池の作品は、

冬晴れのひかりの中にきらきらと尿のつぶは須臾の間遊ぶ　　小池　光
ビニールに鰯を入れて下げて来ぬアジアの果てのたそがれの人

である。林は二首について次のように述べている。

この二首はそれぞれ玉城徹の作品「冬晴れのひかりの中をひとり行くときに甲冑は鳴りひびきたり」「夕風のさむきひびきにおもふかな伊万里の皿の藍いろの人」のパロディである。しかしここにパロディの一般的な働きとしての滑稽、風刺、諧謔、教訓などがいかほど見られるだろうか。玉城作品は自然の中に隠されている時空の奥の存在を強力な主観によって照らし出しており、歌の調べもその内容から必然的に創出されたものである。ところが小池作品では枠組として玉城作品の語句なり韻律なりを借りてきてはいるが、それも一部分であり、内容についてはほとんど挨拶をしていない。小池作品に詠みこまれた素材は日常卑近のことがらであり、また、そうであるからきわめて概念的である。

林は、「（前略）つまり概念（日常的な――筆者注）をよりわかりやすい概念に移しかえるわけ

だ。ただその場合でも真正直になってしまわぬよう煙幕を張るくらいの芸当は、小池光ともなれば朝飯前だろう。玉城作品はその煙幕に使われている。」との見方を示している。こうした行為は、歌壇ジャーナリズムへのぬかりない目くばりあってのことだ、との辛口の評も聞かれた。もう一人の奥村晃作についてては、小池作品に時間を費やしてしまったために時間切れになったことを詫びている。奥村と林は高校時代の同級生。林は言い訳として、「同郷の仲間には必要以上に高きを望み、厳しく当たってしまうというのが古今東西に通じる人間のかなしい習性らしいと思うとついつい臆病になるものである。」と語り、次の機会には話すことができるだろうと約束をしている。

※

「評論通信」の「寸取虫」には、「評論会」当日のやり取りの一部が、こう記されている。

九月例会はゲストに柳宣宏氏を迎え、会員の林安一と両名で小池光歌集『日々の思い出』及び奥村晃作歌集『鴇色の足』について発表した。質疑は市原克敏の司会で阿木津英、千々和久幸、樋口美世、石田容子らが熱心に発言し、発表者をまじえて討論したが論点は『日々の思い出』に見られる日付のある歌の、その日付の必然性に集中した。これまたゲストとして出席していた小池光氏が茂吉の日付のある歌などと構造は同じでも、多分そういう歌のつくり方全体のパロディみたいな意識が自分にはあるだろうと発言し、それに対して玉城徹から、歌の調べと関係した作品構造についての問題点が指摘され、論の及ぶところ岡井隆の歌にも疑問点が出た。

※

今号の時評は井上美地が書いている。タイトルは「『逃ぐるもの』とは」である。井上は二つのことに焦点を絞って書いている。一つは、玉城徹がこの年の「短歌」九月号に発表した「十二の筐《かご》」についてである。この作品には「――核時代の喜劇的長歌」という副題がついている。この作品を阿木津英が同年の「短歌現代」十月号の「歌壇作品月評」で取り上げている。阿木津は「――核時代の喜劇的長歌」というサブタイトルの意図するところを、「現代詩批判として差し出されて読んでかまわないのである。」と断定していることに、井上は疑問を呈している。井上は、『喜劇的』という語に対してはまことに的確な解釈をしている阿木津氏が、この『現代詩』という評語を狭義のものとして使っているのが疑問である。作者は現代詩のみならずすべての詩型にプロテストするためにこの副題を付けたのではなかろうかと思うのである。

井上と阿木津の考えるところの違いはそれとして、この問題作に対して飯島耕一が、「読売新聞」（一九八八・一二・二）の「往復書簡」で「定型詩ではないが、定型詩への意志のようなものがしっかりあるように」思ったと書いているが、それに対して岡井隆はまったく返答をしていない。この岡井の態度を井上は、「守備範囲への自主規制が強すぎるのか、評者が賢いのか」と、物足りなさを記している。

もう一つのことは、内野光子の『短歌と天皇制』（一九八八年刊・風媒社）についてである。内野は天皇制に関する考えを率直に述べていることで知られている。井上の時評は、内野の『天皇制と短歌』の書評ともいえるものである。多くの歌人は皇室一般については、触れたがらない。

戦争責任についても曖昧になっている。井上は内野が「歌人の戦争責任が作品を消すことによって何となく許されようとする傾向を鋭く追及しているのに打たれた。」と記している。また、歌会始に関しても、歴史を踏んでの資料を駆使しての言及に賛辞を送っている。

※

恒例となった忘年会が十二月十七日、電電中野クラブにおいて行われた。この席で、玉城徹から重大な提言があった。林安一が纏めているので、その一部を紹介する。

忘年会は深刻な雰囲気に終始した。とても忘年会どころではなかった。冒頭玉城徹から重大な提言があったからである。現評会には吉良上野介がいるという刺激的な出だしで次々現状批判が続いた。いわく、事務局は事務局の仕事だけしていればいいというものではない。いわく、通信は通信を出し続けていればいいというものではない。現評会の会員が総合誌にしばしば登場するようになったからといって、いい気になってはいられない。現評会にいま最も必要なのは理論闘争だ。そのために内部に理論セクトができるのが望ましい。マンネリ化してきている会への苛立ちかも知れないが、この場において、会員一人一人が考えなければならない一夜になったことは確かである。

# 一九八九（昭和六十四・平成元）年

一月十一日。企画委員会が中野サンプラザ地下食堂にて開かれた。奥村晃作、春日真木子、片山貞美、外塚喬が出席。第三十回の「評論会」のテーマなどが検討された。テーマとして「現代短歌にとって近代短歌とは何か」について、加藤克巳の話を聞くことにしようとの結論に達した。

二月一日。運営委員会が電電中野クラブにおいて開かれる。出席者は、沖ななも、片山貞美、白石昂、林安一、樋口美世、毛利文平、外塚喬。この場において、春日、片山、白石、毛利の各氏の運営委員辞任が表明された。この会の創設時からの委員であった片山の辞任は大きな損失であったが、新委員の候補を数名選出することにした。新任の運営委員候補として、秋元千恵子、阿木津英、市原克敏があげられる。さらに、会の創設時をよく知っている、高瀬一誌の委員への復活を検討する。各人の了承を得て、次回の「評論会」の折に承認を得ることとした。

二月三日。「評論通信」30号が刊行された。通常の八ページ立てである。今号の「わが歌の立脚点」は、高嶋健一と鎌倉千和が担当している。高嶋は歌集『中游』より次の五首を自選している。

耳ひとつ宙にただよふ冬の日やナザレは遠きものにしあらず　　高嶋　健一『中游』
空気つとに濃密になれる日のくれを隈回にしんと立てる白梅

すたれたる頭蓋のごとくつつましく競輪場は冬のひのなか
あふれくる時間堰きとめ乳母車が今ゆつくりと渡り終へたり
菜の花の黄の咲きいづる崖の上ひかり幾日ののち溢れむや

「歌の立脚点」を担当したこれまでの人たちと同様に、高嶋も立脚点とは何かを考えてしまったと言う。それでも自身の歌の生まれるときの感慨を次のように述べている。

短歌を作ることが私にとって何であるか、今もって定かでない。しかし、短歌を作りたいと言う思いは強くある。現実に短歌ができる。それはふっと湧いてくるように短歌ができるのである。そういう一瞬を待つ思いが、私のなかにあるようだ。だから短歌が湧いてくると、実にいそいそとそれを記述する。それはまことに快い時間である。湧くペースと記述のペースがずれることがある。前者が上回りはじめると、間もなく終りとなってしまう。そんな経験を私は持っている。

そして今回の自選作品は、あくまでも日常を表現したにすぎないと、強調している。さらに高嶋は、

私自身は日常を歌っているつもりだが、日常を私の短歌の立脚点とするには、いささかの躊躇があることも確かである。なぜなら、一首の生成過程において、日常生活のいろいろな事柄を歌おう――とする意識はあまりないからである。

もう一人の鎌倉は、「人」誌上に「禱」と題して発表した作品の中から次の五首を自選している。

鎌倉　千和

死者送る日の空澄みて白藍《しらあゐ》の耳並むごとく四国嶺《ね》は展ぶ
その隈《くま》のいづくも木魂の発ちやすき峡《かひ》にて祖母をとはに送りぬ
棺閉ざす刹那ふとしも思《も》ひ出たる祖母にのみなつきし黒き猫の名
祖母と吾《あ》がつね優しみしひとつにて食みのこしたる鮎の繊き骨
桑の実を食むわが前に突如降《ふ》る鳥にて鴉はげに大きかり

自選作品は、長逝した祖母への挽歌であり相聞でもあると思ってもよいと言っている。祖母が生き抜いた土地に生まれている鎌倉は、歌の原点を次のように記している。

　四国山地の折り畳まれたような山間の地が、空間としての、わたしの原点だ。幼かった数年間しか住んでいなかった所だか、辿り返していくと、結局その地に自分は立っているのだと気づく。うたも、きっと、そこから発しているのだろう。ある力（のようなもの）があるなら、うたもそれを背負っていかねばならない。逆に言えば、それを捉え得るだけの、うたの力を持たなければならないということでもある。

さらに、時間的な歌の立脚点があることを述べている。鎌倉にとっての時間的とは、「今」ということである。今という時代に立つことの難しさを、率直に認めている。

※

今号には、第二十九回の「評論会」の記録が収められている。第二十九回は、年一回の恒例となった歌会の報告である。批評の担当は、甲村秀雄と伊藤雅子である。

歌会には、五十七名が作品を出している。これらの作品に対しての批評を、甲村と伊藤が担当している。甲村は、批評というよりは批評の担当を受ける経緯を述べている。それでは責めが果たせないということで、次のような一文を寄せている。

歌は、どううたわれるべきだろう？　こううたわれるべきだ、ああうたわれるべきだ、といったような批評が目につくが、だいたいこれが間違い。主義とか歌論とかがあってうたうのもいいし、そういうものでないのもいい。リアリズムもいいし、リアリズムでないのもいい。修辞法を多用するのもいいし、平坦であるのもいいし具象もいいし、抽象もいい。観念的であるのだって、少しもわるいことなんてないのだ。

甲村に言わせれば、歌は何でもありということである。甲村が、まあ読ませるという歌を当日の資料からあげる。

地下街の酒場に胃の腑痛むまで酒飲みて酒のほかは忘れき　千々和久幸

もう一人の評者である伊藤は、作品をあげて具体的な批評をしている。その作品と批評を紹介する。

鎮まれよブラウン管の日の丸のさながらシーツに下血染みたる　市原　克敏
泥沼のイラン・イラク戦の八年間死の商人のたかるに任せ　白神朱絵子

これらの作品に伊藤は、

素材にニュース性があるからといって、それで現代を認識したとは決して言えない。社会詠はその大方が表層的に終ってしまう場合が多いのではなかろうか。結局は内容とか思想の問題であり、それをどう表わすか、そうした言葉の問題にゆきつくのではなかろうか。

二人の発表の後にはいつものように質疑が行われている。当日の作品を何首かあげておく。

ブルドーザー島のいただきを這ひまはる好天にして海に音無し　清水　房雄

君のゆく北京の空の澄み深く馬のかたちの雲渡るといふ　秋山佐和子

街の坂くだりくだりて折れくだり地下駅にゆく階段を踏む　阿木津　英

つくづくと犬に感心する一つ腹病めば食はず自分で治す　奥村　晃作

「いざさらば、アンジェに我は赴かん」帽子《シャボ》目深に立ち去るヴィヨン　草柳　繁一

※

今号の時評は、水沢遙子が書いている。タイトルは「日常生活詠に『現代短歌の寂寞』を見る」である。水沢は、ライトバースという時代が過ぎてゆこうとしている今日において、次に来る歌の世界にいかなる風景が見えるかを危惧している。玉城徹の「長い修練を積んだ旧式の歌も何とも退屈で面白くないが、新式の工夫で飾り立てた歌も、やはり興味がもてない。両方とも風通しが悪い。そのどちらでもない方向へ短歌はゆっくりと大きくカーブを切りつつある。」（「短歌」63・11公募短歌館選後評）に対しても、まったく別のところに行くのではないだろうかと考えている。

水沢は、日本ではなじみの浅い「ミニマリズム」が「日常生活の微妙な起伏を克明に写すこと」だとしたら、歌壇でも似たような現象が現れているとして、次の作品を示して論じている。

いろいろの種類の草のそれぞれの緑茂りて土の面《も》かく　奥村　晃作

ボールペンはミツビシがよくミツビシのボールペン買ひに文具店に行く

犀のやうにどどどどどつと降りくるな階段下で子が批評せり　河野　裕子

しつかりと飯をくはせて陽にあてしふとんにくるみて寝かす仕合せ

しるこやのおんなあるじは腰、背中、膝、肘曲げて注文を訊く　沖　ななも

墓地のわき枳殻の実のひしやげたる乾いた土の犬の遊び場

水沢は、これらの歌からはたしかに生活の実感や現実を感じ取ることはできるとしながらも、違和感を次のように率直に述べている。

　これらの歌のほとんどが、たしかに「日常生活」を写してはいる。が、決して「微細な起伏」を切りとっているわけではなく、またミニマリズムのように「現代の不安の衰弱」を描き出しているわけでもない。本気で面白がっている人たちもいるようだが、そこにはフモールの味わいや諷刺《サタイヤ》のきびしさがあるわけでもなさそうだ。ミニマリズムとトリビアリズムは同じではないのである。（中略）そして何よりも困ったことに、その表現が散文的に詠まれているので、短歌という詩型を締めている箍のすべてが弛められていて解体寸前である。

水沢の考えているのは、現代短歌に「心と詞」を取り戻そうということである。そうした強い気持ちのひしひしと感じられる時評であった。

四月二十四日。「評論通信」31号が発行された。通常の八ページ立てである。今号の「わが歌の立脚点」は、田井安曇と星河安友子が担当している。田井は創刊したばかりの「綱手」から、次の五首を自選している。

栗島と佐渡のあわいになだれたる天ノ河とう春の星おぼろ　田井　安曇
歯の清き十三代無造箱書をしてぐい呑の一つわがもの
文学の介入を絵に拒みたる意志と向きいつ山越えて帰る
わずかなる旅して来しに泰山木の花終り木槿にときは終りぬ
開かんとする浜木綿を手紙書く折おりの眼をあげて見んとす

田井は、テーマである「歌の立脚点」にはふれていない。自作の解釈で責めを果たしている。自身の歌誌の創刊という事態に追われて、それどころではなかったのだろう。後日、「評論通信」担当者に次のような一文を送っている。

（前略）さて、今朝締切だけを考えて、あまりきちんとしていないものを書きあげました。スクェアでないこと夥しいのですが、実はこの非文学的立脚点が、今の私の根っこになっているようで、それを考えてみたかったので、こんなものになりました。正規のこれも立脚点（崩壊点?・）ですから、正直なリポートでもあります。目をつぶって載せて下さい。（後略）

これは私信であったが、もちろん田井の了解を得て掲載をしてあることは言うまでもない。いかにも田井らしい一面の出ている文章である。

もう一人の星河の自選作品を紹介する。

都市の雪跡形もなき夜の坂に神田上水響きゐたりき　星河安友子
白梅の花に雨滴の危ふけれ火薬の爆ずる音はあらねど
帰りたる里の七夕さらさらと出会ふはおよそ異星人たち

ペンキ絵の棕櫚が濡れゐていづこまで己か知らぬわれの月の夜

超高層ビルの谷行く人の荷の紙の袋や昭和終る日

星河は、十代で「未来」に入会したこと、少人数で勉強しようという岡井隆の言葉に惹かれて師事したが、結社の現実は異なる世界であったことを述べている。星河の、

さわがしい数年間に、私は大いなる虚と少しの柔軟と短歌に対して、雨のしずくほどの望みを得た。

には、当時のライトバースの洗礼を受けた一人としての気持ちが、率直に表れている。「歌の立脚点」については、

『あなたの歌の立脚点は……』と問われるならば、私の歌の根が、やはり、生まれ育った昭和の、意味の沼にあることに気付く。

と述べている。

※

今号は、第三十回の「評論会」の記録が収録されている。テーマは「加藤克巳氏談」である。現代短歌を牽引してきた加藤氏から貴重な話を聞こうというのが、今回の趣旨である。加藤の話のテーマは、「現代短歌にとって近代とは何か」である。加藤は用意したレジュメをもとにして話を進めている。B5判二枚のレジュメには、作品三十七首と主要論文のタイトル十七項目がプリントされている。

加藤は、昭和の初期にさまざまな新興芸術家の運動がおこったが、そのことに影響を受けたが

与《くみ》することはしなかったと言っている。二十一歳の時に記した歌論「秋窓歌論」を引き合いに出しての加藤の話は、

刺激を受けたけれど、ちょっと考えなきゃならんことがあるんじゃないかと思った。それはわたしの基本の考えなんですけれど、短歌の定型を破らない。つまり非定型じゃなくて、定型で新しい詩、新しいポエジー、そういうものを盛りこもうということを考えた。

である。さらに自らの歌論「詩世界の創造」で言いたかったことは何かについての話を続けている。

現実の完全なる看破が必要である。詩人は見者にならなければならない。といったのはアルチュール・ランボーだ。見者とはあらゆる感覚の、長い、数限りない、合理的な乱用によってなりうるものであるとアルチュール・ランボーは言った。それをぼくは非常に大事なことだと思った。

話は加藤の独り舞台になったが、当日の記録のすべてを紹介するわけはいかないので、印象的なところを絞って紹介しておくことにする。

歌論集『意志と美』を基にした話の中では、伝統について次のように述べている。

○つまり伝統は大事であるし、それを継承することは、唯唯諾諾と盲従するのではなくてそれを現代に生かして明日に結びつける、そういう行為が伴った時に、はじめて伝統の継承があるのだ。こういう考えですね。

○それから短歌は詩じゃなくちゃならない。詩というのは何であるかというのはむずかしく

なりますが、詩というのは絵画の中にもあるし、俳句の中にもあるし、現代詩、短歌、みんな詩をもっている。
○もう一つは、短歌は生きる勇気を与えるものでなければならない。一本の草を詠んでも、一片の雲をよんでも、その歌は、われわれの生命をゆり動かし、生きる勇気をそそるようなものでありたいものである。
前衛短歌の運動をつぶさに見てきた加藤は、「前衛精神」ということについての私見も述べている。
○かつてないもの、前にあったものとちがう形を切り開く精神、これを前衛精神という。前衛短歌がうんぬんした、それもいいかもしれない。ちっとも悪いとは思わない。そういう流れとは別に、基本的に物を創造するのは前衛精神の一つである。
最後に、プリントされた三十七首のうちの何首かの自歌自釈を行っているが、ここでは割愛する。一人の歌人の話を聞くという初めての試みであったが、詳しく短歌界を見てきた加藤の熱気を感じさせる話しぶりに出席者の多くが引き込まれた一夜であった。

※

引き続いて「評論通信」31号の「時評」を紹介する。今号の時評は、遠山景一が書いている。タイトルは「歌の『元気』」である。遠山は、大河原惇行が「短歌現代」(一九八九年一月号)の「小議会」に書いた文章に引用した次の歌、
いつ会ひても所詮は写生写実のこと語り疲れて夜の山あはれ(「短歌現代」には、作者、出

典とも記載なし。）

に触発されて意見を述べている。大河原はこの歌について「感動が常識の範囲内」だと記しているが、遠山は、

なぜ『語り疲れて－あはれ』が常識的におわってしまうのだろう。この部分が、作品として、むしろ生命になるべきことは、大河原さんも感じていられる口吻である。

と述べている。遠山の不満は、大河原に「写生」についてもう少し言及して欲しかったということであろう。

さらに遠山は、同号の「小議会」の執筆者である佐保田芳訓の「短歌と具象」についても論じている。

佐保田は、茂吉の〈最上川逆白波の〉と、佐太郎の〈限りなき砂のつづきに見ゆるもの雨の痕跡と風の痕跡〉を並べて、この二首を「現実の相を生き生きと捉え」た作品だとしている。佐保田は、ゲーテの「現在そこにあるもの」（の表現）ということを引用し、それを基としてこの二首を提出されたのであるが、少なくとも、茂吉と佐太郎の歌における「現実の相」は、必ずしも明確なものではないようだ。というのもこの場合、「現実の相」とは、単にものごとの姿、あり様というだけでなく、その時その場に現われた、一回限りの、特殊を意味していなくてはならないからである。

遠山と佐保田の佐太郎の歌に対しての見方の相違なのだろうが、最後に遠山は、「仮にこれが『写生』の手本となる作品ならば、『写生』人たちは、みな憂鬱と孤立の中に閉じこめられている

ことにもなろう。」との見方を示している。

※

「評論通信」の「編集後記」は通信担当が毎号記している。最近の「評論会」の現状を、田井安曇は、「話をききにくる人ばかりふえて、これでは現評会は曲り角ではないか、という声もある。尻重の鴨を嘆いたのは三好達治だったが、組織というものはどうしてもそうなりやすい。」と指摘している。もう一人の林安一は、「誰に寄贈するかは編集委員で相談して決めているが、そこに一定の方針が存在する。ジャーナリズムを排除していることだ。寄贈はあくまで歌人もしくは文学者その人に向かってなされている。そこにわれわれの礼がある。」と、「現代短歌を評論する会」の姿勢を再度、明確にしている。

※

五月十八日。第三十一回の「評論会」が三鷹の武蔵野芸能劇場にて行われた。今回の「評論会」のテーマは、「感情移入について」である。発表者は片山貞美である。当日の記録は「評論通信」32号に収められている。

※

七月十日。第三十二回の「評論会」が中野サンプラザにおいて行われた。今回の「評論会」のテーマは「感情移入覚書」である。発表者は玉城徹。当時の記録は「評論通信」33号に収められている。

七月十七日。運営委員会が、電電中野クラブにおいて行われた。出席者は、阿木津英、秋元千恵子、市原克敏、沖ななも、奥村晃作、田井安曇、林安一、樋口美世、外塚喬。

八月十五日。「評論通信」32号が刊行された。今号は通常の八ページ立てである。「わが歌の立脚点」を、北川原平蔵と佐々木靖子が担当している。北川原は、第二歌集の『谷神』から次の五首を自選している。

とりとめなき形なりしが緊りきて老いたる拳のごとき木瓜の実　　北川原平蔵『谷神』
大鯛とさくら鰈にはさまれて眼をむく虎魚《おこぜ》氷の上にゐて
わが猫の皀莢《さいかち》の幹に闘ひし敵はおもむろに雪踏み去りぬ
蒼白く泡盛升麻咲き乱れ路はするどく谷に下りゆく
血の涙垂るる雉子を料理さしめ声放ち哭きけり三河守は

北川原は、「歌の立脚点」などは難しくて言うことはできないと断っている。しかし、何かを言うとなれば、

定年退職、年金生活などという語のひびきは、いかにも退嬰的である。それに引かれて生活も消極に安住しがちである。しかも田舎住まいである。短歌実作者として、こういう生活に溺れてしまえば、しみじみとした境涯詠でも作って自足していることになろうが、そこで発奮したいと思っている。

との意見を述べている。さらに自選作品についての自註をしているので、この部分を紹介する。

右に挙げた作に触れると、一は、木瓜の実の見え方であり、二は魚屋の店頭でおこぜに対

面した愉快さで、山の神の好物ということもひびいている。三は飼い猫もなかなかドラマチックに行動するということ、四は、山谷の空間感覚である。五は、言うまでもなく今昔物語であるが、大江定基の出家に踏みきる際の、むごたらしいエネルギーの消費である。古典のとりこみ方として考えている。

もう一人の佐々木は、作品の引用先は明らかにすることなく、次の五首を選んでいる。

赤き電車黄なる電車駅にあひて別る東京の冬の日は照りながら　　佐々木靖子
跑足に来たるものわが傍らを過ぎゆきにけり曇りぞ匂ふ
日替り定食豚生姜焼　かかる場所過ぎて路上に心はあそぶ
海の辺に二夜宿りてかなしみきそのふたよひのつくよみの道
あなたなる風の盆誰か踊れると吾にゆゑなき涙垂り来も

佐々木も、半世紀の余も生きてきているが、「歌の立脚点」などということは考えることがなかったと、先ずは述べている。立脚点というよりは、現在の歌に取り組む姿勢が語られていると言った方がよいだろう。佐々木は、

　一冊だけの歌集に『地上』と名づけたのは地べたが好きだからだ。地べた、水、風、木草、小動物が好きである。人工のもので好きなのは、駅のホームのはしっこ、線路、風呂屋の煙突、ビルの屋上、古い建造物の外壁、小漁港、駅前商店街である。好きと嫌いで持ち切っている生き方を、ある時聡明な年長の女性から懇切に諭された。ちょうど営巣期の動物として責任の重い時期だったから、大いに反省して二十年ほど必死に努めた。近年はその鍍金も剝

げて来た。そろそろ本卦還りが近いのである。
佐々木の言葉からは、自選作品の背景が読み取れるような気がしてならない。

※

今号には、第三十一回の「評論会」での発表の記録が収められている。テーマは、「感情移入について」である。当日の発表者は片山貞美。片山は最初に、感情移入の謂れについて述べている。斎藤茂吉が一九一六（大正5）年に前田夕暮編集の「詩歌」四月号に書いた、「源実朝雑記」が次のように引用されている。

自然を歌ふのは生命を自然に放射するのである。Natur beseelung である。自然を写生するのは即ち自己の生を写すのである。

これより先に一九一二（明治45）年「アララギ」五月号には、阿部次郎が「象徴主義の話」の中で、「芸術の意義は吾人の感情を対境に移入する処にある。」と書いている。これこそが感情移入であると片山は定義している。勿論、感情移入ということを考えなくても、自然に感情移入的であることも「評論会」では述べている。それらのことを踏まえて片山は、茂吉の作歌は感情移入を方法として自覚してなされたものであるとの、興味ある発言もしている。
片山は話を進めるに当たって、資料として二十六首を示しているが、作者名は明らかにしていない。提示した作品が、なぜ感情移入と言えるのかについて示している。何首かの作品についてのコメントを紹介する。

ふりそそぐあまつひかりに目の見えぬ黒き蛼を追ひつめにけり　斎藤　茂吉

蝉はかまどうま。かまどうまが飛び跳ねるのだが、そのかまどうまの無方向に跳ねるさまを、「目の見えぬ」と独断した作者の主観が、天日の強烈なのによって目が眩み右往左往するのだと、かまどうまのさまをかまどうま自体の描写によらずに存在させるのだから、つまり作者とかまどうまとふり替わるので、作者の感情をかまどうまに移入する方法だというのである。

あかあかと一本の道とほりたりたまきはる我が命なりけり

一本の道が原っぱに貫き通っている。それはわが命、かけがえの無いあり方を示す。そう思い込む。つまり、無機物の土の露出の幅を持った延長面に作者の心情上の期待を込めるのだ。だから作者の感情移入による対象のでき上がり方である。

片山の取り上げているのは茂吉の歌である。これらの作品が発表されたのは一九一三（大正2）年である。これより先、大正元年以前は決定的に異なると述べている。その例として次のような作品を示している。

蕗の葉に丁寧にあつめし骨くづもみな骨瓶に入れてしまひけり

この作品がなぜ感情移入にならないのかを、片山は表現方法の細部を突いて指摘している。「骨くづ」とそれを収納する人と一面の平板上に並んで入れ替わらない。もし「あつめられ骨くづも骨瓶に入れられにけり」となったら受身「られ」が働いて、作者がふり替わって、ある種の観念を生ずるのである。感情移入するわけだ。

この作品の他にも、感情移入になるかならないか結論がでないと片山の言う作品を、何首かあげておく。

どんよりと空は曇りて居りしとき二たび空を見ざりけるかも
めん鶏ら砂あび居たりひつそりと剃刀研人は過ぎ行きにけり

さらに片山は、

感情移入は、大正二年九月ごろから始まり、三年を熾烈に、四年秋ごろには終熄し、いわば潜伏する。

と、感情移入が短期間において語られなくなったことを明らかにしている。こうした経過を踏まえて、茂吉は大正九年に「短歌に於ける写生の説」で、次のように、「実相に観入して自然・自己一元の生を写す。これが短歌上の写生である。」と定義しているが、これこそが片山に言わせれば感情移入に他ならないのだと言う。

難しいテーマだっただけに、「評論会」は終始緊張した雰囲気に包まれていた。当日の発表を聞いての意見を市原克敏と阿木津英が、「発表を聞いて」として寄せている。

市原は、「課題と感想」として、このテーマを運営委員の一人としてなぜ取り上げたかを前置きとして先ずは述べている。その後に、片山が取り上げた斎藤茂吉、宮柊二、馬場あき子作品から受けた印象を語っている。片山の資料とした三人の作品は、次の三首である。

ゆふぐれの海の浅処にぬばたまの黒牛疲れて洗はれにけり　斎藤　茂吉
せばまりし道をみちびく路地の口なにか悲しみを湛へたり見ゆ　宮　柊二
ちりひぢのごとき思ひに身を染めて目高はゐたりガラスの鉢に　馬場あき子

片山はこれらの作品に対しては、「それぞれ自己の悲しみの感情を投入しており、そこに読者が共感する仕掛けになっている。」と述べている。市原は、片山の言葉を受けて、次のように語っている。

かくて感情移入の原理に立つ限り、対象が牛であれ道であれ目高であれ、詠い口は一つとなり、単調そのものの作品しかもはや生まれない閉塞が明晰に指摘され、文明はその活路を示唆したとの結論であった。感情移入を問うことは、文学の主体のありようへの問いに通じる、と私は思った。

もう一人の阿木津は、「感情移入否定の根拠は?」のタイトルの文章を寄せている。「評論会」当日の片山の発表を聞いた阿木津は、二つの疑問を述べている。

疑問の一。「制作の目的は、新しい形式の発見である。ひとりひとりが、ひとりひとりの形式を発見することである。」と、片山さんは言われた。その理由として、「うたいくちが一つになってしまってはおもしろくないから」ということだった。このような発表の場だから、言葉を尽くせなかったのかもしれないが、感情移入による歌の形式を否定するには、そういう理由だけでは薄弱だと思われる。

このことに関して阿木津は、

何種類かのうたいくちが共存しているのだから、充分おもしろいではないか。時代が変わるにつれて新旧のうたいくちができるわけで、時代にマッチした方法が優勢になったりするだけのことだ。

という反論があり得るだろうとの意見を述べている。また、「新しい形式の発見」ということについても、どのように片山は定義しているのかを明示して欲しかったとも言う。

疑問の二。片山さんは発表の際、ある歌が感情移入の方法によっているかどうかの判定を、A主観的か客観的か、B歌中の客観的対象物を作者の入れ替わりと読めるかどうか、の主に二つによって下しておられたようにうかがった。

Aによれば、主観的な感情語を使用している歌は感情移入ということになり、主観語および主観的表現のない土屋文明の歌などはそれを脱したものだという。しかしながら、歌は主観だ、ともいわれるのである。

Bについては、たとえば、

冬眠より醒めし蛙が残雪のうへにのぼりて体を平ぶ　茂吉

の「蛙」は作者の入れ替わりであり、このようにうたうことによって自己充足をとげているのだ、という。比べて、

朽ちたるもまだほのぼのと匂へるも散りてたまれる沙羅の木の花　文明

これは、作者が外にいるのであって、作者の入れ替わりではない、という。

片山の感情移入の方法を否定する根拠は何かについて、阿木津の聞きたいという思いが強くここには込められていると言ってもよいだろう。

※

「評論通信」32号の「時評」を紹介する。今号の時評は、林安一が担当している。タイトルは「姿をあらわすテクノクラート氏」である。林は「歌壇」（一九八九年四〜六月号）誌上での玉城

徹と小池光の特別対論に触発されて書いている。集大成として「歌壇」(八九年一二月号)には「歌人は現代をどう捉えるか」の対談が二人の間で行われている。進行を小高賢が担当している。

玉城と小池のやり取りの前に、玉城が「うた」46号に次のような文章を発表している。

〈大衆社会〉とは一部特権的な人々――テクノクラートを核とする――が、自分の好きなように世の中を動かそうとするために、仕掛けた〈神話〉的装置にすぎない。短歌の世界でも、あちこちで、テクノクラートとその候補生が進出してきている。彼らは大衆を馬鹿にしながら、一方で利用しようとかかっている。要するにファシズムなのだ。(中略)自分こそ一ばん進んだ人間だという顔つきで、お前は遅れているなどと言いたがる者は、ファシスト病の疑いが濃厚である。

この文章は対談を前にして小池を意識したものではないと玉城は断ってはいるが、対談の中で小池は玉城に対して刺激的な発言をしている。それについて林は次のように記している。

それにしても『現代短歌を評論する会』にもテクノクラートがいて、みんなを馬鹿にしながらうまくやっているというふうな御発言は小池先生少々酩酊気味ではございませんか。と半ば嚙みついているととられかねない文章である。さらに「うた」46号に玉城は、流行り出したワープロについて、次のような文章を発表している。

ワープロなど使う気にもなれないわたしは、ますます時代遅れになりつつあるようだ。(中略)ワープロで書いた(打ったというべきか)文章は、いかにも軽快だが、わたしの頭には入りにくくて困る。普通の印刷にしても、元がワープロなら、やはりそう感じられる。

この玉城のワープロに対しての意見から触発された林は、ワープロを日常的に使っている加藤治郎の作品、

若鶏の骨がわたしの鼻さきにあたるのがきにならなくもない　　加藤　治郎

に注文をつけている。「短歌研究」（一九八九年五月号）の「現代の六十六人」に発表九首のうちの一首である。六十六人のうちの三十三人が「いま注目する新しい文化の芽」というテーマで文章を寄せている。林は、次のように記す。

なぜ「気にならなくもない」ではないのだろう。「気」とせずに「き」ですましているのが気になる。しかしおそらくそれほどの表現意識があるわけでもなかろう。ディスプレイ装置に「気」でなく「き」が出たからそのままにしたまでか。いやきっとそんなところだ。同じことで、なぜ「わたし」なのか、なぜ「鼻さき」なのかなどとたずねても、作者はうるさがるだけだろう。

これだけでは林の一方的な意見になるので、作品に添えた加藤の文章も紹介する。

会社では、だいたいワークステーションのディスプレイを見て仕事をしているし、個人用にも遅まきながらワード・プロセッサーを購入して、原稿関係はこれでこなしている。で、仕事が済んだらビデオを観る、といった暮らしである。ほとんどの時間、画像とつきあっているると、そんな先の話ではなく、自分の感性とかリアリティの質がかわってくるのではないかという気がする。

林は、加藤の文章だけでは気持ちが収まらないのか、「歌壇」（一九八九年四月号）の大塚寅彦

の加藤治郎論を取り上げて、自身の気持ちの整理をしている。林の文章は次のようである。

「歌壇」四月号に加藤治郎の自選百首があり、大塚寅彦の加藤治郎論が略歴つきで載っている。その略歴によれば加藤は愛知教育大の付属を中高と進んで、早大教育学部卒業、富士ゼロックスに入り、現在システム・エンジニアである。このどこをたたいてもタイクツと音のしそうな経歴をなぜ発表したのか理解しかねるが、解るのは小池さんよ、ここにはどうやら真性のテクノクラート予備軍がいる。ワープロとビデオの森蔭に、歌壇におけるテクノクラシー軍団もほの見えるね。そして大急ぎで図式的に言うならば、その対極に来るのは、奥村晃作の車抜き、ビデオ抜き、ワープロ抜きの「根底的な反進歩の思想」などでなければならない。

ここまできて、林は時評のタイトルの「姿をあらわすテクノクラート氏」と結び付けている。

※

今号の「編集後記」は運営委員に復帰した高瀬一誌も書いている。高瀬は総合誌の編集も担当している立場から、かなり厳しいことを書いているが、短歌界の裏側を垣間見るようで興味深い。

全員参加、なるべく万遍なく、この正論には反対はしないがなかなかむずかしい。「書きたい人」よりも「書かせたい人」に依頼したい。しかし総合誌をみても悪平等の横行だ。さらに悪いことは男も女も調子がよく、売りこむやつが幅をきかせている。困ったことである。名前をあげたら二十余人いた。編集者の見識が問われるところであろう。

※

七月十日。第三十二回の「評論会」が三鷹の武蔵野芸能劇場にて行われた。今回のテーマは「感情移入覚書」である。発表者は玉城徹が担当し、当日の記録は「評論通信」33号に収められている。

※

九月十一日。第三十三回の「評論会」が、中野サンプラザにて行われた。今回から今まで使っていた武蔵野芸能劇場から、中野サンプラザに会場が変わっている。今回のテーマは、『『美学』（阿部次郎）の愉しさ」である。発表者は岡井隆である。当日の記録は「評論通信」34号に収められている。

九月十五日。「評論通信」33号が刊行された。通常の八ページ立てである。今まで続いていた「私の歌の立脚点」が終了して、新たに「わが歌を規定するもの」が始まった。通信担当者も変わり、ページの割り付けも変わっている。一ページ目には、第三十二回の「評論会」の記録が収められている。玉城徹の「感情移入覚書」である。

玉城は当日の話を十二の項目について詳しく記している。その項目を挙げる。

①写生（の方法）＝感情移入（の美学）と考えておいてよい。②感覚移入美学説。③感情移入説の位置。④近代内部からの批判。⑤マネの評価。⑥二十世紀前衛芸術。⑦プロジェクトの終結。⑧日本近代文学の場合。⑨子規と左千夫。⑩アララギの流れ。⑪赤彦と文明。⑫戦後前衛短歌の場合。

以上についての話であったが、前衛短歌を語る時に忘れてはならない塚本邦雄に触れているところを紹介しておく。これは右の項目の、⑫の「戦後前衛短歌の場合」で取り上げられている。

書道、花道、短歌俳句において「前衛」の名をもつ運動（?）がおこった。その奇妙な歴史的性格については、ここで言及できない。そのヒーロー塚本は、短歌から一切の個人的、日常的、心境的外枠をとっ払う（つまり一口に言えば私小説性を排除する）ことを、テーゼとした。そこがヒーローだ。

ただ、彼は感情移入については大赦だ。ソコが、マタニクイネエ。近代の旗を、彼は守る。

ながらふることの不思議を秋風のゆふぐれうろこ雲の逆鱗　　塚本　邦雄『不變律』

しゃれとか、句割れは論じない。「ながらふることの不思議」ということ、そう言われれば、ある程度、人の共感し得ることなのだ。それを「秋風のゆふぐれうろこ雲」っていうソースで、おしまいに「逆鱗」という胡椒をぴりっと利かせて供そうというんだ。実にウマイ!!

当日の質疑応答が沖ななもによってまとめられている。会場からの質問に、玉城が答えるという形でまとめられている。紙面では七つの項目に対しての答えが示されている。また、玉城の話を聞いての感想を、石田容子が寄せている。石田は当日の玉城の話は少し難しすぎると言いながらも、話の中で興味深かったところを端的に次のように述べている。

釈迢空もかつて、赤彦の歌は亡びるだろう（「左千夫先生のこと」）と述べたことがあったが、赤彦のいわゆるさびしい境地というような歌について、短歌史を社会学的に考察しようとする玉城氏が「大正期の文化全般を支えた家父長制が崩れゆくとき、おもしろくなってゆく歌」と述べられたのも興味深いものがあった。

この他にも石田は、当日の資料として提示された、島木赤彦と土屋文明の作品には感情移入の範疇をでないものがあるとの見方をしている玉城の、現代短歌を見る史観があると述べている。資料の赤彦と文明の歌は、

谷の入りの黒き森には入らねども心に触《ふ》りて起臥《おきふ》す我は　島木　赤彦『柹蔭集』

青き国に立つ白雲も年久し今日来り見るその白雲を　土屋　文明『青南後集』

である。

※

今号から、今までの「わが歌の立脚点」に替わって「わが歌を規定するもの」が始まった。その一回目を井上美地が担当している。井上は、若き日に関わりをもった同人誌「ぎしぎし」を基にして、「晶子と『ぎしぎし』と」を書いている。井上は、戦後京都に学んで「ぎしぎし」に加わったが、そこでは仲間の青年達の大憤激を買うだけであったと述べている。その時の思いがようやく理解できたのは、「ぎしぎし会会報」の復刻が出た時であったという。その時の気持ちを次のように率直に述べている。

近藤芳美の思想や歌論などにはソッポ向いていた。けれども家業の吸収合併によって上京

し、岡井隆氏西奔後「未来」の事務万端に携わるようになって私の眼は次第に開かれていった。加えて友人達との勉強会があり、そこでの現代史研究や「未来」の歌友たちからの刺激が、私に歴史の真実を、今日の社会を、わがこととして考えるように仕向けていった。いつからか私は、近藤さんの、また「ぎしぎし」の青年達の志の幾許かをわがものとしていたのであろう。

※

今号の時評は、秋山佐和子が担当している。タイトルは「女たちの地平」である。秋山は、阿木津英が中心になって進めたシンポジウム、「トークNOW89書く女たちのために」に魅力を感じて参加した感想を率直に述べている。

先ずは、シンポジウムの内容を紹介する。

女性とは何か。フェミニズムとは何か。押し寄せ、退き去る運動の潮は、わたしたちに何を残してゆくのか。ここではフェミニズム理論家と歌人たちが互いに刺激しあいつつ、あたらしい地平を切り拓くための熱い会話がなされるはずです。

このような檄文が案内状には書かれている。シンポジウムのパネラーはもちろん女性。江原由美子（社会学者）、織田元子（英文学者）、歌人として、川野里子、道浦母都子、そして司会として阿木津英が加わっている。こうした人たちと会場からの発言のなかから秋山自身が強く印象に残ったことが時評には記されている。その一つが、会場からの沖ななもの発言に関することである。

フェミニズム運動は外科的手術のような身体全体をみるが、短歌は、体の一部のおできのようなところをみつめ、うたっていく。

という沖なもの発言を取り上げて、

フェミニスト達の観念的になりがちな発言を、すっと地面に引き下ろしたような力があり、彼女達が頷いたように、私にも印象深く心に残った。

と記している。最後に会の感想を秋山は、次のように締めくくっている。

企画者の意図通りにはこんだ会であったかどうか。それは参加した一人一人が持つ器の容量によって異なる。私は私の器を少し満たせた気がしている。フェミニズム運動と短歌の流れに先ず気づくことが出来た。後は自分で器を満たしていけばいいのだ。

※

今号の「編集後記」を紹介しておきたい。

▼歌の世界では感情移入はあたりまえだし習慣のようなもので、それが芸術の歴史の中ではんの一部のものだということになると、だいぶ見方が違ってくる。私としては、どうしても理解できないでいたものが解決できるものもあるし逆に、読み（鑑賞）の問題では、はたと困ってしまう問題もある。

なぜ感情移入という方法が生まれたかという、時間の流れの中で考えなければいけないものもあるし、実作の面、鑑賞の面で、現在の問題として考えていかなければならない面もある。〈奈〉

▼シンポジウム、討論会等々ここにはテーマがあり「何」を問うのかが大方だろう。才能と時間の浪費という人もいる。興奮を持ち帰る効用もある。しかし執着しすぎても収穫はない。（誌）

※

十月九日。電電中野クラブにおいて運営委員会が開かれた。出席者は、秋元千恵子、市原克敏、沖ななも、奥村晃作、田井安曇、林安一、樋口美世、外塚喬。この会で、髙瀬一誌の運営委員を辞退したい旨が報告された。高瀬は運営委員に復帰したばかりであったので、突然の辞任の申出には戸惑ったが、急遽、補充委員の選定に入った。運営委員会において田島定爾を補充することが決められ、次回の「評論会」の時に承認を得ることになった。田島を高瀬の後の通信担当とすることも、同時に決められた。さらに、「評論通信」33号からは、遠方の会員に執筆を依頼したことも報告されている。

※

十一月十三日。第三十四回の「評論会」が、中野サンプラザにて行われた。テーマは「制度としての感情移入」である。発表者は、高橋慎哉と千々和久幸である。この時の記録は「評論通信」35号に発表されている。

十二月九日。電電中野クラブにおいて、忘年会が開かれた。最盛期には五十名を越える参加者があったが、今回は三十二名の参加者であった。

十二月九日。「評論通信」34号が刊行された。通常の八ページ立てである。巻頭には、九月十一日に行われた第三十三回の「評論会」の記録が載っている。「評論会」の当日は、岡井からの提出の資料はなかった。今回の文章は発表の記録というよりは、発表者であった岡井が感情移入について考えていることを後日、一文に纏めたものである。タイトルは、〈『美学』（阿部次郎）の愉しさ〉である。岡井は「評論会」当日のことは記していない。最初に次のようなことわりを入れての文章である。

あの夜のたのしい談論の続きを書くのが、わたしの目的である。すでに過ぎてしまった会合の、音声による語らいとたのしみを、文字の上で再現しようとしても、それは不可能である。多くの「全記録」のたぐいは、この不可能性をみとめた上で行なわれる、記録のこころみである。だから、わたしは、ためらわず、あの会合以後を語ろうとする。

岡井はこの文章の中で、阿部次郎が『美学』の中で記している本能について述べている。『美学』では本能を細かく分析して二つに分けている。一つは、「生命発表」、もう一つは、「模倣衝動」であるが、この二つのことを受けての岡井の文章を紹介しておく。

ほんとうは、この感情移入は、つねに起きるものではない。そして、今日、ますます、感情移入に不利な条件が附加されている。

「世界の中に沈潜して生きることが即ち美的態度である。」というような、あまりにも美しい、理想主義的な、あえていえば宗教的といっていい覚悟をもつには、あまりにも混沌とした時代に生きているわたしたちである。その時代の中にあって、なお、他者の顔付に美的経験をふかめることができるかできないのか。
わたしは深くうめきながら、「できる筈だ」と呟く意外に言葉を知らない。
今号の紙面には岡井を発表者に迎えての評論会での質疑応答が記録として纏められている。その一部を紹介する。
玉城——日本人が感情移入をうけ入れ易かったのは農業民族で農業的しごとは一種の観相術。移すは器から器へ移す。弟子が師の意見を自分に移し変えること。文明のものをよむと気が滅入る。前回文明は現代の感情移入派代表だと例歌を挙げたが介入の仕方が分からない。
奥村——文明は大正アララギ的短歌の影響下にありながら、そこを脱する形で新しい短歌を創造したといわれているがどうか。
岡井——アララギでは常識。玉城さんの現代の感情移入説が文明のところにあるというのは奇異。文明は感情移入をまるで信じない人で大正的理想主義が感情移入の中にはあるのではないか。
阿木津——片山さんは茂吉は移入、文明は移入じゃないと云ったがどうか?
岡井——文明のやり方は存在の虫けら性。真実これが文明の今の歌。アララギ組織で文明は神様的。
市原——岡井さんは抽象のリアリティをどう考えるか。
岡井——言語芸を写し抽象的図案を詠んだにすぎない。塚本邦雄が抽象は具体的イメージを集めることでしかないと私に言ったが難問だ。

誌面の関係ですべてを紹介することはできないのが残念である。評論会での感情移入の問題は、多くの人にますます混迷を深める結果にもなったようである。

※

感情移入については三回の「評論会」を設定している。発表者は、片山貞美、玉城徹、岡井隆である。その三回の話を聴講した感想を、伊藤雅子と遠山景一が書いている。伊藤は、三人の発表者の考え方の相違についての疑問点を、「やぶにらみ雑感」のタイトルで次のように記している。

茂吉においては、彼の写生の方法は感情移入の美学と考えてよいということを、各氏とも当然のように明言された。

ところが文明における三氏の意見は異なっていた。片山氏は、感情移入のために詠い口が一つとなった状態を文明は否定して、新しい形式を樹てて活路を示唆した、と述べられた。玉城氏は、赤彦没後のアララギ写生制度を危機から救い出し、そこに民衆生活的感情移入を導入した文明の生き方に、写生の現代化とみてとり、これもやはり感情移入の範疇を出ていない、と述べられた。岡井氏は、文明こそ感情移入を全く信じない人で、例えば彼の特徴である都市詠は、感情移入というよりも抽象衝動の方が強く、都市産業に従事する労働者に加担しながら素材を求めた、と述べられた。

伊藤は、これら三氏の意見の相違から、お互いの思想の反映をみる思いがしたと、当日の印象を記している。もう一人の遠山景一は、「〈ニヒリズム〉以後」を記している。遠山はこの文章のタイトルに「О氏を介して」とのサブタイトルを付けている。当日の「評論会」の感想というよりは、遠山自身のニヒリズム論といった方がよいだろう。その一部ではあるが、紹介しておく。

ニヒリズムは、（モデルとしては）逸民的存在形態の範疇において生まれている。

彼は、いるべき場所を持たない（その家に、社会や集団に）。都市の遊民は、いるべき場所から解放された存在として、いるべき場所を喪失した。逃散したものが、今度は外部のない空間に逃げ込んでゆく。

ニヒリズムはまた、明晳さの行きつくところでもある。個々の意味と価値が、超克されるだけの視力＝〈目〉としてニヒリズムは生まれてくる。この〈目〉は、あらゆるものに対して同等の距離をたもつ。そしてこの同等の距離とは、結果的には現実上のスケールをはずれたものとなるだろう。

※

前号に引き続き「わが歌を規定するもの」が載っている。担当は、恩田英明である。恩田は「塵網の中より」という文章を寄せている。自身の作歌の秘密を明かすことは気が進まないと言いながらも、歌の生まれる土壌を記している。恩田は、陶淵明の「帰園田居五首」の一つをあげて、この詩のみならず、「帰去来の辞」「勧農」「帰鳥」などの詩の中にある情操は、自身の情操とは共鳴するとまで言い切っている。久しぶりに帰郷した折の文章には、恩田の歌の秘密が隠されていると言ってもよいだろう。

今年の夏、ほんの少しの間、越後の山の奥の寒村に帰省した。現代流にいえば、そこは過疎の村である。昔、生家の周囲にあった家も、数えると五、六軒は姿が見えなくなっていた。すぐ目の下の家は無人で、屋根がなかば崩れかかっていた。寒村に棲んでいるのは、山祇と老人であった。

※

今号の時評を志野暁子が担当している。志野の時評は、「『映像』を詠う」である。この時評の書かれたころには、中国で天安門事件が起こっており、タイミングがよいと言ってもよいだろう。志野は、天安門事件を詠んだ多くの歌の特徴を、

天安門事件を詠んだ歌に特徴的であるのは、それが、広く報道された映像から素材をとっているということである。

と記している。このことは、

詠う方は絶対に安全で、痛くも痒くもない。特高の眼が光るなか、連行される危険を犯して、生命がけで反戦をひそかに詠った人々がいたのは、つい数十年前であったが。

過去の歴史を繙きながら、映像を見て歌を詠むことの難しさは歌人共通の課題ではあるが、新しい視点や可能性についての言及はなされていない。

# 一九九〇（平成二）年

二月二日。第三十五回の「評論会」が、中野サンプラザにおいて行われる。タイトルは、「女性歌人にとっての表現行為」である。当日の発表は、松平盟子と秋山佐和子である。この時の記録は、「評論通信」36号に収められている。

二月二十四日。運営委員会が電電中野クラブにおいて行われた。出席者は、阿木津英、秋元千恵子、市原克敏、沖ななも、奥村晃作、田井安曇、田島定彌、林安一、樋口美世、外塚喬。

二月二十五日。「評論通信」35号が刊行された。今回は通常よりも四ページ多い、十二ページ立てである。今号には、第三十四回の「評論会」の記録が収められている。巻頭には、「評論会」の当日に話した高橋慎哉の「制度としての感情移入」が要約されている。「評論会」当日の高橋の発表は、感情移入とは何かということをさらに深める話ではあったが、聞き手にとってはますます迷路に入り込んでしまったようである。高橋の話はデカルトの二元論をもちだしての難しいものであった。「評論通信」の文章の一部を紹介する。

　アララギ写生説の歌壇におけるヘゲモニー掌握とその影響について、現代短歌がその対象化をおこたって来たということ。これははっきりしているだろう。それではどうしてそのような状況をまねいてしまったのか？

高橋は、デカルトの二元論には当初から矛盾したものがあると言い、
　自我による認識とその対象の一致、あるいは自我の思惟と客観的実在世界との一致は、どのようにして証明可能なのか？

の問題には、次のように述べる。

　デカルトはその証明を「神」にもとめている。つまり、完全な存在たる神によって作られた人間――それが不完全であるはずがないから、その認識と実体とは一致するというのだ。

　写実主義は、こうしてこのような「神」の存在を抜きにしては成立し難い。この場合、「神」とは超越的存在というふうに考えてよいだろう。それはある場合には、「科学」であったり、「生活」であったりする。そこには一種の欺瞞が存在すると言ってよいであろう。

　感情移入とは、この普段（作品上）はかくされている「神」への共感のことだと言えるだろう。

高橋の「評論通信」に寄せた文章を再読しても、正直なところなかなか解りにくい。哲学と感情移入がいかに結びつくのかに戸惑った人も多かったようである。

※

前号の「評論通信」34号でも、発表を聞いての感想を載せているが、今号でも、阿木津英、千々和久幸、飯田平四郎、加藤英彦が感想を記している。

　先ずは阿木津の「感想一、二」を紹介する。阿木津は、これまでの発表者である、片山貞美、玉城徹、岡井隆の感情移入に対しての考え方には違いがあることを指摘している。三回おこなわ

れた、感情移入に対しての議論はこれでよかったのかという疑問を呈している。阿木津はさらに、

こんなにも三人の意見が異なるからには、わたしたちは自分の足を運び、自分の目で『感情移入』の正体を確かめなければならない。『感情移入』の方法による写生短歌がなぜのりこえられないものなのか得心でき、そのような類の歌が自分の目にとって輝きを失うところまでゆかねばならない。

そこまで行き着かない今の段階では、たとえすぐれた先達の意見であっても、三者の話をウのみにするわけにはゆかない。たえず眉にツバをつけつつ、検討していくしかないのである。

と記している。阿木津は、三氏によって問題は提起されたのだから、後は自身でいかに考えていくしかないだろうとの、結論を出している。

もう一人の千々和は、「感情移入についての走り書き」の文章を寄せている。感情移入についての千々和の考えがよく出ている部分を紹介する。

感情移入方法から離れたところで歌い出されている歌を、〈見えないものを見る〉歌だとすれば、感情移入の歌は〈見えるものを見えなくする〉歌だ、と言えよう。即ち、非感情移入（反感情移入ではない）の歌は、理性的な認識によって〈見えないもの〉を創造力によって〈見る〉という構えをもって歌われている。一方、感情移入の側に立つ歌は、理性的な認識によって〈見えるもの〉に感情のベールをかけることによって〈見えなくする〉という構造をもつ歌だ。

と述べている。

引き続き感想を紹介したいが、「評論通信」のページ立ての順にしたがっていきたい。今号にも、会の後の質疑応答が載っているので、その一部を紹介しておきたい。

奥村――阿木津さんの言われたように感情移入の作品でもいい作品はいいんで、つまりやっぱり歴史的なものだと思うんですよね。

阿木津――わたしは高級な感情ならいいといったわけではなくて、そういう判断だってあるだろうということをいったわけで、高級を目ざしていけばいいじゃないかという考え方だってとめるわけにはいかないですよね。

高橋――高級とか低級とかということはちょっとへんな問題の立て方なんで、感情移入ということを認めるんならこれは高級だろうが低級だろうが全部認めなければならないんです。

※

さきの二人（阿木津、千々和）に続いての、「評論会」を聞いての感想を紹介する。飯田は、感想として「異物感」というタイトルの報告を寄せている。飯田も写実に対しての意見を述べているが、纏めのところを紹介する。

〈感情移入〉の肯定否定が実作上に如何なる力をおよぼしたか。〈歌人〉とは名も位もない人間だそうである。ヘゲモニーへの執着は名か位に含まれているだろうか。ともあれ歌壇は歌人に健康な土壌ではない。〈評論〉はもっと難物である。懸命に千里を走ってお釈迦様の掌の内と云われた。地球が丸いと識って天地二分ケの歌が出来たわけではない。懸命に走って走って、感覚のままに。外敵に出会ったら、評論で武装した自衛隊の出動をまつとしよう。

もう一人の加藤は、福島泰樹の作品を取り上げて、「感情の器とその容量」という文章を寄せている。その一部を紹介したい。

つまり感情移入が作品をダメにするわけではない。ただ「松島やあゝ松島や」が名句として評価できないのと同じ道理で、キャーとかワーとかいう叫びだけでは作品評価以前の問題だろうと思う。それは、〈悲しい〉という感情を表出したときに、ガラスのコップが依然として円筒形の形状を保っているか、または長方形とその上辺を直径とする円の組み合わせとして描写されるかという措定のなかで考えてよいのではないか。

一部分なので解りにくいかも知れないが、「評論会」当日の雰囲気を味わって欲しい。

※

今号には、「わが歌を規定するもの」を星野京が担当している。星野の文章には、タイトルは付いていない。星野は、歌を詠む上での二つの規定について述べている。一つは、「内容としての規定」、もう一つは、「表現方法の規定」である。「内容としての規定」の一部を紹介する。

ここに〈第二芸術論〉など諸氏周知のことを抄出はしないが、思想（政治的でない）哲学を秘めて人生、生命を謳い述べ、一首の背後に広く深い物語を感受できるものを、この瞬間芸術に含蓄したい。永遠の鑑賞に耐え得るものであるべきなどと厚顔な気負いとしての規定をし続けている。勿論この規定は私自身にとって殆ど不可能に終って来たかもしれないが、今日では既に〈第二芸術〉ではないと言える短歌作品が歌壇で輩出していることから、決して敗北したとは思っていない。

次に「表現方法の規定」について星野は、口語に近い文語表現を旨としていることを述べている。いわゆる、口語表現では散文的になりやすく、緊張感もなくなると言う。星野がこだわっているところを、紹介する。

文語表現の中でも最も癌となるのは、助動詞だと思っている。文語助動詞はどうしても、全体を古典的にしてしまう。しかしその反対に文語助動詞の長所は口語助動詞より時間的表現が端的に可能となる。口語助動詞で微妙な時間指定をしようとすると、助動詞をたくさん重ねることが必要となり、結果、その表現が間のびしてしまうので、誰にでも理解できる範囲で文語も使用することにしている。

※

今号の時評は、奥村晃作が担当している。奥村は、「芸術目的の確認」のタイトルで文章を寄せている。内容は、時評というよりは、奥村の作歌理念が語られているといった方がよいだろう。奥村は、二つの項目を立てて論じている。一つは「写生について」、もう一つは「わたしの方法」である。「わたしの方法」では、

歌は〈感動〉の表現である。事物に出会って心は動くが、その動く心を、いささかもそこねることなく丸ごと表現する。方法として、事については正確な〈叙述〉を物（景）については正確な〈描写〉を行う。

と述べている。奥村にとっては、これこそが今日における芸術の目的であると言う。よく知られている自身の歌を例歌としてあげ、その歌の背景を述べている。歌は、

次々に走り過ぎ行く自動車の運転する人みな前を向く

である。さらに、宮柊二の作品の解説をしているが、作品のみを挙げておくことにする。

根づきたる夏茱萸《なつぐみ》の木は夜半《よは》すぎし午前一時頃黒々と立つ　　宮　柊二『小紺珠』

孤独なる姿惜しみて吊し経《へ》し塩鮭も今日ひきおろすかな

※

「評論通信」35号をもって、長く続いていた「感情移入」についての記事が終了した。この号の「編集後記」には、次のようなことが書かれている。

感情移入論シリーズがこれで終わった。「感情移入」という語はあちこちでみかけるようになったが、かえって混乱しただけといえなくもない。わたしたち会員は、だれかにてっとり早く教えてもらおうなどという根性はさっぱりと捨てて、わたしたち自身が探求の旅に出なければなるまい。その覚悟さえあれば、混乱もまたよし、なのだ。〈英〉

※

四月二十日。電電中野クラブにて運営委員会が開かれる。出席者は、阿木津英、秋元千恵子、市原克敏、沖ななも、奥村晃作、田井安曇、田島定彌、林安一、樋口美世、外塚喬。一九八八（昭和63）年に福岡で移動現代短歌を評論する会を開いたことは、すでに述べているが、運営委員会では、姫路での開催を予定していた。しかし、玉城徹からの一通の手紙によって中止になっ

た。手紙の詳細は運営委員会では公開されていないが、結果として中止が決定した。このことがあって、「現代短歌を評論する会」そのものの存続が危ぶまれる危機に陥っている。

四月二十五日「評論通信」36号が刊行された。今号は、十二ページ立てである。この号には、第三十五回の「評論会」の要約が収められている。当日の発表者は、松平盟子と秋山佐和子であり、松平は「女性歌人にとっての表現行為について」発表している。その一部を紹介する。

松平は、自身の生活を顧みて、「私は私でいたかったということだ」との思いを述べている。また自身の歌との関わりについては、

もし私の短歌にフェミニズム的なものがあるとするならば、自分で自分を解放するための遮二無二な葛藤が、そこに影を落としてしまったことによるかもしれない。

さらにフェミニズムをどのように言葉に置き換えるかについて、三つのことを示している。その三つとは、

(一) 女性が自身の身体の機能や特徴を積極的に認め、それを誇示したり否定したり突き放したりして、その意味を問う仕方。

(二) 男とのかかわりを通して、そこに生じた感情や意識の持ち方の差異を浮き彫りにする仕方。

(三) 社会的歴史的通念に組み込まれた女性の位置付けを、時代とのズレや個人の実感とのズレを明らかにする形でさぐる仕方。

この三つのことを踏まえて、フェミニズムの発想や視点が見られると思われるという作品、五首をあげている。

女を少し低く見てゐるうしろめたさかくしつつ君とわれと棲み経る　青井　史

死にたらば同じ蓮に住まうと言ふ改宗をして死なうと思ふ　黒木三千代

おとこおみなの金銭のやりとりに一晩という勘定がありぬ　沖　ななも

今世紀終末にしてあがめらる自然食品のごとくにおんな　阿木津　英

せつなしとミスター・スリム喫ふ真昼夫は働き子は学びをり　栗木　京子

最後に松平は、

私は学者でも思想家でもないので、フェミニズムと女性の短歌をどう切り結ぶのがよいのか、いまだに戸惑っているところがある。

と正直なところを述べている。もう一人の秋山佐和子は、「フェミニズムを体験した歌人たち」というタイトルでの発表をしている。秋山は、フェミニズムの歴史を探ってきているうちに、フェミニズムには三つの波があり、現在は第三の波であると述べている。秋山の三つの波とは、

第一の波は、婦人参政権、教育権などの、人権獲得運動（19C～20C半）であり、第二の波は、経済や文化への告発を主体とし、女性勤労者の増加に伴う性差別反対、産む、産まぬ、の自由な選択、ピルの自由化、中絶合法化、男女雇用機会均等法……等々の運動であり、第三の波は、資本主義・社会主義社会のもたらす様々な問題（産業発展による環境破壊、経済優先、民主化……）に対する女性達の、もはや女性解放だけではない、21Cへ向けての人間

解放運動へと、意識も行動も及んでいる事実である。

と述べている。さらに秋山は「女性歌人が歌ってきたもの」として、八項目に女性歌人を分類している。その八項目と、取り上げた主な歌人を紹介しておく。

①女と身体（女は自分の身体をどのように認識したか。）与謝野晶子・三国玲子・河野裕子・道浦母都子・阿木津英。

②妊るとは（女は妊娠をどのようにとらえたか。母性保護論争・国民優生法・優生保護法を背景に）五島美代子・森岡貞香。

③闇の子（そのモラルと認識の変遷）中城ふみ子・河野裕子。

④産む女・産まない女（女が自縛されていたものとその解放）富小路禎子・阿木津英。

⑤女と仕事（戦後から現在まで）大西民子・馬場あき子・俵万智・辰巳泰子。

⑥妻への疑問（主婦論争とあわせて）原阿佐緒・栗木京子。

⑦母と子ども（母性愛への疑問）松平盟子・花山多佳子。

⑧女は何を欲しているか（女性歌人とフェミニズムのゆくえ）米川千嘉子・久木田真紀。

これらをもとに、当日は「フェミニズムと女性歌人」として取り上げた歌を解説している。その歌を紹介しておく。

乳ぶさおさへ神秘のとばりそとけりぬここなる花の紅ぞ濃き　与謝野晶子

ブラウスの中まで明るき初夏の日にけぶれるごときわが乳ぶさあり　河野　裕子

人知りてなほ深まりし寂しさにわが鋭角の乳房抱きぬ　道浦母都子

あざやかな乳首と思ひつつ着替へしぬ鋭き女と言はれ来し夜を　三国　玲子
魂を拭えるごとく湯上りの湯気をまとへる乳をぬぐへり　阿木津　英
失ひしわれの乳房に似し丘あり冬は枯れたる花が飾らむ　中城ふみ子
横たへて薄くひらたきクレープの皮のやうなる乳房かも　辰巳　泰子

※

松平と秋山の発表を聞いての、当日の質疑応答を市原克敏が纏めている。参加者の発言を要約しているので、その一部を紹介しておく。

フェミニズムの表出として引用されている歌の、どこがどのようにフェミニズムなのか。用語の検証が必要だ。（加藤英彦）

フェミニズムなんてどうってことはない。文明は「歌は情けをこえたもの」と疾くの昔に言っている。これまで詠わなかったものを詠ったら新しいのか。ここにある引用歌はどれも古く、レジスタンス文学たる力がない。（大河原惇行）

松平氏の『シュガー』は実践的都市論として読むことができる。そこにフェミニズムの実践がある。（林安一）

男をいなした歌にフェミニズムがあると見るのは、単純すぎる見方だ。（後藤直二）

歌の中にディアローグがなければならぬ。（小林幸夫）

さらに当日の感想を、奥村晃作、和泉鮎子、田島定爾が書いている。その一人である奥村晃作は、「女が世界を救う」という一文を寄せている。作品を取り上げての鑑賞が主であった。作品を紹介しておく。

天敵をもたざる妻たち昼下りの茶房に語る舌かわくまで　栗木　京子

夫婦は同居すべしまぐわいなすべしといずれの莫迦が掟てたりけむ　阿木津　英

和泉鮎子は、「共感と疑問と」の文章を寄せている。当日の資料としてあげられた作品は、秀歌とは言い難いものがあったとしながらも、次の作品を引いている。

春みじかし何に不滅《ふめつ》の命ぞとちからある乳を手にさぐらせぬ　与謝野晶子

後方から覗ける陰が空豆のさやにも似たるモデルいとしも　辰巳　泰子

田島定爾は、「本質を見据えて」の文章で、

いたずらに性（器）の表現を表面に出して皮相的に歌ったもの、ことさら男と対立させたり、女権や妻の座を誇示するのがフェミニズムという時代は、もうとうに過ぎ去っているのではないか。

と刺激的な作品への警鐘ともとれる文章を記している。

※

今号の「わが歌を規定するもの」を、秋元千恵子が担当している。秋元は自作を何首かあげている。

わが胴に首が生えきて叫びだすたたかいを憎む一人の夢ぞ　秋元千恵子

この歌に対しての思いを、秋元は次のように述べている。

どうして、こういう歌が生まれてきたのかを考えてみると、私は、そこに〈わが歌を規定

するもの〉があるように思われるのである。それは、私の心の奥にひそむ、他者への抑えがたい衝動である。

それをいまは、ユングの言葉をかりて「母性」と呼んでみようと思う。母性の意味は、いろいろ考えられるが、「すべてを包容し、かばうもの」と規定すれば、私の歌には、そういう母性の心の働きかけのあることは確かである。

続いて、作歌の背景となった作品を引いて述べている。
①炉となりて町ひとつ燃ゆ　わが心さくらの雲を見つつ思える
②むくろまたむくろメコンに浮びゆく花散る淵に立てば思わむ
①炎が夜空を焦がした、故郷の甲府空襲が甦り、町全体が原子炉となって灼かれた広島、長崎の町と被爆者に思いが及ぶ。桜の連想は、②の花の散る川の淵では、花季のあの殺戮のメコン川を思う。この二首にあるのは、かばうものを脅かす殺戮者への怒りである。

※

今号の時評を、内藤明が担当している。タイトルは、「深層ということ」。内藤の時評は、坂野信彦の「深層短歌論」（「歌壇」89・8）に触発されて書いたものである。

坂野の論の基底には、現代短歌が、それをめぐる制度的なものの中に囚われ、日常化、散文化しているという認識があり、それが否定的側面を先立てる強引な論の展開も感じさせるが、日常言語の意味性から解放された短歌型式の音楽性によって、『無意識の自我』をも超えた深部の感性と触れ合おうとする方向はひとつの主張として理解することができよう。

としながら、折口信夫の「叙景詩の発生」の一節「古代の律文が予め計画を以て発想せられるのでなく、行き当たりばったりに語をつけて、或長さの文章をはこぶうちに、気分が統一し、主題に到着する」と比較して、「折口が詩の発生の問題として律文の古代的な発想を論じているのに対して、坂野の抽出した短歌の形式、リズム上でのモデルが、歌のどのレベルでのものなのかはいまひとつ判然としない。そのゆえか、坂野のいう深層の感覚的な世界が、日常での具体的な意味とどのように対応していくのか、その方法や、その架橋をなすものの構造がどうも私には見えにくい。」と記している。最後に内藤は、自身の短歌感を次のように締め括っている。

短歌という形式は、深く隠れているものや、表層にありながら見えないでいるものと言葉とを巡り合わせるもの、その場であってほしい。

※

五月八日。運営委員会が、電電中野クラブにおいて開かれる。姫路での会が中止になったことも原因の一つではあるが、会員の人数が増えて、創設当初の会の目的とは異なった方向に進んでいるのではないかという意見も聞かれるようになった。そのために、会の創設に関わった玉城徹と片山貞美の二人を呼んで意見を聞こうとしたが、片山は欠席だった。この場において会の存続を話し合ったが、意見はまとまることはなかった。しかし、大勢の雰囲気としては、解散の方向に向かっていた。当日の出席者は玉城の他に、阿木津英、秋元千恵子、市原克敏、沖ななも、奥村晃作、田井安曇、林安一、樋口美世、外塚喬。

※

五月二十二日。第三十六回「評論会」が中野サンプラザにおいて開かれた。テーマは「九十年代をさきがけるか」であり、加藤英彦と水野昌雄が担当している。このときの記録は、「評論通信」37号に収められている。

七月五日。「評論通信」37号が刊行された。今回の「評論通信」の表紙には、赤い字で「七月八日夕六時（サンプラザ）のための緊急特集号」と書かれている。会を存続させるか、会を解散するかの緊急の「評論会」の開催を知らせるものである。

「評論通信」37号は、十ページ立てである。誌面は第三十六回の「評論会」の発表の要旨が掲載されている。発表者の一人である加藤英彦は、「コラージュ短歌の限界」をテーマにして発表を行っている。テーマである「九十年代をさきがけるか」について、自身の考えを次のように述べている。

時代をさきがけるのは、作品や文章であって人ではないのだから、中堅の実力派が、老練な技巧派が、さらに九〇年代をさきがけることだってあるだろう。そのとき、新鋭たちはただ爪を嚙んでその時代に耐えるしかない。何が時代をさきがけるかは、そうした厳しさのなかから問われるべきことのように思われる。

加藤は、八十年代をライト・バースとフェミニズムの時代であると捉えて、その時代に短歌界にしばしば登場する中山明、加藤治郎、阿木津英らの作品の傾向について述べている。中山明については、「一首の意味性よりも音楽性を重視し、」加藤治郎は、「作品のテーマ性よりも一首に

広がるイメージ世界を大切にした。」と記している。このことは、

短歌にどのような主題を託すかというより、作中の〈われ〉を希薄化させることで一首の背後からどのような世界が立ち現れてくるかの方に、より興味の中心があったと思われる。と記し、一方、中山、加藤治郎の対極にある阿木津英、松平盟子の作品傾向について考えを次のように述べている。

阿木津英は従来の女歌に見られる母胎信仰を否定し、そうした古典的女性性を根本的に問い直すところから新しい世界の秩序を組み立てようとする。また、松平盟子は社会的日常と〈個〉の不協和音を通して伝統的女性観とのズレを作品化した〈われ〉の視線がある現実と対峙しており、作品のテーマ性が明白である。

これらのことを踏まえて、加藤英彦は八十年代を次のように総括している。

中山や加藤に代表されるライト・バースが、一首の意味性を無化していくのに対して、阿木津や松平をはじめとするフェミニズムは、短歌に盛り込まれた意味性によって屹立していたといえるだろう。八〇年代を、ぼくはそんなふうに見ている。

資料として提出した、短歌界で注目されている若手の作品についてもかなり厳しい見方をしている。それは、

荷車に春のたまねぎ弾みつつ　アメリカを見たいって感じの目だね　　加藤　治郎
フランスパンほほばりながら愛猫と憲法第九条論じあふ　　荻原　裕幸
喉白く五月のさより食みゐるはわれをこの世に送りし器　　水原　紫苑

大雑把に言って、水原は言語の美意識を、加藤は短歌の映像性を、荻原は自己の内的文学性をそれぞれに信頼している。それらは、何を歌うかよりも、いかに歌うかという修辞力によって生命を獲得する。

これら三氏に対して辰巳泰子については、かなり好意的な意見を述べている。取り上げている辰巳の作品は、

もろもろの箸の先にもつきまとひ白く崩れてゆかむ家族は　辰巳　泰子
冷蔵庫ほそくひらきてしやがみこむわれに老後はたしかにあらむ

である。その点について紹介したい。

ぼくは、こういう現実認識の確かさを限りなく信頼したい。他の三人がそれぞれの資質と方向性をもち、十分に読ませる歌人であることを承知の上でそう思う。無論、彼らがどのような世界をも自在にこなす器用さを備えていることを思えば、ある局面だけで断定するのは危険である。しかし、コラージュ的技量とは、所詮は方法上のバリエーションに過ぎない。いずれその広がりには限界があると見るべきだろう。

もう一人の発表者は水野昌雄である。水野は、「九十年代をさきがけるか」という話し合いならば、塚本邦雄、岡井隆、佐佐木幸綱などを論じた方が意味があるのではないかという。しかし、今回は短歌界の若手に焦点を当てての話し合いということで、加藤英彦と同じく辰巳泰子、水原紫苑、荻原裕幸、加藤治郎を取り上げている。わざわざ新人を取り上げているのだから、否定的に論じてもよいだろうと前置きをしての話であった。

水野は、当日の資料を配布していない。先の四氏の歌集を中心に述べている。荻原については、荻原裕幸の作品でみるなら、塚本邦雄的なものや、寺山修司的なものがうまくミックスされているといえよう。『子に星の名を冠す』ということを『農閑期の農夫』が思案するというのはまことに現実性がなく、滑稽でさえあるが、意表をつくおもしろさはよくうかがえるのである。（中略）言葉の遊びからどれだけこの作者のものが確立されるか、今後の課題であろう。

水原紫苑と辰巳泰子は、ともにこの年の現代歌人協会賞を受賞している。水原の『びあんか』と辰巳の『紅い花』についてのコメントでもある。

言葉の遊びの点では水原紫苑の『びあんか』はさらに巧みに、繊細にひとつの心境を作りあげている。「銀の匙」と「しあはせ」との対比にしても、自分の生むであろう子どもを硝子や貝の響きあうさまにたとえているのもそうである。ガラスを隔てて飾り窓に並んだプレゼント商品を眺めるたのしさとともに、はかない感じがする。

それと対照的なのは辰巳泰子の『紅い花』である。『びあんか』と『紅い花』が今年の現代歌人協会賞となったのもある程度納得できる。いずれか一冊だけでは物足らなさを示すことになるからだろう。辰巳泰子の歌集においては性的な作品にいささか関心が集まり過ぎている感じがする。この歌集の中でもっとも共感をよぶのは中学校での生徒とのかかわりのリアルな作品群である。（中略）性的なものでは露出的な印象を与えて、それがまるで新鮮であるかの如くおもしろがられているが、それは一過性のものであろう。この作者の持っている現実へのたじろぐことのない迫り方は期待されるところが多いものである。加藤治郎については、歌集『サニー・サイド・アップ』について触れている。

加藤治郎の作品は受賞歌集名の『サニー・サイド・アップ』が示すようにカタカナで現代風俗を象徴化してとらえている。演歌やクラシックとは異なり、ポップス調のリズムを口ずさむように、若者たちの日常感覚がとらえられている。「単身赴任」や「牛丼」をとらえても愉しげに明るく、くったくがない。「どっちかというとゆかいさ」というように軽妙にこの時代を処世してゆくことができている。(中略)加藤治郎における風俗詠の場合、時代のきしみをはらいのけ、テレビゲームの中におけるさまざまな冒険やスリルを愉しむかのような気楽さがある。疑似風俗としての明るさの、その底に虚無的な憂愁をただよわせている。おそらく、こうした発想は現代風の生活感覚にうまく適合するものだろう。

当日、取り上げた作品が資料として提出されていれば、より理解が深まったのではないだろうか。

※

今号には、「現代短歌を評論する会」の存続にかかわる記録が残されている。緊急特集として、「現代短歌を評論する会の現在」という項目で、運営委員の十名が意見を寄せている。最後の評論会になるかも知れないその日のために、各委員が率直な意見を出しておこうということである。このことは、五月八日に運営委員会が開かれた折に決められている。

七月七日。運営委員会が電電中野クラブにおいて行なわれた。委員会には、玉城徹、片山貞美も出席。運営委員会では、前回の委員会で会の廃止を決めかけたが、会を創設した玉城と片山を招いて意見を聞いてからでも結論を出すのは遅くないということで、招聘したわけである。運営委員の出席者は、阿木津英、秋元千恵子、市原克敏、沖ななも、田島定爾、林安一、樋口美世、外塚喬であった。

※

緊急特集「現代短歌を評論する会の現在」に寄せられた、十名の運営委員の意見を紹介しておく。分量も多いので、焦点を絞って紹介することにする。

阿木津英は、

われわれ現委員は、終結へ向かおうとするそのサイクルを再び開いてゆくべく努めたけれども、やはり設立当初の主唱者が委員にいないのでは、徐々に以前のものから変質していくことはやむを得ない。そして、この変質が、当初の現評会の目的意図に及んでいくことも、またいたしかたないのである。このごろの歌壇をうかがえば、結社主宰者亡き後も築いた基盤を崩さずに何とか続けていこうとか、文学理念もあらばこそ人数を増やし結社を太らせようとか、党派的組織の形成に余念がない。そういう相談ばかりが目につく歌壇のあり方のなかで、すでにワンサイクルを終えた『現代短歌を評論する会』をわれわれの手によって潔く葬ることも大いに意義のあることではないか。

もちろん、規約第一条にうたわれている『実作者の立場から現代短歌を評論する』といった目的を理念を葬ろうというのではない。その目的、理念は葬った土のしたから、必ず新しい芽をふいてくると信ずる。

と述べている。解散もやむなし。されど「新しい芽をふいてくると信ずる。」ことを期待しての言葉である。

秋元千恵子は次のように述べる。

自分が啓発された八年を振返って、おこがましいが、会に貢献しなければ、という気持ちと、企画に参加出来ることで、考えが反映できる希望と、会の発展を考えていたつもりであるが、この程度の意識では、どうにもとどかない次元であった。

それは、一体どういうことなのかと、十年前「現評会」が発足した当初の理念が有効に機能していないばかりか、かなり軌道がそれてしまって、修整不可能に近い、ということである。一例を云えば、確かに、当初は、会員が少人数であったが、過半数が参加して、熱気のある会であった。

現在は、会員数は増大しているが、その割合から云うと、出席者も少ないし、会費の納入状況もよいとはいえない。

秋元は、存続か解散かの前に、現会員にもう一度創設時の理念を理解してもらえば、道が開けるのではないかとの希望的な意見も述べている。

市原克敏は次のように述べる。

五月八日の運営委員会は、今の活動をめぐって玉城徹、片山貞美の両氏に現評会の原点を聞くために行われた（片山氏欠席）。ところが現評会の現在の活動状況への批判的発言が相つぎ、ついには改革か解散かを委員の一人一人が意見表明し、解散もやむなしとする意見が大方を占めるに至った。

市原は、規約には運営委員会が解散をする権利はないとの意見に終始している。解散を表明する委員が多かったが、決定を七月の例会に持ち越すことになった。市原個人の意見としては、次のような提案をしている。


　さしあたって内部改革による再出発を提案したい。そのための七月例会では①あらゆる問題点を討議し、②それを受けて玉城、片山氏を中心とする改革委員会を設置し③そこからの改革案（解散もその一案）に基づいて秋からの活動を行う。このような論議の過程こそ現評会にふさわしいのではないか。


〈現代短歌〉という末期の患者を放りだして、赤ひげが死に急いでいいのだろうか。

市原は、委員の中では強く再出発を願っている一人であった。

沖は、現状を冷静に判断して、次のような意見を述べている。


　発足後、時がたつにつれて、いろいろなことがあり、その都度、みんなで話しあって決めてきた。さまざまに考え、対処しているうちに、それが前例となって、暗黙のうちに約束ごとのようになってきてしまう。文字としてはどこにも書いていなくても、である。

しかしながら考えてみると、人の集まりというものは、何の約束ごともないまま、自然に成り立っているときの方が緊密で、確認しなければならなくなるということは、むしろだんだんゆるんできたと言うこともできるのである。多くの暗黙のきまりが組織の機能を衰えさせていくことはないだろうか。会員が増えたこともあるし、年月というものがそうさせてきたのかも知れない。（中略）棘のある柊でさえ、年数がたつと葉が丸くなるのだそうだ。いま、丸くなった柊の葉をみているような気がしている。

奥村晃作は、

『現代短歌を評論する会』は創設者の一人であるところの〈玉城徹の会〉である、という基本性格を改めて確認したことであった。

玉城氏が沼津に移居し、会への出席が難しくなる一方で、会の活動は運営委員の努力によってとどこおることなく持続・展開されてきたが、玉城氏不在のままに会がうごいてゆくという会の在りようはおかしいのではないかという反省が当の玉城氏より表明された。（中略）わたしは、いくら考えても、わが考えが引き出せず、態度を保留し『もうしばらく会を続け、様子を見てはどうか』という意見を述べた。

と記しているとおり、委員会当日、継続か解散かの態度は保留している。後日、冷静になって考えたときに、解散がよいと思うようになったとも記している。

田井安曇は、会が創立した時からの運営委員である。その田井でさえも、

『現代短歌を評論する会』の今日までの経過について、経過はわかっているようでもあり、まったくわからないようでもある。私自身最初からの会員であり、運営委員の一人であったのだが、それでもなおわかっていないところがある。きちんと組織ができるまえから数えれば、ほぼ十年ほどにもなろうか。

と記している。ここにきての継続か解散かについては、次のような、コメントを出している。

創立の中心になった人々の考え方と、その後の運営委員たちとの動きにずれがいつしか生じていた。たとえばジャーナリズムと一線を劃す、という暗黙の了解、基本線がある。しかし「現代短歌」を語りつつもジャーナリスティックでなく在るということは至難の技である。これは玉城氏と片山氏の間にも開きがあり、数年前のことだったが、会から本を出そうということになり、構想を建てあちこちに依頼した後、沙汰止みとならざるを得なかった。やはりジャーナリスティックということをめぐっての解釈の差が認不認となってあらわれたのだと記憶している。

田井の言っている通り、会として本を出そうということは、運営委員会において決定していた。田井はその構想の中心的な役割を果たしていたのである。

田島定爾は、五年ほど前に入会した一人である。運営委員としても、なったばかりである。田島は次のようなコメントを寄せている。

正直に言って五年ほど前に途中入会した私にとって、この現評会がどのようないきさつで創られたか知る由もない。最近では隔月の例会に片山、玉城両氏が姿を見せることは少なくなり、したがってユニークな歌論を拝聴することも稀で淋しい気持ちでいた。

何はともあれ、十年近い歴史をもつ現評会も遂に来る所まで来てしまった感はあるが、私はより広い立場と視野で現代短歌のあり方について自由に討議・評論し合える超結社の会は必要でありかつ大きな意義もあると思っている。会員の総意によってテーマや方法まで決められる民主的な会の再出発を望む。

田島は、会の継続を新しい形で再出発してくれればとの意見を寄せている。

外塚喬は、会の創立からの運営委員である。外塚は、次のようなコメントを寄せている。

　この現代短歌を評論する会が正式に会として組織され、年会費を集め、年五回の会報と評論する会を開くという規約のもとに八年が経過した。ここに来て会の存続の問題が提起された。発足当時の精神、すなわち、会員は定例会に出席し、現代短歌のかかえた問題について語り合うこと、また、歌壇ジャーナリズムとは一線を画すということ等が、問題となっているわけだ。

　発足当初の精神を継承することは会としての使命であったにもかかわらず、失われたと言うならばいさぎよく会は解体するか、新たな会として指標をたてて、出なおしすべきではないかとも思う。（中略）継続するにしても、発足当初の精神に戻れるのか、戻れないのか、難しい問題だ。感傷的な考えは捨てて、真剣に討論しなければならないところに来ているのだ。

外塚は、継続にも含みを持たせたコメントを寄せているが、解散止むなしといったところが、強く感じられる。

林安一は、創設当初からの運営委員である。委員としても常に先鋭的で、会を引っ張ってきた一人である。林は、次のようなコメントを寄せている。

　現評会はたたかいの場でなければならなかった。会員がお互いにたたき合い、傷つき合う場でなければならなかった。当初はそれに近い理想の形があったような気がする。控え目に、勉強させてもらうという態度で出席した場合でも、それがたたかいの場における学びであることがわかっているはずだ。相手をたたき、相手を傷つけるのは、友情であってのことである。現評会は友情によって結ばれた集団だったはずだ。

お互い徹底批判し合う友情集団が、いったいいつ、お互いに利用し合うという利益集団に変質したのだろう。肝のうちを言わず、ほほえみ合って、自分の得点だけ考えているなんていやだなあ。

と記している。林は、いまさら会の病巣を白日のもとに曝け出したところではじまらない。これからいくら軌道修正をしても、元には戻らないとの意見であった。

樋口美世は、会の創設当初からの会員であった。運営委員としては、比較的新しい。樋口は、『評論通信』も順調に発行されている今、にわかに継続か解散かの問題が提起されていること事態に、吹っ切れない気持ちを抱いている」として、次のようなコメントを寄せている。

考えられるのは、この会を創った中心人物である片山貞美、玉城徹の両氏が、運営委員を退いたこと位である。しかし、その後もずっと会の進行は、割合スムーズになされて来た。勿論、何の問題のない会などはなく、これで充分ということもない。むしろ、多くの結社にはない独自の衝迫力をもつ刺激的な会ではなかったか、と思いかえされるが、他の人々はどう考えているのだろうか。（中略）いずれにしても、この会の存在に魅力を抱き真面目に会を考え、支えてきた会員の各々に耳を傾けるべきであろう。

以上、十名の運営委員のコメントを掲載した。解散までの経過が少しは読み取れるのではないかと思っている。

※

今号の「編集後記」には、次のようなことが記されている。

▼五月八日の特別運営会（玉城徹氏出席、片山貞美氏欠席）による緊急措置である。右に替えて委員十名の認識・見解・その他を各30行ほどありのまま書いてもらった。

▼読んでいただければわかるとおり、通知をかね、報告をかねている。にこやかなものは一篇もなく、苦渋に充ちた座礁報告である。

▼ことあれかしの歌壇雀はあるいは手を打ってよろこぶかも知れない。しかし問題がみんなの前で明らかになることは悪いことではないと信ずる。ことは「現代短歌」に関わる。

▼もしかしたら最後の通信になる号、そう思ってこの号を送り出す。

最後に〈曇〉と記されているが、これを書いているのは、田井安曇である。

田井が「編集後記」に記しているとおり、五月八日に運営委員会が開かれている。この時は、議論百出するなかで、ふいに会は解散すべしという意見が出て、あっという間に委員の七名が賛成し解散は必至の情勢となっている。他の二名の運営委員は、継続が一名、保留が一名であった。

※

七月十八日。第三十七回の「評論会」が、中野サンプラザにおいて行われた。会を継続するか解散するかの議論をする場でもあった。会場からは、会員の意見が出された。この時の記録と、会の創設に最初から関わっていた片山貞美と玉城徹の率直な意見が、「評論通信」38号に収められている。

十月十日「評論通信」38号が刊行された。「評論通信」37号では、運営委員のコメントを載せているが、今号では玉城徹と片山貞美が解散に至るまでの気持ちを率直に述べている。玉城は、

理論的に明確にしようとする努力を重ねながら、それを、決断をもって、自分の創作実践と結びつけてゆくこと、それが『評論する会』という意味なのではなかったか。それ以外のことは、けっきょくは、すべて、歌壇政治に参加することにほかならない。

二次会ででもよいから、お互いの作品を激しく批判し合う空気が欲しかった。どうも、それだけは、上手に避けて通って、痛みのないところで、次々に議題を構えてゆくことに興味をもっているように、わたしには思えた。のみならず、総合誌の上でも、お互いの歌は悪く言わず、何となく讃め合う空気が生れている。しょっちゅう顔を合わせるから、自然そうなるのだろう。それでは、商業組合に過ぎなくなってしまう。誰も悪意なしにやっているのだが、本位ないことである。

（中略）解散の方向を示唆するのは、そこに一つのコミットを含むのである。起こったら飛び出すだけで本当は良いのだ。ただ、この矛盾を矛盾として突き出すことの中に、エネルギーの再生があろうかと、わたしは考えたのである。それは勝手な主観だから、差し当たり今のところ、そこで議論しても始まらない。『現代短歌を評論する会』というものを、今や、

過去のものとして、後方へ蹴飛ばして、一人一人が前方に自分の道を追求すべきではないか。その蹴飛ばし方は、まちまちであろう。その『まちまち』なところに真実がある。その真実が隠され過ぎていたように思う。

と述べている。もう一人の片山は、

わたしは発足の当初、呼びかけ名義人だったが、会が始まれば、会の実質は参加者の活動そのものであるから、わたしの期待は個人的なものとして、以後会の重なるにつれて、いろいろ不満が出てきた。企画も衆知をしぼるというのでなく、思い付きに過ぎなかったり、立案のテーマに発表がかけ離れていたり、また、発言が特定の人に限られてきたり、しまいには数人のやりとりで、余の人は聞くばかりとなり、学校の教室みたいになったので発表当初の期待は回を追って空しくなった。組織が改まってからは勢い会員が増し、増に従って内容は空しさを増した。当然の成り行きに違いない。このすじみちがはっきりしたので解散説が出、賛成されたのだと解する。そこで解散は止むを得ないが、むしろここでこういう会のあるべき規模、すじみちが改めて考えられる意味を持つこととなった。解散によってせめても発見を得たのだと言おう。

と述べている。この二人の解散を決意するコメントは、最後の「評論会」の後に書かれたものである。

※

最後の「評論会」となった、七月十八日の第三十七回のことを記しておく。この時の記録は

「総会始末」として林安一が纏めている。

　わたしたちの現代短歌を評論する会は、七月十八日午後六時から中野サンプラザで行われた総会で解散を決めた。以下、総会の模様を報告する。司会は外塚喬。初めに田井安曇から解散に到る動きについて経過報告があったが、その大要は、四月二十日中野クラブでの運営委員会で今度の問題がはっきり出てきたこと、五月八日玉城徹も特別参加した運営委員会で解散やむなしとする意見が大方だったこと、運営委員会全員が「評論通信」三十七号に現状認識について書いたこと、七月七日玉城徹、片山貞美が参加した運営委員会でも解散の線が出たが、最終的に総会で決定することになったこと等である。

田井の経過報告の後に、出席者全員が意見や感想を出している。その後、運営委員が順次発言している。「評論通信」には、発言が短く纏められている。

〈沖ななも〉この会について考えるのが非常に重たいという感じが、ここ一年ぐらいしてきた。やめるなら受身でやめるのではなく主体的にやめたい。

〈樋口美世〉例会がお話拝聴のカルチャーセンター方式になった。会がなくなるのに全面的に賛成ではないが、この会を作った片山、玉城両氏がいいというなら、ほかの人たちがとやかく言える問題ではない。

〈阿木津英〉すごく憤りを感じている。あの顔があったこの顔があったと思いうかべる、そういう顔がここにない。みんな禿鷹みたいなものだ。

〈田井安曇〉十年前のこういう会ができる一種の必然性みたいなものが薄れたのか。やはり会はつぶれるべきだろうと、つぶすべきだろうという結論は割と早く持っていたのだが、今になって皆さんの話を聞きながら態度保留みたいな気持ちが動いている。

〈林安一〉党派的に見るならわたしどもは横綱の前の幕下三段目ですらない。もし歌壇ジャーナリズムに訴える党派的動きが出てきたというなら即刻解散すべきだ。

〈奥村晃作〉最後の最後まで縁深く運営委員というようなことをやってきたわけだが、玉城氏が運営委員を下りるという時、玉城、片山両氏のうちのどちらかが運営委員にいなくてはだめだと申したことがある。

〈市原克敏〉「短歌」の昭和天皇特集号に見られるように、平成のだらしないやり方というものは歌壇にも浸透している。そうした大きな精神史的変質に直面している時に、現評会がそこから後退していくというのは一体どういうことなのか。

〈秋元千恵子〉評論する会が評論するのを聞く会になってしまったのではつぶすのも仕方ない。

〈田島定爾〉解散はやむを得ないが、何らかの形でまたこういう超結社の勉強会ができたらなあという素朴な意見はもっている。

〈外塚喬〉現評会は先がもう長くないなあという気がしていたが、やめるにしてもやめる時期が大切だし、委員の仕事を途中で投げ出すわけにもいかず、いろいろ迷いながらここまで来てしまった。

運営委員全員が意見を述べた後に、玉城、片山から次のような発言があった。

〈玉城発言〉一昨年の忘年会の折、会の運営が一応形式的にできて、それだけで本当の活動といえるかと苦言を呈したことがある。また、何らかの意味で理論的な中核を作らなければいけない、現代短歌の具体的な作品について理論的に批評できる何人かが必要だと考えて、そういうことに少し口を出しかけたけれども、どうも簡単にそれができそうもにないことがわかって、わたしはちょっと手の打ちようがなくなった。

〈片山発言〉発表者に願わくは成文化できるような発表をと要請したが毎度毎度裏切られた。また極力わたし自身の発言を抑え、その分他の人にやってもらいたいとたびたびお願いしたが、これもうまくいかなかった。人かずがどんどん増えて、いわゆる討論の場が聴講の場に変ってきたというのはやむを得ない成り行きだとは思う。

玉城、片山の発言を踏まえた上で、出席者全員の賛同を得て、「現代短歌を評論する会」の解散が決定した。組織化される前の二年間と、組織化されてからの八年余にわたる活動に終止符が打たれた。

※

○この実録は、「評論会」の発表資料、事務局備忘録、そして筆者の日記等をもとにして記したものである。執筆するにあたっては、明らかな誤植や誤記については筆者の判断で訂正を加えている。

# あとがき

この『実録・現代短歌史　現代短歌を評論する会』は、「現代短歌」誌上に創刊号から三十一回連載したものを纏めたものである。「現代短歌」が創刊される時に、編集者から何か連載するものはないかとの相談を受けた。急なことだったので、手もとに資料を保存してあるものなら何とか書くことができるだろうということで、かつて関わりをもった「現代短歌を評論する会」のことを、記録として残しておこうと思い立った。纏めるにあたっては、発表当初のものに少し手を加えたところもある。

「現代短歌を評論する会」は、マスメディアを中心として動いているかに見える短歌界と迎合することなく、現代短歌の現状を真剣に考えようとして出発した会であった。それだけに当時の短歌界からは反発もあり、また無視されたとの思いも強かった。連載の当初には特定の集団の活動記録であって、短歌史としては偏っているのではないかと言う人もいたことは事実である。たしかに、当時の短歌界で華やかに活躍していた歌人に焦点が当てられているわけではない。むしろ、総合誌の巻頭を飾っていたような人の作品を、厳しい目で見ていくことが会としての目的の一つでもあった。

連載を始めたころに、今は亡き小高賢氏から風評でしか聞くことのできない歌人の実態を記しておくことは大切であるとの意見を聞くこともできた。ともに「現代短歌」創刊号から連載を引き受けた小高氏のアドバイスは嬉しかったし、その後の励みにもなったことは事実である。「現代短歌を評論する会」は、年に五回「評論通信」という会報を発行した。会報は、ジャーナリズムにはいっさい寄贈することをしなかった。それゆえに短歌界において大きく取り上げられることもなかった。

私は、創設当初から解散まで事務局を担当した。そのことで、「評論通信」と年五回行われた「評論会」の発表者が提出した資料を処分することなく、今日まで保存していた。また、事務局用として一冊のノートを用意して、議事録的なものを纏めておいた。さらに手帳に備忘録として些細なことでも記録することに努めた。連載をするにあたって大いに役立ったことは、言うまでもない。

会の創設当時を知る人も少なくなってしまった。創設の中心的存在であった片山貞美氏も玉城徹氏もすでに亡くなられた。創設当時を知っているのは、今では奥村晃作氏と私くらいではないだろうか。資料を基にして、できる限り事実を正確に伝えようと努めているが、不備なところがあるかも知れない。気が付いたことなどがあったなら、教えて頂けると有り難い。

片山、玉城の両氏が存命だったなら、こうしたことは記録として残すべきではないと言うかも知れない。しかし、誰かが記録として纏めておかなかったら、十年に及ぶ活動が水泡に帰すことは間違いない。事務局を担当した立場上、この仕事は私がしなければという思いが、連載の途中からいっそう強くなった。

最後になったが、誌面を提供して下さった現代短歌社の編集部の皆さまに、厚くお礼を申し上げたい。さらに一冊に纏めるに当たっては、編集長の真野少氏からは適切なアドバイスを頂いたことを記して感謝の意を表したい。「朔日」の仲間の寺島博子氏には、校正の労を取って頂いた。お礼を申したい。

二〇一八年九月二十日

外塚　喬

## ち



## つ



## て



## と

## す



## せ



## た

## け



## こ



## さ



## し

# 人名索引

## あ



## い



## う

著者略歴

外塚 喬（とのつか・たかし）

1944年栃木県生まれ
1963年「形成」に入会、木俣修に師事
1983年木俣修没。以後、「形成」解散まで編集に携わる
1994年「朔日」創刊、編集・発行人となる
歌集に『喬木』『昊天』『戴星』『梢雲』『花丘』『天空』『真水』『火酒』『漏告』『草隠れ』『山鳩』『散録』、
歌書等に『現代短歌の視点』『木俣修のうた百首鑑賞』『木俣修をよむ』（編著）『インクの匂い』他
現代歌人協会常任理事、日本文藝家協会会員

実録・現代短歌史
現代短歌を評論する会

発行日 二〇一九年三月十六日
著 者 外塚 喬
〒三五九―〇〇〇六
埼玉県所沢市所沢新町二五二三
発行人 真野 少
発 行 現代短歌社
〒一七一―〇〇三一
東京都豊島区目白二―八―二
電話 〇三―六九〇三―一四〇〇
発 売 三本木書院
〒六〇二―〇八六二
京都市上京区河原町通丸太町上る
出水町二八四
装 幀 間村俊一
印 刷 日本ハイコム
製 本 新里製本所



ISBN978-4-86534-248-2 C0092 ¥3600E